KB252565

정키: '약'에 대한 결정적인 글

수옹문

윌리엄 S. 버로스 장편 소설

조동섭 옮김

정키

'약'에 대한
결정적인 글

일러두기

1   이 책은 William S. Burroughs, *Junky: The definitive text of "Junk"*(Penguin Classics, 2003)를 저본으로 번역하였다.
2   본문의 각주는 모두 옮긴이 주이다.
3   원서의 이탤릭체는 고딕체로 표기했다.

프롤로그

나는 1914년, 미국 중서부 대도시 3층짜리 벽돌집에서 태어났다. 중산층 집안이었다. 아버지는 목재 회사를 운영했다. 집 앞에는 잔디밭이, 뒤뜰에는 정원과 연못, 전체를 빙 두른 높은 나무 울타리가 있었다. 가스등 가로등에 불을 켜는 사람, 크고 반드르르한 검은색 링컨, 일요일이면 공원으로 떠나던 드라이브 등도 기억난다. 안전하고 편안한 생활 양식의 그 모든 소도구는 이제 영원히 사라졌다. 옆집에 살던 독일인 의사, 뒤뜰에 돌아다니던 쥐들, 숙모의 전기 차, 연못에 키우던 애완 두꺼비 등에 대해서도 향수에 젖은 장광설을 늘어놓을 수 있다.

내 머릿속에 남은 가장 어릴 적 기억은 악몽에 대한 두려움으로 색칠된다. 나는 혼자 있는 것이 두려웠고, 어둠이 두려웠고, 잠들기가 두려웠다. 잠들면 꿈에서 초현실적 공포가 언제라도 모습을 드러낼 것 같았기 때문이다. 언젠가 잠에서 깨어나도 꿈이 그대로일 것 같아서 두려웠다. 가정부가 아편을 피우면 좋은 꿈을 꾼다고 말했고, 그 말이 지금도 생각난다. 그때 내가 말했다. "어른이 되면 아편을 피울래."

어릴 적에도 나는 환영에 쉬 사로잡혔다. 새벽빛에 잠에서 깼는데, 조그마한 사람들이 내가 만든 장난감 집에서 놀고 있는 모습이 보였다. 두렵지는 않았다. 고요와 경이만 느꼈다. 또 자주 나타나는 환영 혹은 악몽은 '벽 속의 동물들'로, 너덧 살 때 정체불명의 이상한 열병으로 정신이 오락가락한 이후로 생겼다.

나는 중서부 대도시의 고급 학교에 다녔다. 앞날이 보장된 시민, 변호사, 의사, 사업가 등이 될 아이들이 다니는 학교였다. 나는 다른 아이들이 겁났다. 폭력도 두려웠다. 공격적인 레즈비언 아이가 나를 볼 때마다 내 머리카락을 잡아당기곤 했다. 지금이라도 그 아이의 얼굴을 내갈기고 싶지만, 그 아이는 몇 년 전 말에서 떨어져서 목이 부러졌다.

내가 일곱 살 때쯤 우리 부모는 '사람들에게서 벗어나려고' 교외로 이사했다. 마당과 숲과 연못, 쥐 대신 다람쥐가 있는 넓은 집을 샀다. 우리 부모는 그 안락한 캡슐에서 살았다. 아름다운 정원도 있고, 도시 생활과 단절될 수 있었다.

나는 교외에 있는 사립 고등학교에 다녔다. 운동은 눈에 띄게 잘하지도 못하지도 않았다. 성적 역시 뛰어나지도 뒤처지지도 않았다. 수학에는 확실히 어두웠고, 뭐든 기계적인 것에도 그랬다. 상대와 경쟁하는 팀 경기는 전혀 좋아하지 않았고, 피할 수 있으면 언제나 피했다. 사실 나는 상습적으로 꾀병을 부렸다. 낚시, 사냥, 등산은 아주 좋아했다. 그 시기 그 장소의 보통 미국 소년에 비하면 책을 많이 읽었다. 오스카 와일드, 아나톨 프랑스, 보들레르, 지드도 읽었다. 어느 남학생과 연애도 했다. 우리는 토요일이면 버려진 채석장을 탐험하고, 자전거를 타고 돌아다녔으며, 연못과 강에서 낚시를 했다.

당시 나는 어느 도둑의 자서전에 큰 감명을 받았다. 『이길 수 없어』[1]라는 책이었다. 지은이는 자신이 평생의 많은 부분을 감옥에서 보냈다고 주장했다. 세상과 모조리 단절된 미국 중서부 교외의 무료함에 비하면 감옥이 좋게 들렸다. 나는 친구를 공범으로 삼았다. 우리는 버려진 공장을 발견하고 창문을 모조리 깨뜨린 뒤 끌을 훔쳤다. 우리는 붙잡혔고, 아버지들이 배상해야 했다. 그 일이 있은 뒤 친구는 '나를 끊었다.' 집단 속에서 자기 입장이 우리 관계 때문에 위태로워졌기 때문이다. 나는 집단, 타인들과 타협할 가망이 전혀 없다고 생각했다. 결국 혼자일 때가 아주 많았다.

주위는 텅 비고, 적은 숨어 있고, 나는 혼자서 표표히 모험을 계속했다. 내 범죄 행각은 과시하려는 몸짓이었다. 돈이 되는 것도 아니었고, 대개는 벌을 받지도 않았다. 남의 집에 무단으로 침입해서 아무것도 손대지 않고 그냥 돌아다녔다. 사실 돈은 전혀 필요하지 않았다. 22구경 라이플총을 들고 시골을 돌며 닭을 쏘기도 했다. 마구 운전해서 도로를 위험에 빠뜨리기도 했고, 결국 교통사고가 났다. 다치지 않은 것이 기적이었으며, 그 뒤로는 겁이 나서 조심해서 운전했다.

나는 이른바 '3대 대학교'[2] 중 한 곳에 들어갔다. 거기서 영

1 　캐나다계 미국인 작가인 잭 블랙(Jack Black, 1871~1932)이 1926년에 출간한 작품이다. 1880년대 후반부터 20세기 초까지 미국과 캐나다 서부에서 떠돌이 생활을 하는 블랙이 저지른 여러 범죄 행각과 감옥 수감 등을 묘사한 작품으로 버로스와 다른 비트 작가들에게 주요한 영향을 미쳤다.

2 　미국에서 '빅 스리(Big Three)'로 일컫는 대학교는 하버드와 예일, 프린스턴으로, 이 세 대학교가 대학 풋볼을 평정한 1880년대부터 이런 별칭이 붙었으며, 윌리엄 버로스는 하버드 대학교에 입학했다.

문학을 전공했다. 다른 학과에는 관심이 없었기 때문이다. 나는 그 대학교가 싫었고, 그 대학교가 자리한 도시도 싫었다. 그 도시는 모두 죽어 있었다. 그 대학교는 영어를 쓰는 사이비 공립학교 졸업생들로 채워진 사이비 영어 기관이었다. 나는 외로웠다. 누구와도 가까이하지 않았다. 또한 사회에 바람직한 사람들로 이루어진 폐쇄 집단이 보기에, 타인과 어울리지 못하는 사람은 불쾌한 존재였다.

나는 어쩌다가 세계 곳곳에서 온 부유한 동성애자들을 만났다. 뉴욕에서 카이로까지 동성애자 술집들에서 서로 우연히 만나 유람선으로 세계를 도는 사람들이었다. 나는 사회학자들이 말하듯, 생활 양식, 은어, 인용구, 상징 체계 전체를 보았다. 그러나 이 사람들 대부분은 멍청이였다. 나는 처음에는 그 집단에 매료됐지만 그 시기가 지나자 관심을 잃었다.

좋지 않은 성적으로 졸업한 뒤, 신탁 기금으로 한 달에 150달러가 손에 들어왔다. 공황기였고, 일자리도 없었다. 어쨌든 바라는 직업도 전혀 없었다. 일 년쯤 유럽을 떠돌았다. 전쟁 직후의 황폐한 기운이 유럽에 떠돌았다. 미국 달러만 있으면 오스트리아 남자나 여자를 많이 살 수 있었다. 1936년이었고, 나치가 급속히 다가오고 있었다.

미국으로 돌아왔다. 신탁 기금 덕분에 일을 하거나 몸을 팔지 않아도 살 수 있었다. 나는 중서부 교외에서 살던 때와 마찬가지로 여전히 세상과 단절돼 있었다. 심리학과 대학원 과정을 듣고 유도 강습을 받으면서 빈들거렸다. 정신 분석을 받기로 마음먹고 삼 년 동안 계속했다. 정신 분석 덕분에 억압과 분노를 벗고 내가 살고 싶은 대로 살 수 있었다. 나를 정신 분석한 사람은 내 '지향'(그 사람의 표현)을 좋아하지 않았지만, 그래도 내 정신 분석은 꽤 진전을 보였다. 나를 분석한 사람은 결국 분석의 객관성을 잃고 철저히 나에게 반대만 했다. 그러나 나는 그 결과에 그 사람보다 즐거워했다.

장교 교육 프로그램에 다섯 차례 지원했지만, 신체 조건 때문에 거부되고, 미 육군으로 흘러가서 언제라도 징집될 수 있는 사병으로 분류되었다. 육군은 절대 좋아할 수 없겠다고 결론짓고, 정신병원 기록을 방패막이로 내밀었다. 이전에 나는 반 고흐에게 큰 영향을 받아, 당시 나에게 관심을 보이던 사람에게 깊은 인상을 주려고 손가락 관절을 자른 적이 있다. 정신병원 의사들은 반 고흐를 전혀 몰랐다. 의사들은 나를 정신 분열증으로 분류했지만, 내가 정신 분열증 환자와 달리, 지금 있는 곳이 어디인지, 미국 대통령이 누구인지도 알자 그 점을 설명하려고 편집병이라는 진단도 더했다. 육군에서는 나를 징집 대상에서 제외하고, '재징병이나 재분류하지 말 것'이라고 덧붙였다.

병역 문제를 해결한 뒤 갖가지 직업을 전전했다. 당시에는 바라는 일자리를 뭐든 구할 수 있었다. 사립 탐정, 해충 구제업자, 바텐더로 일했다. 공장, 사무실 등지에서도 일했다. 범죄의 경계에서 놀았다. 그래도 한 달에 150달러가 늘 옆에 있었다. 돈이 더 필요하지는 않았다. 드러나는 범죄 행위로 자유를 위험에 빠뜨리는 것은 낭만만 생각한 어리석은 행동이라고 여겼다. 내가 마약을 알게 되고 중독자가 된 것은 바로 이때, 이런 환경 아래서였다. 그래서 전에는 한 번도 느끼지 않은 돈에 대한 진짜 필요성, 동기가 생겼다.

종종 들리는 질문이 있다. '왜 마약 중독자가 되는가?'

답은 '스스로 중독자가 되려는 사람은 없다.'이다. 하루아침에 잠에서 깨어나 마약 중독자가 되겠다고 결심하는 사람은 없다. 정말 중독되려면 하루 두 번씩 적어도 석 달은 마약을 해야 한다. 나는 처음 습관성 중독에 빠지기까지 거의 반년이 걸렸다. 그때는 금단 증상도 가벼웠다. 중독자가 되려면 일 년 가까이 수백 방의 주사를 써야 한다고 말해도 전혀 과장이 아니다.

물론 이런 질문도 있을 수 있다. '애당초 왜 마약을 시작했나? 왜 중독자가 될 만큼 오래 사용했나?' 어떤 면으로도 강한 동기가 없기 때문에 마약 중독자가 된다. 마약이 당연히 이긴다. 나는 호기심에 시작했다. 돈이 있었고, 별생각 없이 주사를 맞으러 다닌 것뿐이다. 결국 중독됐다. 나와 이야기를 나눈 중독자들 대부분도 비슷했다. 마약을 시작한 이유는 딱히 기억나지 않는다고 말했다. 별생각 없이 하다가 중독된다. 한 번도 중독되지 않은 사람이라면 중독자에게 약이 절실한 것이 어떤 의미인지 확실히 알 수 없다. 중독자가 되겠다고 결심하는 게 아니다. 아침에 잠에서 깨어나니 금단 증상을 느끼고, 중독자가 된 것이다.

마약을 가까이한 경험을 후회한 적은 없다. 나는 간격을 두고 마약을 사용한 결과 지금 더 건강하다고 생각한다. 마약에 중독된 적이 전혀 없었다면 지금처럼 건강하지 못했을 것이다. 사람은 성장을 멈추면 죽음으로 가기 시작한다. 중독자는 절대 성장을 멈추지 않는다. 마약 사용자 대부분은 주기적으로 마약을 끊는다. 그때 신체 기관이 수축하고 마약에 의존하는 세포들이 새 세포로 바뀐다. 마약 사용자는 날마다 마약 주사를 바라고 그 필요가 충족되는 주기를 겪고, 그래서 매일 수축과 성장을 계속하는 상태에 있다.

중독자들 대부분은 나이보다 어려 보인다. 최근 과학자들은 애벌레에게 먹이를 적게 주어서 애벌레의 몸을 줄이는 실험을 했다. 정기적으로 애벌레의 몸을 줄여서 애벌레가 계속 성장 단계에 있게 함으로써 애벌레의 수명을 끝없이 연장시키는 실험이다. 중독자도 계속해서 약을 끊었다가 다시 시작할 수 있다면 획기적으로 오래 살 수 있을 것이다.

마약은 세포의 방정식이다. 이를 통해서 마약 사용자는 타당한 제반 사실들을 배운다. 나도 마약을 사용하면서 아주 많이 배웠다. 모르핀 용액의 점안기로 생명이 측정되는 것을 보았다. 금단 증상의 고통스러운 박탈감도 겪었다. 마약에 목마른 세포들이 주삿바늘에서 마약을 빨아들일 때 안도의 쾌감도 맛보았다. 쾌감은 모두 안도감에서 오는지도 모른다. 마약은 사용자에게 세포의 금욕도 가르친다. 나도 그 금욕을 배웠다. 나는 감방 가득한 중독자들이 금단 증상 때문에 각자 비참한 상태로 침묵하고 부동하는 모습을 보았다. 감방의 중독자들은 불평하거나 움직여도 소용없음을 잘 알고 있었다. 기본적으로 아무도 누구를 도울 수 없음을 잘 알고 있었다. 타인에게서 받을 수 있는 열쇠는, 비밀은 없다.

나도 마약의 방정식을 배웠다. 술이나 대마초처럼 마약도 삶의 기쁨을 늘이는 수단이 아니다. 마약은 흥분제가 아니다. 삶의 방식이다.

* * *

내가 마약 중독자를 처음 만난 것은 세계 대전 중이던 때였다. 1944년인가 1945년인가. 나는 노튼이란 사람과 알고 지냈다. 노튼은 당시 항구에서 일했다. 본명은 모렐리 혹은 그 비슷한 것이었고, 전쟁이 일어나기 전에 군에서 수표 위조로 쫓겨났으며, 불량한 행실로 군 복무 불가 판정을 받았다. 조지 래프트[3]와 비슷하게 생겼지만 키가 더 컸다. 노튼은 말을 더 잘하려고 애썼으며, 부드럽고 사근사근한 행동을 익히려고도 애썼다. 그렇지만 천성적으로 사근사근할 수 있는 사람이 아니었다. 애써 표정을 꾸미지 않을 때면 천박하고 뚱한 표정이 되었다. 이야기를 나누다가 등을 돌리면 얼굴이 그 천박한 표정으로 변하리라는 사실을 누구나 알고 있었다.

노튼은 도둑질에 열심이었다. 일하던 항구에서 매일 뭘 훔치지 않으면 직성이 풀리지 않았다. 연장, 깡통에 든 물건, 멜빵

---

3   George Raft(1901~1980년). 1930~1940년대에 갱 역으로 활약한 미국의 영화
     배우다.

바지, 뭐든. 하루는 노튼이 나에게 전화해서 자기가 기관 단총을 훔쳤다고 말했다. 살 사람이 있을까? 내가 말했다. "어쩌면. 가져와 봐."

주택난이 시작되고 있었다. 내가 매주 15달러를 집세로 내며 살던 아파트는 더럽고 지하 계단에 면해 있어서 햇빛이 전혀 들지 않았다. 벽지가 벗겨지고 있었다. 샐 증기가 전혀 없을 때조차 라디에이터에서 증기가 샜기 때문이었다. 추위를 막으려고 신문 더미로 창문을 봉했다. 아파트 안은 바퀴벌레로 가득했고, 빈대가 잡힐 때도 있었다.

노튼이 노크를 했을 때 나는 라디에이터 옆, 증기 때문에 눅눅한 곳에 앉아 있었다. 문을 열자 노튼은 갈색 종이로 싼 커다란 꾸러미를 겨드랑이에 낀 채 어두운 복도에 서 있었다. 노튼이 미소를 지으며 말했다. "안녕."

"들어와. 코트 벗어."

노튼이 포장을 풀고, 우리는 기관 단총을 조립한 뒤 공이를 찰칵 꺾었다.

나는 살 사람을 찾아보겠다고 말했다.

노튼이 말했다. "아, 주운 게 또 있어."

납작한 노란 상자였다. 안에는 모르핀 30밀리그램이 든 주사기 다섯 개가 있었다.

노튼이 모르핀을 가리키며 말했다. "이건 그냥 견본이야. 집에 이런 상자가 열다섯 개 있어. 처분해 주면 더 구할 수도 있어."

내가 말했다. "어떻게 할지 알아볼게."

＊＊＊

그때까지만 해도 나는 마약을 한 적이 없었다. 시도할 생각도 하지 않았다. 총과 모르핀을 살 사람을 찾기 시작했다. 로이와 허먼에게 가게 된 것은 그 때문이었다.

내가 아는 사람 중에 뉴욕 북부에 사는 젊은 친구가 하나 있었다. 그 친구는 라이커스라는 식당에서 간단한 요리를 했는데, 자기 입으로는 '충전 중'이라고 말했다. 나는 그 친구에게 전화해서 처분할 물건이 있다고 말한 뒤, 42스트리트 근처 8번가에 있는 앤젤바에서 만나자고 했다.

앤젤바는 42스트리트에서 허세를 부리는 특별한 종족이자 장차 범죄자가 될 사람들인 남창들이 약속 장소로 애용하는 곳이었다. 남창들은 늘 '제대로 된 남자', 즉 일거리를 계획하고 해야 할 일을 정확히 알려 줄 남자를 찾고 있다. 그러나 '제대로 된 남자'라면 누가 봐도 엉성하고, 운이 없고, 실패할 사람들과 어울릴 리 없으므로, 남창들은 계속 제대로 된 남자를 찾기만 한다. 터무니없는 거짓말로 성공담을 지어내고, 주방 보조나 소다수 매장 점원, 웨이터로 충전 중에 있고, 술 취한 퀴어나 심약한 퀴어와 가끔 침대에서 뒹굴고, 그러면서 좋은 직장에 다니는 '제대로 된 남자'를, 다가와서 "널 쭉 보고 있었어. 이 일에는 이런 사람이 필요하다고 생각하고 있었는데 네가 바로 그 사람이야. 자, 잘 들어……." 하고 말할 남자를 찾고 또 찾는다.

잭은 로이와 허먼을 나에게 소개한 장본인으로, 그런 길 잃은 양들, 다이아몬드 반지를 끼고 어깨에는 총이 든 총집을 찼으며, 권총 강도에도 쉽고 확실하게 성공할 연줄과 방법과 술책을 갖췄다고 느껴질 만큼 목소리가 강인하고 자신만만한 양치기를 찾는 양들과 달랐다. 잭은 때때로 큰 성공을 거두었으며 새 옷을 입고 나타나기도 했다. 새 차를 타고 나타난 적도 있다. 또한 상습적인 거짓말쟁이여서 타인들에게 하는 거짓말보다 자신에게 하는 거짓말이 훨씬 많을 듯했다. 이목구비가 뚜렷하고 건강한 시골 청년 얼굴이지만 묘하게 병색이 돌았다. 당뇨나 간 질환을 앓는 듯 체중이 급작스럽게 변했다. 이렇게 체중이 변할 때는 아주 벅찬 각성 상태가 같이 나타나는 경우가 많았고, 그럴 때면 잭은 며칠 동안 종적을 감췄다.

그 결과는 기이했다. 말쑥한 청년의 얼굴을 보았는가 싶었는데, 일주일쯤 뒤에는 너무 마르고 창백하고 늙은 모습이어서 다시 봐야만 알아볼 수 있었다. 얼굴은 고통으로 주름지고 그 안의 눈은 초점이 없었다. 고통받는 것은 몸 세포들뿐이었다. 위험에 초연하며 불량스럽고 번들거리는 눈에서 보이는 의식적인 자아, 그 사람 자체는, 자신의 방치된 다른 자아의 고통, 신경 체계와 근육과 내장과 세포의 고통과는 아무 연관이 없는 것처럼 보였다.

잭은 내가 앉아 있는 칸막이 자리로 들어와서 위스키 스트레이트를 주문했다. 단박에 마시고 잔을 엎은 뒤 고개를 살짝 갸우뚱한 채 나를 보더니, 다시 고개를 바로 세웠다.

잭이 물었다. "뭘 가지고 있는데?"

"기관 단총이랑 모르핀 2,200밀리그램 정도."

"모르핀이야 당장 처분할 수 있지. 그렇지만 총은 시간이 좀 걸릴 수도 있어."

형사 두 명이 들어와서 바에 기대선 채 바텐더에게 말을 걸었다. 잭은 그쪽으로 고개를 까딱했다. "경찰이다. 나가서 걷자."

나는 잭을 따라서 바를 나갔다. 잭은 문을 옆으로 밀며 걸어 나갔다. "모르핀 찾는 사람한테 데려갈게. 주소는 잊어버리는 게 좋아."

지하철역 맨 아래까지 내려갔다. 보이지 않는 관중을 향해 말하는 잭의 목소리는 이어지고 또 이어졌다. 잭은 듣는 사람의 머릿속에 곧장 목소리를 전달하는 요령이 있었다. 어떤 외부 소음에도 절대 묻히지 않았다. "나한테 언제라도 38구경만 줘 봐. 공이를 뒤로 젖히고 발사만 하면 돼. 150미터 거리에서도 다 쓰러뜨릴 수 있어. 내 말에 토 달지 마. 우리 형이 아이오와주에 30구경 기관총 두 자루를 숨겨 놨어."

우리는 지하철에서 내려서 눈으로 덮인 빈민가 보도를 걷기 시작했다.

"저기, 어떤 놈이 오래전에 나한테 돈을 빌렸어. 분명히 돈이 있으면서도 안 갚더라. 그래서 그놈이 일을 마칠 때까지 기다렸어. 나는 5센트짜리 동전 꾸러미를 들고 있었어. 미국 공식 화폐를 갖고 있는 게 누가 봐도 죄는 아니지. 그놈이 나한테 자기는 한 푼도 없다는 거야. 그놈 턱을 갈기고 내 돈을 찾아왔지. 그때 그놈 친구 두 명도 거기 있었는데 그 자식들은 물러서 있더라. 안 그랬으면 그놈들도 작살냈을 텐데."

빈민가 아파트 계단으로 올라갔다. 낡은 검은색 철제 계단이었다. 철판을 덧씌운 좁은 문 앞에 멈췄다. 잭은 금고 털이처럼 아래로 고개를 숙이고 조심스럽게 문을 두드렸다. 아래팔과 손등까지 문신을 한 퉁퉁하고 덩치 큰 중년 퀴어가 문을 열었다.

"이쪽은 조이야." 잭이 소개하자, 조이가 인사했다. "안녕."

잭이 주머니에서 5달러짜리 지폐를 꺼내서 조이에게 건넸다. "쉔리[4] 1리터짜리 한 병 사다 주겠어?"

조이가 오버코트를 입고 나갔다.

빈민가 아파트는 대개 현관에서 곧장 주방으로 이어진다. 이곳 역시 그런 아파트였고 우리는 주방에 있었다.

조이가 나간 뒤에야 나는 또 다른 사람이 가만히 선 채 나를 지켜보고 있는 것을 알았다. 남자의 커다란 갈색 눈에서는 적의와 의심이 텔레비전 방송처럼 흘러나왔다. 몸에 실제로 충격이 오는 기분이었다. 남자는 작고 아주 말랐으며, 셔츠 칼라가 목에 헐렁했다. 피부색이 갈색에서 얼룩덜룩한 노란색으로 변했으며, 발진을 가리려고 팬케이크처럼 두껍게 메이크업을 했다. 성마른 짜증으로 얼굴을 찡그려서 입꼬리가 내려갔다.

남자가 말했다. "이건 누구야?" 나중에 안 것이지만, 그 남자가 허먼이었다.

"내 친구야. 모르핀이 좀 있는데 처분하고 싶대."

허먼은 어깨를 으쓱하며 항복하는 듯한 몸짓을 지었다. "휘말리고 싶지 않아. 정말이야."

잭이 말했다. "좋아. 다른 사람한테 팔지. 가자."

앞쪽 방으로 갔다. 작은 라디오, 앞에 초를 둔 도자기 부처상, 자잘한 장식품 몇 개가 있었다. 한 남자가 침대 겸용 소파에 누워 있었다. 우리가 방에 들어가자 몸을 일으켜서 앉더니, 인

---

4   버번 위스키 상표명이다.

사를 하고 반갑게 미소를 지으며 누렇게 변색된 이를 드러냈다. 텍사스 동부 억양의 남부 지방 목소리였다.

잭이 말했다. "로이, 여긴 내 친구야. 모르핀이 좀 있는데 팔고 싶대."

남자는 상체를 더 세우고 소파에서 다리를 내렸다. 입을 헤벌쭉 벌리자 표정이 멍해 보였다. 갈색 얼굴 피부는 매끈했다. 광대뼈가 튀어나와서 동양인처럼 보였다. 귀가 비대칭 두상에서 직각으로 뻗어 있었다. 눈은 갈색이고, 눈 속에서 날카로운 빛들이 빛나는 듯 특이한 광채를 띠었다. 눈 속의 빛은 방의 조명으로 더욱 반짝여서 마치 오팔 같았다.

로이가 나에게 물었다. "얼마나 갖고 있어?"

"30밀리그램이 담긴 주사기 일흔다섯 개."

"60밀리그램에 2달러가 시세야. 주사기에 담긴 건 좀 덜 나가. 사람들은 알약을 찾아. 주사기에 든 건 물이 너무 많이 들어 있어. 내용물을 짜내고 불에 끓여야 돼." 말을 멈추고 표정이 멍해졌다. 마침내 다시 입을 열었다. "60밀리그램에 1달러 50센트 줄게."

내가 말했다. "괜찮은 것 같네."

어떻게 연락하면 되느냐고 묻기에 내 전화번호를 주었다.

조이가 위스키를 들고 왔고 우리는 모두 술을 마셨다. 허먼이 주방에서 고개를 내밀고 잭에게 말했다. "잠깐 이야기할 수 있어?"

두 사람이 언쟁을 벌이는 소리가 들렸다. 그런 뒤에 잭은 방으로 왔고 허먼은 여전히 주방에 있었다. 모두가 술을 조금 마신 뒤 잭이 이야기를 시작했다.

"내 파트너가 술집을 지나고 있었어. 어떤 남자가 잠을 자고 있더군. 나는 그 사람 옆에 서서 화장실에서 주운 1미터 길이의 파이프를 들고 있었어. 끝에 물주둥이가 있는 파이프, 알지? 갑자기 그 자식이 정신을 차리더니 곧장 일어나서 달리는 거야. 나는 물주둥이로 그놈을 작살냈지. 그러니까 그놈은 곧장 다른 방으로 계속 달려가는 거야. 심장이 뛸 때마다 대가리에서 피를 3미터나 뿜어내더군." 잭은 손으로 펌프질하는 시늉을 했다. "골이랑 그 골통에서 나온 피도 다 보였어." 잭은 발작하듯 웃기 시작했다. "내 여자가 차에서 기다리고 있었어. 나한테 뭐랬는지 알아? 하하하! 나한테 뭐랬냐 하면, 하하하! 냉혈한 살인자래."

잭은 얼굴이 잿빛이 될 때까지 웃었다.

* * *

로이와 허먼을 만난 지 며칠이 지난 밤, 나는 튜브 주사기 하나를 썼다. 그것이 나의 첫 마약 경험이었다. 튜브 주사기는 주삿바늘이 달린 치약 같은 모양이다. 핀으로 바늘을 밀면 봉인된 부분이 뚫린다. 이제 주사할 준비가 끝난다.

모르핀 약발은 처음에는 다리 뒤쪽으로 온다. 다음은 목뒤다. 근육이 뼈에서 분리되는 듯이 편안한 기분이 물결치며 퍼진다. 따뜻한 짠물에 누워 있는 양, 윤곽도 없이 둥둥 떠 있는 듯하다. 이 이완의 물결이 세포들로 퍼지자, 나는 심한 공포감을 느꼈다. 시야 바로 너머에 끔찍한 무엇이 있는 느낌이지만, 고개를 돌리면 같이 따라 움직여서 절대 볼 수 없었다. 메스꺼웠다. 누워서 눈을 감았다. 이어진 영상들이 영화처럼 스쳤다. 네온이 번쩍이는 커다란 칵테일 비가 확장되고 확장돼서 도로와 차들과 도로 복구반까지 바 안에 들어왔다. 쟁반에 해골을 담고 지나가는 웨이트리스, 맑은 하늘의 별들. 죽음의 공포를 느끼게 하는 신체적 효과도 있었다. 숨이 멎고 피가 멈췄다.

깜박 잠들었다가 깨어나자 다시 공포가 시작됐다. 이튿날 아침에 토했고 정오까지 아팠다.

밤에 로이가 전화했다.

"저번에 얘기한 것 말인데, 한 상자에 4달러 쳐서 지금 다섯 상자 살 수 있을까? 바빠? 내가 그리로 갈게. 서로 협정 같은 걸 맺을 수 있을 것 같은데."

몇 분 뒤 로이가 내 방문을 두드렸다. 글렌 체크 슈트와 짙은 커피색 셔츠를 입었다. 우리는 인사를 나눴다. 로이가 텅 빈 눈으로 둘러보고는 말했다. "괜찮으면 지금 하나 하고 싶은데."

나는 상자를 열었다. 로이는 튜브 주사기 하나를 꺼내서 다리에 주사했다. 기운차게 바지를 올리고 20달러를 꺼냈다. 나는 식탁에 다섯 상자를 올려놓았다.

로이가 말했다. "상자는 빼고 내용물만 가져갈게. 부피가 너무 커."

로이는 튜브 주사기들을 코트 주머니에 넣기 시작했다. "이래도 구멍은 안 나겠지. 있지, 이거 다 처분해서 돈이 생기면 다시 전화할게. 내일이면 돼." 그리고 비대칭 머리에 모자를 쓰고 매만졌다. "또 만나."

이튿날 로이가 왔다. 이번에도 튜브 주사기 하나를 맞았다. 이번에는 40달러를 꺼냈다. 나는 열 상자를 내놓고 두 상자를 뺐다.

내가 말했다. "이건 내 몫이야."

로이가 놀란 표정으로 나를 보았다. "너도 써?"

"가끔."

로이가 고개를 절레절레 흔들며 말했다. "좋지 않은 일이야. 사람한테 일어날 수 있는 최악의 일이야. 누구라도 처음에는 자기가 조절할 수 있다고 생각하지. 이제 조절하기 싫을 때도 있어." 로이가 웃었다. "약은 얼마든지 구해 와. 내가 이 가격에 다 살게."

이튿날 로이가 왔다. 나에게 마음이 바뀌지 않았느냐고 물어보며 두 상자를 팔라고 했다. 나는 싫다고 말했다. 로이는 주사기 하나에 1달러씩 내고 두 개를 사서 자기에게 다 주사하고 떠났다. 로이는 두 달 동안 여행을 간다고 말했다.

* * *

그 뒤로 한 달 동안 나는 팔지 않은 주사기 여덟 개를 썼다. 첫 주사기를 썼을 때 겪은 공포는 세 번째 이후 그리 두드러지지 않았다. 그러나 여전히 때때로 주사를 맞은 뒤 잠에서 깨면 공포가 시작됐다. 육 주쯤 지난 뒤 나는 로이에게 전화를 걸었다. 여행에서 아직 돌아오지 않았으리라 생각했지만 전화선 너머로 로이의 목소리가 들렸다.

내가 말했다. "이봐, 팔 것 없어? 전에 내가 판 것 남았어?"

잠시 아무 말도 없었다.

"그 — 으 — 래. 360밀리그램은 팔 수 있어. 그런데 값이 60밀리그램당 3달러야. 남은 게 별로 없으니까 이해해 줘."

"좋아. 우리 집은 알지? 가져와."

가는 유리관에 든 30밀리그램짜리 알약 열두 알이었다. 로이는 18달러를 받고, 가격에 대해 또 미안하다고 했다.

이튿날 로이는 120밀리그램을 되샀다.

로이가 다리에서 정맥을 찾으며 말했다. "지금은 돈을 아무리 많이 내도 구하기가 너무 힘들어." 마침내 정맥을 찾아서 모르핀 액을 주사했다. 공기 방울도 함께 들어갔다. 로이가 바지를 올리며 말했다. "공기 방울 때문에 죽는다면 살아 있을 중독자가 아무도 없을걸."

그날 한참 뒤, 로이는 나에게 주삿바늘을 파는 약국을 알려 주었다. 처방전 없이 주삿바늘을 파는 약국도 아주 드문데, 그 약국은 아무것도 묻지 않고 판다고 했다. 로이는 점안기에 바늘을 꽉 끼울 수 있도록 종이로 고리 만드는 법도 알려 주었다. 점안기가 보통 주사기보다 쓰기 쉽다. 직접 자기 정맥에 주사를 놓을 때는 특히 더 그렇다.

며칠 뒤 로이는 나를 병원에 보냈다. 신장 결석이 있다는 거짓말로 의사에게 모르핀 처방을 받으라고 했다. 나는 의사의 아내에게 문 앞에서 쫓겨났다. 로이는 그 아내를 제치고 의사에게서 600밀리그램 처방전을 받았다.

병원은 브로드웨이 옆 102스트리트 중독자 구역에 있었다. 의사는 비칠비칠 걷는 노인이고 병원을 점령한 중독자들에게 저항하지 못했다. 사실 그 병원에 오는 환자는 중독자뿐이었다. 의사는 사람들로 가득한 병원을 볼 때 자신이 중요한 인물이 된 기분을 느끼는 듯했다. 내가 보기에, 그 의사는 주변 모습도 자기가 원하는 대로 바꿔서 보는 지경에 이르렀고, 병원을 둘러볼 때 모르핀 처방을 속여 얻으려는 몰골도 초라한 중독자들 대신 1910년대 스타일로 차려입은 각양각색의 우아한 고객들을 보는 듯했다.

로이는 서너 주 간격으로 배를 타고 나갔다. 군 수송 항해이며 대개 짧았다. 로이가 시내에 있을 때면 우리는 대개 처방전을 나누었다. 102스트리트의 늙은 의사는 마침내 완전히 정신이 빠져서 그 처방전으로는 어느 약국에서도 약을 받을 수 없었지만, 로이는 브롱크스에서 처방전을 줄 이탈리아 의사를 찾았다.

나는 이따금씩 주사를 맞았지만 중독이 되기에는 아직 먼 상태였다. 그 시점에 나는 로어이스트사이드의 아파트로 이사했다. 현관에서 곧장 주방으로 이어지는 빈민가 아파트였다.

* * *

밤마다 앵글바에 들르기 시작했고 허먼을 꽤 자주 보았다. 허먼은 내 첫인상을 나쁘게 기억하고 있었으므로 나는 그 인상을 지우려고 애썼고, 곧 허먼에게 술과 음식을 사 주게 되었다. 허먼은 나에게 정기적으로 주사를 놓고 푼돈도 받았다. 이때 허먼은 중독자가 아니었다. 사실 허먼은 남이 사 주지 않는 한 중독되는 적이 거의 없었다. 그래도 항상 대마초든 벤제드린이

든 무엇에든 취해 있거나 넴부탈[5]에 정신이 나가 있었다. 허먼은 '흰둥이'라고 불리는 덩치 큰 굼벵이 폴란드 남자와 함께 매일 밤 앵글바에 들렀다. 앵글바에는 별명이 흰둥이인 단골이 네 명이나 있어서 헷갈렸다. 이 흰둥이는 신경과민증 환자의 감수성과 금방이라도 터질 듯한 사이코패스의 폭력성을 두루 갖췄다. 아무도 자신을 좋아하지 않는다고 확신했고, 그 사실을 크게 걱정하는 듯했다.

어느 화요일 밤, 로이와 내가 앵글바 끝에 서 있었다. 지하철 마이크도 거기 있었고, 프랭키 돌란도 있었다. 돌란은 아일랜드 청년으로, 눈이 사시였다. 특기는 지하철 강도, 몸도 못 가누는 취객 때리기, 자기 패거리도 돕지 않기 등이었다. 돌란은 말하곤 했다. "나한테는 명예라곤 없어. 난 쥐새끼야." 그러고서 낄낄 웃곤 했다.

지하철 마이크는 얼굴이 길고 창백하며 이가 길쭉했다. 그 생김새가, 지상에 있는 동물을 잡아먹으며 땅속에 맞게 진화된 동물 같았다. 소매치기로는 솜씨가 좋았지만 방패막이가 없었다. 어떤 경관이라도 마이크를 보면 한 번 더 눈여겨보았으며, 지하철 담당 경관들은 마이크를 아주 잘 알고 있었다. 그래서 마이크는 그때까지 살아온 삶의 절반 이상을 라이커스섬[6]에서 밀치기 죄로 오 개월 이십구 일을 복역해 가며 보냈다.[7]

<hr>

5   바르비투르산 유도체 상표명으로, 중독자들이 마약을 구할 수 없을 때 마약 대용으로 쓴다.
6   뉴욕 최대의 형무소로, 이스트리버의 퀸스와 브롱크스 사이에 있는 섬에 위치해 있다.
7   취객을 노리는 소매치기가 취객에게 접근하거나 손댈 때 경찰이 체포하면 '밀

이날 밤 허먼은 '넴비'[8]에 취해서 바에 계속 머리를 찧었다. 흰둥이는 술을 얻어먹으려고 바를 서성거렸다. 바에 앉은 청년들은 긴장하고 굳어서 술잔을 움켜잡고 잔돈을 재빨리 주머니에 넣었다. 바텐더에게 말하는 흰둥이의 목소리가 들렸다. "이것 좀 맡길게요." 흰둥이가 큰 주머니칼을 바 너머로 건넸다. 청년들은 형광등 불빛 아래 조용히 음울하게 앉아 있었다. 모두가 흰둥이를 두려워했다. 로이만 빼고 모두가. 로이는 단호하게 맥주를 홀짝였다. 눈에서는 특유의 인광이 빛났다. 긴 비대칭의 몸을 바에 늘어뜨리고 있었다. 로이는 흰둥이를 보지 않았다. 그 반대쪽, 칸막이 자리들이 있는 벽을 보았다. 로이가 나에게 말했다. "저놈은 나보다 덜 취했어. 그냥 목말라서 저래."

흰둥이가 바 한가운데 서서 주먹을 불끈 쥐고 눈물을 질질 흘리고 있었다. "난 아무짝에도 쓸모가 없어. 아무짝에도 쓸모가 없어. 내가 뭘 하는지 나도 모른다는 걸 왜 아무도 이해를 못하지?"

청년들은 흰둥이의 눈길을 끌지 않고 최대한 멀리 떨어지려고 애썼다.

마이크와 가끔 짝을 이루는 '지하철 말라깽이'가 들어와서 맥주를 시켰다. 키가 크고 뼈만 앙상했고, 못생긴 얼굴은 기묘하게 무표정해서 나무를 깎아 만든 것 같았다. 흰둥이가 말라깽이의 등을 찰싹 때리자 말라깽이가 "하지 마, 흰둥이."라고 말하는 소리가 들렸다. 대화가 더 오갔지만 내 귀에는 들리지

치기' 죄로 수감되며 5개월 29일 징역형을 받았다.
8   넴부탈을 가리키는 은어다.

않았다. 대화 어느 지점에서 흰둥이가 바텐더로부터 칼을 돌려받은 게 분명했다. 말라깽이 뒤에서 갑자기 등을 찔렀다. 말라깽이가 바에 고꾸라져서 신음했다. 흰둥이는 바 위쪽으로 가서 주위를 돌아보았다. 칼을 접고 주머니에 넣었다.

로이가 말했다. "가자."

흰둥이는 이미 사라지고 없었다. 바에 있던 사람들도 사라졌고, 마이크만 옆에서 말라깽이를 부축하고 있었다. 프랭키 돌란은 반대쪽에서 말라깽이를 부축했다.

이튿날 프랭키가 나에게 말라깽이는 괜찮다고 말했다. "의사가 그러는데, 칼날이 신장을 살짝 비껴갔대."

로이가 말했다. "덩치 큰 굼벵이. 진짜 근육질 남자로 보일 수도 있지. 그런데 술집에서 동전이나 주으려고 돌아다니는 놈이야. 그런 놈이라면 얼마든지 상대할 수 있어. 먼저 배를 발로 차고, 다음에는 바닥에 있는 상자에서 맥주병을 집고 대가리에 깨부숴야지. 그렇게 덩치 큰 악당한테는 전략을 써야 해."

앵글바는 우리 모두를 출입 금지시켰으며 얼마 지나지 않아 록시그릴로 이름을 바꿨다.

* * *

어느 밤, 나는 헨리스트리트로 잭을 만나러 갔다. 키가 큰 빨강 머리 여자가 문에서 나를 맞았다.

여자가 말했다. "난 메리라고 해요. 들어와요."

잭은 워싱턴으로 출장을 간 듯했다.

여자는 빨간 코듀로이 커튼을 젖히며 말했다. "거실로 와요. 주방에서 집주인과 채권자들과 얘기하는 중이에요. 우리는 여기 '살아요.'"

나는 주위를 둘러보았다. 장식품들은 사라졌다. 거실은 중국 식당 같았다. 검정과 빨강으로 칠한 테이블들이 곳곳에 흩어져 있고, 창은 검은 커튼으로 덮여 있었다. 천장에는 갖가지 색으로 모자이크처럼 그린 작은 사각형과 삼각형 들이 바퀴 모양을 이루고 있었다.

메리가 바퀴를 가리키며 말했다. "잭이 했어요. 그 모습을 봤어야 하는데. 사다리 두 개를 받치고 널빤지를 놓은 뒤에 거기 누웠어요. 페인트가 얼굴에 계속 뚝뚝 떨어졌죠. 잭은 그런 일을 하면서 쾌감을 느껴요. 우리는 약에 취하면 저 바퀴에서 아주 큰 쾌감을 느껴요. 똑바로 누워서 바퀴에 집중하면 금세 바퀴가 돌아가기 시작해요. 오래 보면 볼수록 더 빨리 돌아가요."

그 바퀴에는 아스텍 모자이크 같은 천박한 악몽이 깃들어 있었다. 피비린내 나는 비속한 악몽, 아침 햇살에 고동치는 심장, 기념품 재떨이와 엽서와 달력들의 야한 분홍과 파랑. 벽은 검정 페인트로 칠해져 있고, 한쪽 벽에는 빨간 래커로 한자 하나가 그려져 있었다.

메리가 말했다. "저 글자 뜻은 나도 몰라요."

"셔츠 한 장에 31센트."

내 농담에 메리는 공허하고 차가운 미소를 지은 뒤 잭 이야기를 시작했다. "난 잭한테 빠졌어요. 잭은 도둑질을 자기 직업으로 생각하고 열심히 해요. 밤에 와서 나한테 총을 내밀어요. '잘 감춰!' 잭은 집 꾸미기를 좋아해요. 페인트칠을 하고 가구를 만들고."

말하는 동안 메리는 집 안을 돌아다니며 이 의자에 앉았다가 저 의자에 앉았다가, 다리를 꼬았다가 풀었다가, 슬립 매무새를 바로잡았다. 자기 몸을 부분 부분 차례로 드러내는 것 같았다.

이어서 메리는 희귀병으로 자기 인생에 번호가 매겨졌다고 말했다. "기록에 남은 환자가 스물여섯 명뿐이에요. 몇 년 안에 몸을 전혀 못 움직이게 돼요. 있죠, 칼슘 흡수를 못 해서 뼈가 서서히 분해되고 있어요. 결국은 다리를 잘라야 해요. 그다음은 팔이죠."

메리는 심해 생물처럼 뼈가 없는 듯한 면이 있었다. 눈이 차가운 물고기의 눈이었다. 몸에 붙은 끈끈한 감각 기관으로 상대를 보았다. 내 눈에 비친 메리의 눈은 어두운 바다 밑바닥에서 물결치는 무정형 원형질 덩어리였다.

"벤제드린이 효과가 좋아요. 벤제드린을 적신 종이 세 줄. 아니면 알약으로 열 알 정도. 아니면 벤제드린 종이 두 줄이랑 넴부탈 둘. 안에 들어가면 자기들끼리 싸우죠. 약효가 좋아요."

브루클린에서 온 젊은 불량배 세 명이 발레 공연하듯 동작에 맞춰 들어왔다. 주머니에 찌른 손, 무뚝뚝한 얼굴. 세 사람은 잭을 찾았다. 잭이 거래를 하고 돈을 덜 냈다. 아니, 대략 그런 뜻 같았다. 세 사람은 말보다는 행동으로 뜻을 전했다. 서로 고갯짓으로 신호했다. 아파트 안을 위협하듯 휘젓고 다니거나 벽에 기대섰다. 한참 뒤에 셋 중 하나가 문으로 가더니 고개를 홱 흔들었다. 세 불량배는 줄지어 나갔다.

"약 좀 할래요?" 메리가 물었다. "여기 어디 마리화나 꽁초가 있을 텐데." 메리는 서랍과 재떨이를 뒤지기 시작했다. "아니, 없는 것 같네. 업타운에 갈래요? 지금쯤이면 내가 아는 좋은 연락책들을 만날 수 있어요."

젊은 남자가 갈색 종이로 싼 물건을 겨드랑이에 끼고 비틀대며 들어와서 물건을 탁자에 올려놓으며 말했다. "나가는 길에 이것 좀 버려." 남자는 주방 반대편에 있는 침실로 비칠거리며 들어갔다. 나는 메리와 함께 밖에 나간 뒤 포장을 풀었다. 작은 쇠지레로 거칠게 뜯은, 유료 화장실 요금 상자였다.

타임스스퀘어에서 택시를 타고 골목을 이리저리 돌아다니기 시작했다. 메리가 방향을 정했다. 메리는 가끔 "세워요!"라고 소리친 뒤 빨간 머리카락을 나부끼며 뛰쳐나갔고, 나는 메리가 어떤 인물을 쫓아가서 대화를 시작하는 모습을 지켜보았다. "마약상이 십 분 전에 여기 있었대요. 저 작자도 약을 가지고 있는데 하나도 안 내놓을 사람이에요." 그다음. "늘 나타나는 마약상이 집에 갔대요. 브롱크스에 사는데……. 그래도 여기서 잠깐 기다려요. 켈로그스에 한 명 있을 거 같아요." 마지막. "어딜 가도 아무도 없는 것 같아요. 약 사기에는 시간이 좀 늦었어요. 베니[9] 튜브를 사서 로니스로 가죠. 거기 주크박스에 좋은 노래도 있어요. 커피를 시키고 베니에 취하면 돼요."

52번가 6스트리트 근처에 있는 로니스는 음악가들이 오후 1시 이후에 프라이드치킨과 커피를 먹으러 오는 곳이다. 우리는 칸막이 자리에 앉아서 커피를 시켰다. 메리가 능숙하게

---

9   벤제드린의 은어다.

벤제드린 튜브를 깨뜨리고 접힌 종이를 꺼내서 나에게 세 조각을 건넸다. "그걸 말아서 알약처럼 만든 다음에, 커피랑 같이 삼켜요."

종이에서는 역겨운 박하 향이 났다. 근처에 있는 사람들이 그 냄새를 맡고 씩 웃었다. 종이 뭉치에 목이 막힐 뻔했지만 결국 삼켰다. 메리는 노래 몇 곡을 고르고, 멍청이가 자위할 때 지을 표정으로 테이블을 두드렸다.

나는 말이 아주 빨라지기 시작했다. 입이 마르고, 침이 하얀 거품으로 나왔다. 흔히 그것을 '침 솜'이라고 부른다. 우리는 타임스스퀘어를 돌아다녔다. 메리는 집에 '피콜로'(축음기)가 있는 사람을 찾으려고 했다. 나는 사교적이고 호탕한 기분에 휩싸였다. 몇 달, 아니 몇 년 동안 못 본 사람들, 내가 좋아하지도 나를 좋아하지도 않는 사람들에게 갑자기 전화하고 싶었다. 피콜로가 있는 괜찮은 집주인을 찾아내려고 몇 번 시도했지만 실패했다. 그러던 중에 어디서 피터를 만났고 결국 우리는 헨리스트리트 아파트에 돌아가기로 결정했다. 거기에는 적어도 라디오가 있으니까.

피터와 메리와 나는 아파트로 간 뒤 삼십 시간을 거기서 보냈다. 가끔 커피를 만들고 벤제드린을 더 삼켰다. 메리는 주된 수입원인 '물주'들로부터 돈을 얻어 내는 방법을 설명하고 있었다.

"물주는 항상 치켜세워야 해. 몸이 아주 볼품없는 놈이면 '어머, 저를 해치지 마세요.'라고 말해야 해. 물주랑 봉은 달라. 봉은 같이 있을 때 한시도 마음을 놓으면 안 돼. 봉한테 아무것도 주면 안 돼. 봉은 내가 빨아먹기만 하면 돼. 그런데 물주는 달

라. 물주가 나한테 주는 돈만큼 나도 물주한테 갚아야 해. 물주랑 같이 있을 때는 나도 즐기고 물주도 즐겨야 해.

남자의 기를 정말 꺾고 싶으면 삽입 섹스 중에 담뱃불을 붙여. 물론 난 정말로 남자들을 성적으로 좋아하지 않아. 내가 정말 찾는 건 여자들이야. 잘난 체하는 여자를 낚아채서 기를 꺾고 자기가 그저 한 마리 동물일 뿐이라고 깨닫게 만들 때 쾌감을 느껴. 여자는 꺾인 뒤에는 전혀 아름답지 않아. 와, 이거 '난롯가에서 약 하기'라고 부를 만한걸." 메리는 실내에서 유일하게 빛을 내는 라디오를 가리켰다.

메리는 분노한 원숭이처럼 일그러진 표정으로 길에서 추파를 던지는 남자들을 이야기했다. 메리가 딱딱거렸다. "개새끼들! 여자가 섹스 상대를 찾고 있는지 아닌지는 그놈들도 알아. 나는 손에 무기를 끼고 장갑으로 가린 뒤에 돌아다녔어. 나한테 수작 부리는 건달 한 놈만 걸려라 하면서."

* * *

하루는 허먼이 일등급 뉴올리언스 대마초 약 1킬로그램을 70달러에 살 수 있다고 귀띔했다. 대마초 밀매매가 보기에는 그럴싸하다. 모피용 동물 농장을 운영하는 것이나 개구리를 키우는 것과 마찬가지로 보인다. 한 개비에 75센트고, 40그램이면 100개비가 나오니 돈이 될 것 같았다. 나는 혹해서 대마초를 샀다.

허먼과 나는 한 팀이 되어서 대마초를 팔았다. 허먼은 메리언이라는 여자를 찾아냈다. 메리언은 그리니치빌리지에 살고, 자칭 시인인 레즈비언이었다. 우리는 메리언의 아파트에 대마초를 맡겼다. 그 대마초를 다 피울 수도 있다고 메리언을 꼬드기고, 매출의 50퍼센트를 메리언에게 줬다. 메리언은 대마초 피우는 사람을 많이 알고 있었다. 또 다른 레즈비언이 메리언의 집에 들어왔다. 덩치 큰 빨강 머리 리지는 내가 메리언의 아파트에 갈 때마다 어리석게도 증오가 가득한 차가운 물고기 눈으로 나를 지켜보았다.

하루는 빨강 머리 리지가 문을 연 뒤에 가만히 서 있었다. 넴부탈을 먹고 자서 부은 얼굴에는 핏기 하나 없었다. 리지는 나에게 대마초 봉지를 떼밀었다. "이거 갖고 꺼져. 어미랑 붙어 먹는 놈들." 아직 잠이 덜 깬 모습이었다. 우리가 실제로 근친상간하는 양 사실을 진술하는 듯 무미건조한 말투였다.

내가 말했다. "메리언한테 여러모로 고맙다고 전해."

리지는 문을 쾅 닫았다. 자기가 닫은 문소리에 잠에서 깼는지, 다시 문을 열더니 히스테릭한 분노로 비명을 지르기 시작했다. 우리가 도로에 닿을 때까지 비명이 계속 들렸다.

허먼은 대마초 피우는 사람들을 다시 찾아냈다. 모두가 우리에게 말썽만 안겼다. 대마초 밀매가 실제로는 골칫거리다. 우선 대마초는 부피가 크다. 돈을 손에 쥐려면 대마초가 여행용 가방을 가득 채울 만큼 많아야 한다. 알팔파 가마니를 두고 있는 셈이니 경찰이 집에 들이닥치면 들킬 수밖에 없다.

대마초 피우는 사람들은 중독자들과 다르다. 중독자는 돈을 건네고 마약을 받은 뒤 사라진다. 그러나 대마초 피우는 사람들은 그런 식이 아니다. 2달러어치를 사면서도, 파는 사람이 자신을 반기며 삼십 분 동안 앉아서 대화하기를 바란다. 파는 사람이 곧장 본론을 꺼내면 '기분을 깬다.'라고 말한다. 대마초를 파는 사람은 자기가 물건을 팔러 왔다고 솔직히 말하면 안 된다. 그저 소수의 선한 남자들과 여자들을 위해 대마초를 가져온 사악한 사람일 뿐이어야 한다. 대마초 장수라고 모두에게 알려진 사람이라도 대마초 장수라고 부르지 않는다. 이유는 아무도 모른다. 나로서는 대마초 피우는 사람이 불가해한 존재다.

대마초 사업에는 거래의 비밀이 많다. 대마초 피우는 사람들은 이러한 이른바 비밀들을 멍청하고 교활하게 감춘다. 예를 들어 대마초는 말려야 한다. 날것은 목을 자극한다. 하지만 대마초 피우는 사람에게 대마초 말리는 법을 물어보면 교활하게 멍청한 표정만 지으며 애매한 말로 둘러댄다. 어쩌면 대마초를 계속 피워서 뇌에 이상이 생겼는지 모른다. 아니면 타고나기를 멍청한 사람이 대마초를 피우게 되는지도 모른다.

내가 가진 대마초는 날것이었으므로 나는 중탕기에 대마초를 넣고 그 중탕기를 오븐에 넣은 뒤 열을 가해 사람들이 바라는 대로 녹갈색으로 만들었다. 이것이 대마초를 말리는 비밀이다. 아니 최소한 그 비밀들 중 하나다.

대마초 피우는 사람들은 무리 생활을 하며, 예민하고, 편집광적이다. 분위기를 '망치는 사람'이나 '깨는 사람'으로 알려지면 대마초 거래도 할 수 없다. 나는 대마초 피우는 사람들과는 잘 어울릴 수 없다는 것을 곧 깨달았기에 내가 가진 대마초를 원가에 다 살 사람을 찾았을 때 아주 기뻤다. 그때 대마초에는 앞으로 절대 손대지 않으리라 마음먹었다.

1937년, 대마초는 해리슨 마약법에 의해 마약으로 간주되었다. 마약을 담당하는 당국자들은 대마초가 의존성 있는 약물이라고, 대마초를 피우면 심신에 해롭다고, 피우는 사람으로 하여금 범죄를 저지르게 만든다고 주장했다. 사실은 이렇다. 대마초는 의존성이 없다. 몇 년 동안 피우다가 갑자기 끊어도 전혀 불편하지 않다. 대마초를 피우다가 교도소에 온 사람들을 봤는데 아무도 금단 증상을 보이지 않았다. 나도 십오 년 동안 대마초를 피우다 말다 하고 있지만 대마초가 떨어졌을 때 아쉬웠던 적은 전혀 없다. 대마초는 담배보다 의존성이 적다. 전반적인 건강에도 해를 끼치지 않는다. 사실 대마초 피우는 사람들 대부분은 대마초가 식욕을 돋우며 강장제 역할을 한다고 주장한다. 내가 아는 한 식욕을 확실히 올리는 마약은 없다. 나는 대마초 한 개비를 피운 뒤에도 캘리포니아 셰리주 한 잔을 마시고 간이식당 밥을 맛있게 먹을 수 있다.

나는 대마초와 함께 마약을 한 적이 있다. 이튿날 앉아서 음식을 다 먹었다. 마약을 한 뒤에는 대개 여드레 동안 아무것도 먹지 못한다.

대마초로 인해 범죄를 저지르는 사람도 없다. 나는 대마초를 피워서 폭력적으로 변하는 사람을 본 적이 없다. 대마초 피우는 사람들은 사교적이다. 내가 좋아할 수 없을 만큼 사교적이다. 대마초가 범죄를 유발한다고 주장하는 사람들이 왜 금주법은 요구하지 않는가. 나는 이해할 수 없다. 맑은 정신에서는 범죄를 저지르지 않을 사람이 술에 취해서 저지르는 범죄가 날마다 일어난다.

대마초의 최음 효과를 두고도 말이 많다. 무슨 이유에서인지 과학자들은 최음제라는 것이 존재한다는 사실조차 인정하길 꺼린다. 그래서 약학자들 대부분은 '대마초에 최음 효과가 있다는 일반적인 생각을 뒷받침할 증거는 전혀 없다.'라고 말한다. 나는 대마초가 최음제며, 대마초를 피우고 하는 섹스가 그렇지 않은 섹스보다 즐겁다고 분명히 말할 수 있다. 질 좋은 대마초를 피워 본 사람이라면 누구라도 이 말이 옳다고 증언할 것이다.

대마초를 피우면 정신이 이상해진다는 말도 있다. 사실 대마초를 과하게 사용했을 때 나타나는 이상 증세가 있다. 이것은 대마초의 질에 따라 달라진다. 미국에서 손에 넣을 수 있는 대마초는 머리를 날려 버릴 정도로 세지 않으며, 따라서 미국에서는 대마초 정신병이 드물다. 극동 지방에서는 흔하다고 한다. 대마초 정신병은 섬망증과 어느 정도 비슷하며 대마초를 중단하면 금방 사라진다. 하루에 대마초 몇 개비를 피우는 사람이 정신이 이상해질 위험은 저녁 식사 전 칵테일 몇 잔을 마시는 사람이 섬망증에 걸릴 위험보다 크지 않다.

대마초에 대해 한 가지 더. 대마초에 취한 사람은 운전을 하면 안 된다. 대마초는 시간 개념을 흐트러뜨리고, 따라서 공간 개념도 흐트러뜨린다. 나는 뉴올리언스에서 차를 길가에 주차하고 대마초 기운이 사라질 때까지 기다려야 했던 적도 있다. 어떤 사물이든 얼마나 떨어져 있는지 구별할 수도, 교차로에서 언제 핸들을 꺾어야 할지 브레이크를 밟아야 할지 알 수 없었다.

* * *

　이제 나는 매일 주사를 맞았다. 허먼은 헨리스트리트에 있는 내 아파트로 들어와서 살았다. 허먼이 잭과 메리와 함께 살고 있던 아파트에서는 집세를 낼 사람이 더 이상 아무도 없었기 때문이다. 잭은 금고를 털다 붙잡혀 브롱크스카운티 구치소에서 재판을 기다리고 있었다. 메리는 '물주'와 플로리다로 갔다. 허먼의 머릿속에는 자기가 집세를 낸다는 개념조차 없었다. 허먼은 평생 남의 아파트에 얹혀살았다.

　로이는 스스로 상륙 휴가를 길게 쓰는 중이었고, 가짜 처방전을 주는 의사를 브루클린에서 찾아냈다. 이 의사는 처방전을 하루에 세 장이나 주고, 한 처방전에 서른 알까지 처방했다. 그런 거래를 가끔 불안하게 여겼지만 돈을 보면 늘 마음을 돌렸다.

　처방전을 쓰는 의사에는 여러 부류가 있다. 중독자라고 설득해야 처방전을 쓰는 의사가 있는가 하면, 아니라고 설득해야 쓰는 의사도 있다. 중독자들 대부분은 몇 년 동안 써먹어서 부드럽게 넘어가는 거짓말을 늘어놓는다. 담석증이나 콩팥돌증이 있다고 주장하는 사람도 있다. 가장 흔하게 쓰이는 거짓말이므로, 담석이라는 말이 나오자마자 일어서서 문을 여는 의사도 많다. 나는 안면통 증상을 찾아내서 외운 뒤로 덕을 꽤 많이 보았다. 로이는 배에 있는 수술 흉터를 이용해서 담석 거짓말을 써먹곤 했다.

　웨스트 70스트리트에 있는 빅토리아 양식 고급 아파트에서 생활하는 늙은 의사가 있었다. 그 의사에게는 신사처럼 꾸미고 가면 됐다. 일단 안쪽 진료실까지 들어가면 성공이었다. 그러나 그 의사는 처방전을 세 장밖에 쓰지 않았다. 또 다른 의사는 항상 술에 취해 있었다. 그래서 때를 잘 맞춰서 의사를 만나야 했다. 처방전을 잘못 쓸 때가 많아 정정하려고 다시 가져가면, 십중팔구 의사는 위조 처방전이라고 말하면서 갈기갈기 찢었다. 또 다른 의사는 망령이 나서 처방전을 쓸 때 옆에서 도와야 했다. 그 의사는 자기가 뭘 하고 있었는지도 잊어버리고 펜을 내려놓은 뒤 예전에 오던 상류층 환자들을 오랫동안 회상하곤 했다. 특히 고어 장군이라는 사람을 즐겨 이야기했는데, 고어 장군이 이 의사에게 '선생님, 제가 메이요 클리닉에도 간적 있지만 그 병원 전체를 합친 것보다 선생님이 더 박식하십니다.'라고 말했단다. 그 의사의 말을 중단시킬 길은 없고, 애타는 중독자라도 꾹 참고 듣는 수밖에 없었다. 의사의 아내가 종종 막판에 황급히 들어와서 처방전을 찢거나 약국의 확인 전화를 거절하곤 했다.

일반적으로 젊은 의사보다 늙은 의사가 처방전을 잘 준다. 외국에서 망명한 의사는 한동안 좋은 대상이지만 중독자들이 그 의사를 완전히 소진시키고 만다. 마약이라는 말만 꺼내도 불끈해서 경찰을 부르겠다고 위협하는 의사도 많다.

의사들은 심하게 과장된 특권 의식을 품고 있어서, 일반적으로 사실에 입각한 접근이 불가능할 정도다. 의사들은 거짓말을 믿지 않더라도 거짓말을 바란다. 동양의 체면치레 의례와 비슷하다. 한 사람은 1000달러를 받아도 비윤리적인 처방전을 쓰지 않을 고상한 의사 역할을 연기하고, 다른 한 사람은 진정한 환자 역할을 연기하려고 최선을 다한다. '있죠, 선생님, 저한테 모르핀 처방전을 주시면 제가 진찰료를 두 배로 드리죠.'라고 말하면, 불끈한 의사에게 쫓겨난다. 의사는 섹스 상대를 다루듯 잘 다루어야 한다. 아니면 아무것도 얻을 수 없다.

로이는 약을 지나치게 많이 했다. 허먼과 내가 로이를 따라잡고 우리 몫을 차지하려면 우리에게 필요한 양보다 훨씬 많이 주사를 맞아야 했다. 나는 대정맥에 주사를 놓기 시작했다. 그러면 약효가 즉시 나타나고 약을 아낄 수 있다. 처방전에 맞춰서 약을 얻기가 힘들었다. 약국에서 모르핀 처방전에 맞춰서 약을 주는 경우는 대부분 한두 번에 그쳤다. 전혀 약을 주지 않는 약국도 많았다. 아무 때고 처방전 약을 모두 내주는 약국이 한 곳 있어서, 우리는 처방전을 모두 그 약국으로 가져갔다. 그러나 로이는 형사에게 발각될 위험을 줄이려면 처방전들을 여러 약국으로 흩뿌려야 한다고 말했다. 이 약국 저 약국 돌아다니기는 너무 힘들었고, 대개는 결국 그 약국에 가곤 했다. 나는 로이와 허먼이 내 약을 찾아내서 몰래 쓰지 않도록 약을 꼭꼭 감추는 법, 마약 거래를 하는 사람들끼리 쓰는 말로 '은닉하는' 법도 배우게 됐다.

다른 중독자가 숨긴 약을 빼내는 일을 '은닉물 써먹기'라고 부른다. 중독자라면 약을 은닉할 만한 곳을 잘 알고 있으므로 이런 도둑질을 막기는 어렵다. 약을 몸에 지니고 다니는 사람도 있지만 경찰의 수색을 받으면 마약 소지 혐의로 체포될 수도 있다.

약을 매일 하고 하루에도 예닐곱 번씩 하는 날이 많아지면서 술도 끊고 밤에 외출하는 일도 없어졌다. 마약을 할 때는 술을 마시지 않게 된다. 세포에 약이 들어간 몸은 알코올을 흡수하지 못하는 듯하다. 술은 배 속에 그대로 머무르며 서서히 욕지기가 나고 불편하며 어지러워진다. 취기는 전혀 오르지 않는다. 알코올 의존증에는 마약이 확실한 치료제일 수 있다. 나는 목욕도 중단했다. 마약을 할 때면 무슨 이유에서인지 피부에 물이 닿는 느낌이 불쾌하기 때문에 중독자들은 목욕을 꺼린다.

마약에 중독되었을 때 겪는 변화를 다룬 글들 중에는 말도 안 되는 것이 많다. 중독자는 거울을 보고 갑자기 자신을 못 알아본다. 실제로 어디가 변했는지는 꼭 꼬집을 수 없고, 거울 속에는 변한 부분이 나타나지 않는다. 다시 말해 투약 습관의 발전에 관한 한 중독자는 스스로 보지 못하는 부분이 있다. 중독자는 대개 자신이 중독되었다는 사실을 전혀 깨닫지 못한다. 하루걸러 주사하기 같은 몇 가지 규칙만 지키고 조심하면 중독될 일이 없다고 말한다. 실제로는 이런 규칙을 지키지도 않는다. 주사를 추가로 더 맞을 때마다 그 주사는 예외로 간주한다. 나는 지금까지 여러 중독자와 대화했는데, 하나같이 자신이 실제로 중독됐다고 깨달았을 때 놀랐다고 말한다. 대다수가 자기 증세의 원인을 다른 데에서 찾았다.

일단 약에 중독되면 다른 관심사는 사라진다. 중독자의 삶은 약 한 번과 그다음 약을 간절히 바라기, 은닉, 처방전, 주삿바늘, 점안기로 압축된다. 중독자는 대개 자기가 평범한 삶을 살고 있다고, 마약은 부수적인 것이라고 느낀다. 약과 관계없는 활동은 그저 시늉만 내고 있지만 스스로는 깨닫지 못한다. 약을 구할 수 없는 상황이 닥쳐야 비로소 약이 자신에게 어떤 의미인지 깨닫는다.

"리 씨, 왜 마약이 필요합니까?" 어리석은 정신과 의사가 하는 질문이다. 답은 이렇다. "아침에 침대에서 나오려면, 면도를 하고 아침을 먹으려면 약이 필요합니다. 살아 있으려면 약이 필요합니다."

물론 중독자가 약을 끊는다고 해서 반드시 죽는 것은 아니다. 그러나 정말이지 문자 그대로, 약을 끊는 것은 약에 의존하는 세포들이 죽고 약을 필요로 하지 않는 세포들이 그 자리를 채우는 일이다.

로이가 어머니와 함께 그 빈민가 아파트 건물로 이사했다. 매일 우리는 아침을 먹은 뒤 내 아파트에 모여서 그날의 마약 계획을 세웠다. 한 명은 의사를 찾아야 했다. 로이는 그 일을 늘 다른 사람에게 미루려고 했다. "나는 이번에 못 가. 그 의사랑 싸웠어. 있지, 그래도 무슨 말을 해야 하는지 딱 알려 줄게." 혹은 새로운 의사를 찾으라고 허먼이나 나를 꼬드기려 했다. "실패할 리 없어. 안 된다는 말만 입에서 안 나오게 해. 틀림없이 처방전을 쓸 테니까. 나는 못 가."

로이가 확실하다고 말한 의사들 중 한 명이 전화로 나를 찾았다. 로이에게 이야기했더니 로이가 말했다. "아, 그 의사, 엄청 화났을걸. 며칠 전에 누가 마약 판다고 신고했대." 그 뒤로 나는 낯선 의사를 피했다. 그러나 우리 브루클린 의사가 점점 말을 듣지 않았다.

* * *

어떤 의사라도 얼마 지나지 않아 그만둔다. 하루는 처방전을 받으러 간 로이에게 의사가 말했다. "이게 마지막입니다. 당신들이 조심했어야죠. 어제 형사가 찾아왔어요. 당신들한테 준 처방전이 다 형사 손에 있어요. 앞으로 처방전을 더 쓰면 의사 면허를 박탈한대요. 그러니까 이 처방전은 어제 날짜로 쓸게요. 약국에 가면 어제 너무 아파서 약을 타러 올 수 없었다고 해요. 처방전에 가짜 주소도 적었더군요. 그건 공공건강법 334조 위반이에요. 나는 분명히 경고했어요. 젠장, 경찰에서 물어보면 나는 빼 줘요. 내 의사 경력이 다 날아갈 수도 있어요. 내가 여태까지 당신들한테 잘한 거 알죠? 몇 달 전부터 그만두고 싶었는데 당신들을 버려둘 수 없었어요. 그러니까 나 좀 쉽시다. 자, 이 처방전 받고 이제 다시 보지 맙시다."

이튿날 로이가 다시 갔다. 가족의 명예를 지키기 위해 병원에 와 있던 의사의 처남이 로이의 코트 칼라와 벨트 뒤를 잡아서 보도에 내동댕이쳤다.

의사의 처남이 말했다. "여기서 얼쩡대면서 우리 매형을 괴롭히는 모습이 또 눈에 띄면 도망도 못 치게 만들겠어."

십 분 뒤, 허먼이 도착했다. 의사의 처남이 허먼에게도 로이에게 한 것과 똑같이 하려 할 때 의사의 아내가 무슨 일인지 보려고 아래로 내려왔고, 허먼은 코트 속에 숨긴 실크 드레스를 꺼냈다. 내 기억으로는 우리한테서 모르핀 180밀리그램을 구입한 사람이 그 값으로 치른 드레스로, 장물이었다. 허먼이 의사의 아내에게 말했다. "이 드레스를 좋아하실 것 같아서요." 그래서 허먼은 의사와 말할 기회를 얻었고 의사는 마지막 처방전을 주었다. 처방전으로 약을 사는 데 세 시간이 걸렸다. 단골 약국에서 이제 약을 주지 않겠다고 했다. 경찰이 약국에 경고

했기 때문이다.

약사가 말했다. "숨는 게 좋겠어요. 형사한테 영장이 있는 거 같아요. 당신들 전부."

그 의사는 문을 닫았다. 우리는 흩어져서 뉴욕을 샅샅이 훑었다. 브루클린, 브롱크스, 퀸스, 저지시티, 뉴워크까지 뒤졌다. 아편도 구할 수 없었다. 의사들 모두가 우리 방문을 예상한 것 같았다. 우리가 들어가면 기다렸다는 듯이 '절대 안 됩니다.'라고 말했다. 뉴욕 의사들 모두가 갑자기 마약 처방전은 절대 쓰지 않겠다고 서약한 듯했다. 가진 약은 떨어져 갔다. 틀림없이 얼마 지나지 않아 우리는 움직이지도 못할 터였다. 로이는 백기를 들고 라이커스아일랜드에 '30일 치료'를 받으러 가기로 마음먹었다. 거기서는 약을 줄이며 치료하지 않는다. 약은커녕 수면제도 주지 않는다. 삼십 일 동안 가둬 둘 뿐이다. 그곳에는 늘 사람이 가득했다.

허먼은 브롱크스에서 의사를 찾다가 붙잡혔다. 확실한 혐의는 전혀 없었다. 단지 두 경관이 허먼의 외모를 못마땅히 여겼을 뿐이다. 경관들은 허먼을 시내로 데려온 뒤, 허먼에게 영장이 발부돼 있는 것을 알았다. 마약 처방전에 허위 주소를 기재한 혐의였다. 경찰차를 쫓아다니는 변호사가 나에게 전화해서 허먼의 보석금을 낼 수 있는지 물었다. 나는 대신 담뱃값 2달러를 보냈다. 교도소에서 복역해야 하면 담배를 피우기 시작하는 게 낫다.

이 시점에 나는 약이 다 떨어져서 마지막 남은 솜을 중탕했다. 마약은 스푼에 끓이고, 작은 솜뭉치에 남김없이 흡수하고, 점안기로 솜뭉치에서 약을 빨아들인다. 용액이 솜에 좀 남아 있고, 중독자들은 비상시를 대비해서 이 솜들을 보관한다.

나는 어떤 늙은 의사에게 편두통이라고 거짓말해서 코데인 처방전을 받았다. 아무것도 없는 것보다는 코데인이 낫고, 300밀리그램을 근육에 주사하면 금단 증상을 면할 수 있다. 이유는 알 수 없지만 코데인을 정맥에 주사하면 위험하다.

허먼과 나에게 코데인 약간을 빼고는 아무것도 없었던 밤이었다. 허먼이 먼저 코데인을 끓인 뒤 60밀리그램을 정맥에 주사했다. 그 즉시 시뻘게졌다가 아주 창백해졌다. 침대에 힘없이 주저앉았다. "세상에."

내가 물었다. "왜 그래? 완전히 괜찮은 약이야."

허먼이 못마땅한 얼굴로 나를 보았다. "괜찮다고? 그럼, 너도 주사해 봐."

나는 60밀리그램을 끓여서 주사할 준비를 다 갖췄다. 허먼은 나를 뚫어져라 지켜보며 침대에 가만히 앉아 있었다. 팔에서 주삿바늘을 빼자마자 모르핀을 제대로 맞았을 때 느끼는 찌릿한 느낌과 완전히 다른, 기분 나쁘게 찌르는 듯한 감각이 강하게 전해졌다. 얼굴이 부어오르는 것도 그대로 느껴졌다. 허먼 옆에 앉았다. 손가락이 두 배로 부었다.

허먼이 물었다. "어때, 괜찮아?"

내가 대답했다. "아니."

입을 한 대 맞은 것처럼 입술에 감각이 없었다. 끔찍한 두통에 시달렸다. 방을 서성거리기 시작했다. 몸을 움직이면 혈액 순환이 되어서 코데인이 희석되지 않을까 하는 생각이 어렴풋이 들었기 때문이다.

한 시간이 지나자 몸이 좀 나아져서 잠자리에 들었다. 허먼은 코데인 주사를 맞은 뒤 정신을 잃고 파랗게 질린 파트너 이야기를 나에게 들려주었다. "차가운 물에 샤워를 시켰더니 살아나더라."

내가 따졌다. "왜 진작 말 안 했어?"

허먼은 영문도 모르게 갑자기 짜증을 냈다. 허먼이 화낼 때는 대개 그 이유를 짐작할 수 없었다.

"글쎄, 마약을 쓸 때는 위험을 각오해야 해. 게다가 누가 어떤 반응을 일으킨다고 해서 다른 사람도 똑같은 반응을 일으키라는 법은 없어. 넌 그 주사가 괜찮다고 확신하는 것 같았으니까 내가 쓸데없는 말로 괴롭히기 싫었어."

* * *

허먼이 체포되었다는 이야기를 들었을 때 다음은 내 차례라고 생각했다. 그러나 나는 이미 아팠다. 도시를 떠날 기력도 없었다.

형사 두 명과 연방 수사관 한 명이 내 아파트로 와서 나를 체포했다. 주 경찰에서는 내가 처방전에 가명을 써서 공공건강법 334조를 위반한 죄로 영장을 발부한 터였다. 두 형사는 각각 협잡꾼과 무법자로 이루어진 한 쌍이었다. 협잡꾼이 나에게 물었다. "빌, 마약 한 지 얼마나 됐어? 처방전에 이름을 제대로 써야 하는 건 알지?" 그러자 무법자가 끼어들었다. "야, 야, 우리가 보이스카우트인 줄 알아?"

그러나 형사들은 사건에는 크게 신경을 쓰지 않았다. 내 진술도 필요 없었다. 시내로 가는 도중에 연방 수사관은 나에게 몇 가지 질문을 던지고 서류 양식을 채웠다. 나는 맨해튼 교도소로 끌려갔다. 범인 사진을 찍고 지문을 찍었다. 재판을 기다리는 동안 협잡꾼이 나에게 담배를 주고 마약이 왜 나쁜지 이야기하기 시작했다.

"마약을 하면서 삼십 년을 그럭저럭 살아도 자신을 속이는 것뿐이야. 약을 먹으면 성욕도 퇴보하고……." 협잡꾼은 눈을 반짝였다. "의사들도 어쩔 수 없대."

판사는 보석금을 1000달러로 정했다. 맨해튼 교도소로 다시 이송되었다. 옷을 다 벗고 샤워를 하라는 명령을 받았다. 인정사정없는 간수가 내 옷을 뒤졌다. 나는 다시 옷을 입고 엘리베이터를 타고 위로 올라간 뒤 감방을 배정받았다. 오후 4시, 감방에 갇혔다. 문들이 중앙 스위치를 통해 자동으로 닫혔다. 철커덕하는 굉음이 교도소 건물에 메아리쳤다.

마지막 코데인의 약효도 사라지고 있었다. 콧물과 눈물이 질질 흐르기 시작했고, 땀으로 옷이 젖었다. 용광로 문이 계속 돌면서 열렸다 닫혔다 하듯 더위와 추위가 번갈아 나를 덮쳤다. 간이침대에 누웠다. 움직일 기운도 없었다. 다리가 쑤시고 욱신거려서 어떤 자세도 견딜 수 없었다. 한쪽에서 반대쪽으로 돌아누우면 땀에 젖은 옷이 점벙거렸다.

흑인이 부르는 노랫소리가 들렸다. "일어나요, 일어나요, 그 크고 풍만한 엉덩이를 떼요."[10] 목소리들이 여기저기서 떠

10　루이스 조던(Louis Jordan, 1908~1975)의 노래 「러스티 더스티 블루스(Rusty Dusty Blues)」의 가사 일부다.

다녔다. "40년! 젠장, 40년을 어떻게 버텨!"

그날 밤 자정, 아내가 보석금을 내고 나를 빼냈다. 아내는 넴부탈을 가져왔다. 넴부탈이 조금 도움이 됐다.

이튿날 증상이 더 심해지고 침대에서 나갈 수도 없었다. 그래서 가끔 넴비를 먹으면서 침대에 그냥 누워 있었다.

밤이면 벤제드린 종이 두 줄을 먹고 술집으로 가서 주크박스 바로 옆에 앉곤 했다. 금단 증상으로 아플 때는 음악이 큰 도움이 된다. 나는 텍사스에서 대마초와 패리고릭[11] 한 병, 루이 암스트롱 음반들로 마약을 끊은 적도 있다.

신체적인 금단 증상만큼 괴로운 것은 그에 동반된 우울이다. 어느 오후, 눈을 감자 폐허가 된 뉴욕이 보였다. 42스트리트의 술집과 카페테리아와 약국이 텅 비어 있고 거대한 지네와 전갈들이 들락날락했다. 갈라진 포장도로의 틈과 구멍에서는 대마초가 자랐다. 사람은 자취도 없었다.

닷새 뒤, 몸이 약간 나아지기 시작했다. 여드레 뒤, 약을 끊은 후에 식욕이 전혀 없다가 갑자기 몹시 허기를 느끼는 증세가 나타났다. 슈크림과 마카롱이 엄청나게 먹고 싶었다. 열흘 뒤, 금단 증상이 사라졌다. 내 재판은 연기됐다.

11　아편을 캠퍼에 약하게 섞은 팅크. 패리고릭 30그램에 아편이 60밀리그램쯤 들어 있고, 패리고릭 60그램 정도면 금단 증상이 가라앉는다. 미국에서는 주에 따라 처방전 없이 살 수도 있었다. 불에 데워서 알코올을 날리고 캠퍼를 거른 뒤에 정맥에 주사하기도 한다.

로이가 라이커스아일랜드에서 삼십 일 복역을 마치고 돌아온 뒤, 브로드웨이 103스트리트에서 멕시코산 헤로인을 파는 마약상을 나에게 소개했다. 전쟁 초기에는 헤로인 수입이 사실상 중단되었고 살 수 있는 마약은 처방전을 받은 모르핀뿐이었다. 그러나 교역 통로가 다시 마련되자 멕시코에서 헤로인이 들어오기 시작했다. 멕시코에서는 중국인들이 양귀비를 재배했다. 멕시코산 헤로인은 생아편이 꽤 많이 들어 있어서 색이 갈색이었다.

브로드웨이 103스트리트는 여느 브로드웨이 블록과 다름없는 모습이었다. 카페테리아 하나, 영화관 하나, 상점들. 브로드웨이 도로 중앙 분리대는 섬처럼 넓게 만들어져 풀이 자라고 벤치가 띄엄띄엄 놓여 있다. 103스트리트는 지하철역이 있고 붐비는 블록이다. 이곳은 중독자 구역이다. 중독자는 카페테리아에 출몰하고, 블록 여기저기를 돌아다닌다. 때로 브로드웨이를 반만 건너서 중앙 분리대 벤치에서 쉰다. 붐비는 대낮 거리의 유령.

카페테리아에 앉아 있거나, 코트 깃을 세우고 밖에 서서 마약상을 기다리느라 거리를 아래위로 훑어보면서 보도에 침을 뱉고 있는 중독자들이 늘 몇 명쯤 보인다. 여름이면 중앙 분리대 벤치에 중독자들이 아주 많이 앉아 있는데, 모두 검은 양복을 입어서 독수리들 같았다.

헤로인 상인은 쇠약한 청소년의 얼굴이었다. 쉰다섯 살이었지만 서른 살을 넘지 않은 것 같았다. 여윈 아일랜드인 얼굴에, 체구가 작고 피부색은 가무잡잡한 남자였다. 오래된 중독자들이 대개 그렇듯 시간을 전혀 지키지 않고 나타나서 카페테리아 테이블에 앉았다. 테이블에 돈을 올려놓으면, 삼 분 뒤에 길모퉁이에서 약을 건넸다. 절대 약을 지니고 다니지는 않았지만 가까운 어디에 은닉해 두었다.

이 남자는 '아일랜드놈'이라는 별명으로 알려져 있었다. 전에는 네덜란드인 슐츠 밑에서 일했지만, 성공한 모리배들은 중독자를 고용하지 않는다. 중독자는 신뢰할 수 없는 사람으로 여겨지기 때문이다. 그래서 아일랜드놈은 내쫓겼다. 이제 때때로 마약을 밀매매했고, 밀매매 거래처를 못 찾았을 때에는 지하철과 차에서 취객을 털었다. 어느 밤, 아일랜드놈은 지하철에서 소매치기를 시도한 혐의로 체포됐다. 그리고 맨해튼 교도소에서 스스로 목매달아 죽었다.

마약을 밀매매하는 일은 한 명씩 돌아가면서 맡는, 일종의 서비스직이다. 평균 임기는 석 달쯤 된다. 생색도 안 나는 일이라고 모두가 입을 모아 말한다. 그리스인 조지는 말했다. "결국은 빈털터리로 감옥에 가게 돼. 외상을 안 주면 쩨쩨하다고 하고, 주면 안 갚아."

금단 증상으로 괴로워하면서 찾아오는 사람이 있으면 조지는 거절하지 못했다. 사람들은 이런 친절을 악용해서, 다른 마약상에게는 돈을 내면서도 조지에게서는 외상으로 가져갔다. 조지는 삼 년형을 살고 나온 뒤 더는 밀매매 일을 하지 않으려고 했다.

비밥 음악을 들으며 유행을 좇는 젊은 중독자는 103스트리트에 절대 나타나지 않았다. 103스트리트 중독자들은 모두 구시대 사람이었다. 창백하고 수척한 얼굴, 냉소적이고 비틀린 입, 굳은 손가락으로 짓는 딱딱한 몸짓. (손바닥을 홱 젖히는 것이 여성스러운 동성애자의 표식이듯, 중독자의 표식인 중독자 몸짓이 있다. 손가락이 굳은 손이 손바닥을 드러내며 팔꿈치에서 곧장 달랑거린다.) 이유는 알 수 없지만 중독자는 국적과 체형이 다양해도 모두 비슷해 보인다. 모두 중독자로 보인다. 아일랜드놈, 그리스인 조지, 판토폰[12] 로즈, 벨보이 루이, 호모 에릭, 비글, 뱃사람, 멕시코인 조 등이 있었다. 그중 예닐곱 명은 이제 죽었고, 나머지는 감방에 있다.

브로드웨이 103스트리트에는 더 이상 마약상을 기다리는 중독자가 없다. 마약상은 다른 곳으로 떠났다. 그러나 마약의 분위기는 여전히 남아 있다. 그곳을 걷다 보면, 마약의 분위기가 모퉁이에서 나타나서 블록을 지날 때까지 따라온 다음, 낙담한 거지처럼 사라진다.

멕시코인 조는 야윈 얼굴에 코는 길고 날카로우며 성마른 분위기였고, 이가 없고 입술 끝이 아래로 처졌다. 쭈글쭈글하고 찌든 얼굴이었지만 나이는 많지 않았다. 얼굴에 온갖 일이 일어났지만 조는 상관하지 않았다. 눈은 밝고 젊었다. 오래된 중독자들 대부분이 그렇듯 조는 부드러운 구석이 있었다. 몇 블록 떨어진 곳에서도 누구나 조를 알아보았다. 도시의 이름 없는 대중 속에서도 조는 마치 쌍안경으로 보는 듯 분명하고 확실하게 도드라져 보였다. 조는 거짓말쟁이였으며, 거짓말쟁이

<hr>

12   아편 성분이 있는 처방약이다.

들 대부분이 그렇듯 끊임없이 말을 바꿨다. 처음 이야기할 때의 인물과 시간 들이 다음 이야기에서는 바뀌었다. 친구 이야기를 한 뒤에도 다음번에는 같은 이야기를 자기 이야기로 바꿔 말했다. 카페테리아에 커피와 파운드케이크를 놓고 앉아서 자기 경험을 되는대로 이야기하곤 했다.

"약을 은닉해 놓은 중국인이 있었어. 약을 어디 뒀는지 불게 하려고 온갖 방법을 다 써 봤지. 그놈을 의자에 묶었어. 내가 성냥을 켰지." 조가 성냥을 켜는 시늉을 했다. "그러고는 그놈 발밑에 성냥불을 댔어. 절대 입을 안 열더라. 그놈한테 되게 미안하네. 내 파트너가 총으로 그놈 얼굴을 쳤어. 얼굴이 완전히 피범벅이야." 조는 얼굴에 양손을 얹은 다음 손을 아래로 내리며 피가 흐르는 모습을 표현했다. "그걸 보니까 속이 메스껍더라. 그래서 말했지. '저놈은 그냥 두고 여기서 나가자. 저놈, 절대 안 불어.'"

루이는 상점을 터는 좀도둑으로, 전에는 담력이 있었는지 모르겠지만 어쨌든 담력이라고는 없는 사람이었다. 길고 허름한 검은색 오버코트를 입고 있어서 딱 수상한 부랑자 모습이었다. 도둑과 중독자 분위기가 온몸에 덕지덕지했다. 루이는 돈에 쪼들렸다. 루이가 한때 경찰 앞잡이였다는 말을 나도 들은 적이 있지만, 나와 가깝게 지낸 시점에서는 전반적으로 괜찮은 사람 같았다. 그리스인 조지는 루이를 좋아하지 않았으며 망종이라고 불렀다. "그놈을 절대 집에 들이지 마. 등치려 들어. 식구들 앞에서 마약을 할걸. 품위라고는 없는 놈이야."

그리스인 조지는 그 모임에서 공인된 중재자였다. 누가 옳고 누가 그른지 판단하는 것은 조지의 몫이었다. 조지는 중심이 잡힌 자신을 자랑스럽게 여겼다. "난 아무도 속인 적 없어."

조지에게는 전과가 세 건 있었다. 한 번 더 감옥에 가면 상습 범죄자가 될 터였다. 심각하게 연루되는 일은 뭐든 피해야 할 정도로 위축된 생활을 해야 했다. 마약 밀매매도 못 하고, 도둑질도 못 했다. 가끔 항구에서 일했다. 사방으로 완전히 포위되어 아래로 수그러드는 길밖에 없었다. 한 달의 절반은 약을 구할 수 없었는데 그럴 때면 술을 마시고 넴부탈을 먹었다.

조지의 두 아들은 사춘기 소년들로, 끝없이 말썽을 피웠다. 조지는 마약이 귀한 이 시기에 중간 정도의 금단 증상에 거의 늘 시달렸고, 이 어린 말썽꾸러기들을 전혀 감당할 수 없었다. 투쟁에서 끝없이 패배한 흔적이 얼굴에 남았다. 내가 마지막으로 뉴욕에 갔을 때에는 조지를 볼 수 없었다. 103스트리트 패거리는 이미 뿔뿔이 흩어졌다. 사람들에게 물었지만 그리스인 조지가 어떻게 됐는지 아는 사람은 아무도 없었다.

문지기 프리츠는 창백하고 작고 말랐으며 불구자인 듯한 인상을 풍겼다. 프리츠는 경찰 끄나풀에게 마약을 팔아서 오년을 복역한 뒤 가석방되었다. 끄나풀은 잡아넣을 사람이 필요했고, 마약 단속반은 실적이 시급했다. 그 두 가지 이해 속에서 끄나풀과 마약 단속반은 프리츠를 거물 마약상으로 몰았고, 프리츠를 체포해서 마약의 고리 하나를 깨부쉈다. 프리츠는 그처럼 큰 관심을 받아서 기뻐했고, 렉싱턴에서 겪은 '5년 금고형'을 자랑인 양 말했다.

호모 에릭은 취객을 노리는 소매치기로 솜씨가 뛰어났다. 수입이 엄청났다. 취객이 있으면 가장 먼저 접근하는 사람은 호모 에릭이었다. 주머니가 뒤집힌 채 누워 있는 취객이 있는 곳에 가는 일은 절대 없었다. 잠든 취객은 취객 털이의 세계에서 '여인숙'으로 통하며, 청소 동물의 먹이 사슬을 유혹한다. 처음에는 호모 에릭 같은 최고의 취객 털이범이 특별한 더듬이에 따라 다가온다. 이들은 현찰과 금반지, 시계 등만 가진다. 그다음 뭐든 훔치는 똘마니들이 온다. 이들은 모자, 구두, 벨트를 가진다. 마지막으로 뻔뻔하고 서투른 좀도둑들이 와서 취객의 오버코트나 재킷을 벗기려고 애쓴다.

돈 많은 취객이 있으면 늘 가장 먼저 다가가는 사람은 호모 에릭이다. 호모 에릭은 103스트리트역에서 단번에 1000달러를 번 적도 있다. 수백 달러를 벌 때도 많았다. 취객이 깨어나면 에릭은 섹스 때문에 접근한 척 히쭉히쭉 웃으며 취객의 허벅지를 만졌다. 그 별명은 그래서 붙었다.

호모 에릭은 항상 잘 차려입고 다녔다. 대개는 트위드 재킷과 회색 플란넬 바지를 입었다. 매력적인 유럽식 매너와 살짝 깃든 스칸디나비아 억양이 이 외모를 완성했다. 취객을 터는 소매치기와 너무도 거리가 먼 외양이었다. 호모 에릭은 늘 혼자 일했다. 행운이 따랐고, 스스로도 궂은일은 결연히 피했다. 행운아를 만났을 때, 불운의 흐름을 바꿀 수도 있지만 대개는 그 반대가 된다. 중독자들은 시기심이 많다. 103스트리트는 호모 에릭의 벌이를 시기했다. 그러나 호모 에릭이 믿을 만한 사람이고, 푼돈이 필요할 때 언제라도 찾아가기 좋다는 데에 동의하지 않는 사람은 없었다.

* * *

헤로인 캡슐은 하나에 3달러고, 약효를 얻으려면 캡슐이 하루에 최소한 세 개는 있어야 한다. 나는 돈이 떨어져서 로이와 취객 털이를 시작했다. 우리는 지하철을 타고 열차 안에서 각자 한 쪽씩 밖을 보면서 승강장 벤치에서 잠자는 취객을 찾았다. 취객을 발견하면 지하철에서 내렸다. 로이가 술 취한 사람의 주머니를 뒤지는 동안 나는 벤치 앞에 신문을 들고 서서 보이지 않게 가렸다. 로이는 속삭이면서 지침을 내렸다. "약간 왼쪽으로. 너무 갔어. 약간 뒤로. 됐어. 그대로 있어." 나는 로이를 가릴 수 있게 움직였다. 우리가 한발 늦어서 이미 취객의 주머니 안감이 밖으로 나와 있을 때가 많았다.

지하철 객차 안에서도 털었다. 내가 취객 옆에 앉아서 신문을 펼친다. 로이가 내 등 뒤로 팔을 뻗어 취객의 주머니를 뒤진다. 취객이 깬다 해도 내 양손은 모두 신문을 잡고 있다. 이렇게 해서 하룻밤에 평균 10달러 정도를 손에 넣었다.

보통 밤의 일과는 이랬다. 11시에 일을 시작한다. 타임스스퀘어에서 업타운으로 가는 IRT[13]를 탄다. 149스트리트에서 내가 취객을 발견하고 우리는 함께 내린다. 149스트리트역은 여러 층으로 돼 있어서 취객 털이에 위험하다. 경찰이 잠복할 수 있는 곳이 많고 모든 방향을 다 가리기가 어렵다. 낮은 층에서는 엘리베이터 외에 달아날 곳이 없다.

---

13   뉴욕시 지하철 노선 중 하나다.

우리는 취객이 안중에 없는 척 무심히 취객에게 다가갔다. 취객은 중년 남자로, 숨소리를 크게 내며 팔다리를 벌린 채 벽에 기대 있었다. 로이가 그 옆에 앉았다. 나는 신문을 펼쳐 들고 두 사람 앞에 자리를 잡았다. 로이가 말했다. "약간 왼쪽으로. 너무 갔어. 약간 뒤로. 됐어. 그대로 있어."

갑자기 큰 숨소리가 멈췄다. 나는 영화에서 수술 중에 호흡이 멈추는 장면이 떠올랐다. 내 뒤에서 로이가 긴장해서 움직이지 않는 것을 느낄 수 있었다. 취한 남자는 뭐라고 중얼거린 뒤 자세를 바꿨다. 천천히 다시 숨을 쉬기 시작했다. 로이가 일어났다. "됐어." 그런 뒤에 플랫폼 한쪽 끝으로 재빨리 걸어갔다. 로이는 주머니에서 구겨진 지폐들을 꺼내서 셌다. 8달러였다. 나에게 4달러를 건넸다. "바지 주머니에서 찾았어. 지갑은 못 찾겠더라. 잠깐 그놈이 우리한테 달려드는 줄 알았어."

우리는 시내로 돌아가기 시작했다. 116스트리트에서 취객을 발견하고 지하철에서 내렸다. 그러나 그 취객은 우리가 가까이 가기 전에 일어나서 떠났다. 역시 취객 털이인 꾀죄죄한 남자가 로이에게 다가와서 큰 입술을 펄렁이며 말했다.

"호모 에릭이 또 건수를 올렸대. 96스트리트에서 손목시계랑 두 장을 건졌대." 로이는 뭐라 중얼거리고 신문을 보았다. 남자는 계속해서 크게 말했다. "어떤 놈이 눈치채고 이러더라. '내 주머니에 손 넣고 뭐 하는 거야?'"

"젠장, 그런 말 하지 마!" 로이가 그 남자로부터 멀찍이 떨어졌다. "좆같은 머저리 새끼." 로이가 중얼댔다. "지금은 취객 털이가 별로 많지 않아. 호모 에릭이랑 비글, 그리고 저 잡놈뿐이야. 호모 에릭이 건수를 잘 올리니까 다들 호모 에릭을 시기해. 취한 놈이 알아채면 호모 에릭은 자기가 호모인 양 다리를 만진 척하지. 103스트리트의 쓰레기들은 건수를 못 올리니까 '빌어먹을 호모 에릭'이라고 욕하면서 돌아다녀. 그 자식은 나만큼도 호모가 아냐." 로이가 생각에 빠진 듯 잠시 말을 멈췄다. "사실, 내가 더 호모라고 말해야 맞겠군."

우리는 취객을 한 명도 발견하지 못한 채 종착역인 브루클린까지 갔다. 돌아오는 길, 객차 안에 잠든 취객이 있었다. 내가 취객 옆에 앉아서 신문을 펼쳤다. 내 등 뒤로 지나가는 로이의 팔이 느껴졌다. 취객이 한 번 잠에서 깨서 나를 매섭게 노려보았다. 그러나 내 두 손은 신문을 잡고 있는 것이 분명히 보였다. 로이는 나와 함께 신문을 읽고 있는 척했다. 취객은 다시 잠들었다.

로이가 말했다. "여기서 내리자. 잠깐 길거리로 나가는 게 좋겠어. 지하철을 오래 탄다고 해서 돈이 생기는 건 아냐."

우리는 34스트리트 자판기에서 커피를 마시며 마지막으로 턴 돈을 나눴다. 3달러였다.

로이가 설명했다. "객차 안에서 취객을 털 때는 지하철 움직임에 몸을 맞춰야 해. 리듬을 제대로 타기만 하면 술 취한 놈이 깨어 있어도 작업을 할 수 있어. 아까 그놈한테는 내가 좀 성급하게 움직였어. 그래서 그놈이 깬 거야. 그놈은 왠지 이상하다고 느끼기는 했지만 무슨 일인지 몰랐어."

타임스스퀘어에서 우리는 지하철 마이크와 마주쳤다. 마이크는 고개를 까딱했지만 걸음을 멈추지는 않았다. 마이크는 늘 혼자 일했다.

로이가 말했다. "퀸스플라자로 가자. 퀸스플라자역은 인디펜던트 라인이야. 인디펜던트 라인에는 회사에서 고용한 청원 경찰이 있지만 그놈들은 총을 가지고 다니지 않아. 곤봉뿐이야. 그러니까 청원 경찰한테 잡혀도 빠져나올 수 있으면 도망쳐."

퀸스플라자역도 완전히 몸을 숨길 수 없어서 위험하다. 기회를 노려야 한다. 벤치에 가로로 누워서 자는 취객이 있었지만, 주변에 사람이 너무 많아서 위험을 무릅쓰고 그 취객을 털 수는 없었다.

"조금 기다리자. 그렇지만 열차는 세 대까지만 보내야 해. 그때까지 확실한 기회가 안 나타나면 아무리 괜찮아 보여도 그만둬야 해."

젊은 건달 두 명이 취한 사람을 가운데에 끼고 지하철에서 내렸다. 건달들은 취한 사람을 벤치에 내려놓은 뒤 로이와 나를 보았다.

한 건달이 말했다. "다른 쪽에 내려놓자."

로이가 말했다. "여기 내려놓지그래?"

건달들은 못 알아들은 척했다. "내려놔? 무슨 말인지 모르겠네. 저 호모 친구가 뭐라는 거야?" 건달들은 취한 사람을 일으켜서 플랫폼 반대쪽으로 데려갔다.

로이는 우리 표적으로 다가간 뒤 주머니에서 지갑을 꺼냈다. 로이가 말했다. "기교를 부릴 시간이 없어." 지갑은 비어 있었다. 로이는 벤치에 지갑을 던졌다.

선로 건너에서 건달이 소리쳤다. "그 사람 주머니에서 손 떼!" 건달들은 웃었다.

로이가 말했다. "좆같은 건달들. 웨스트사이드 라인에서 두 놈 중에 하나라도 내 손에 잡히면 선로에서 떼밀어야지.”

건달 하나가 다가와서 로이에게 개평을 달라고 했다.

로이가 말했다. “저놈한테 아무것도 없었어.”

“지갑 빼는 거 봤어.”

“지갑 안에 아무것도 없었어.”

지하철이 왔다. 우리는 건달들을 손봐야 할지 아닐지 결정하지 않고 그냥 둔 채 지하철을 탔다.

로이가 말했다. “저 좆같은 건달놈들, 그딴 소리를 농담이라고 지껄여? 그놈들 오래 못 가. 취객 턴 죄로 라이커스아일랜드에서 5월 29일형을 복역하고 나오면 저런 농담이 재밌다는 생각은 못할걸.” 불운이 우리를 따라다녔다. 로이는 말했다. “세상사가 그렇지, 뭐. 100달러를 버는 날이 있는가 하면, 한 푼도 못 건지는 날도 있지.”

* * *

어느 밤, 우리는 타임스스퀘어에서 지하철을 탔다. 번지르르하게 차려입은 남자가 살짝 비틀거리며 우리 앞에 걸어가고 있었다. 로이가 그 남자를 가리키며 말했다. “괜찮은 중독쟁이네. 어디로 가는지 쫓아가 보자.”

중독쟁이는 브루클린으로 가는 노선을 탔다. 우리는 객차와 객차 사이 공간에 서서 중독쟁이가 잠들 때까지 기다렸다가 객차 안으로 들어갔다. 나는 중독쟁이 옆에 앉아《뉴욕타임스》를 펼쳤다.《뉴욕타임스》는 로이의 아이디어였다. 그 신문을 들면 비즈니스맨처럼 보인다고 말했다. 객차 안은 거의 비어 있었고, 6미터에 이르는 빈자리를 두고도 우리는 중독쟁이 양옆에 붙어 앉았다. 로이가 내 등 뒤로 작업에 들어갔다. 중독쟁이의 몸은 계속 흔들렸다. 그러다가 한순간 잠에서 깨더니, 비몽사몽간에 짜증스러운 얼굴로 나를 보았다. 맞은편에 앉은 흑인이 미소를 지었다.

로이가 내 귀에 속삭였다. "똑똑한 흑인이네. 저치는 괜찮아."

로이는 지갑을 쉽게 찾지 못했다. 상황은 더 어려워졌다. 땀이 팔을 타고 흘렀다.

내가 말했다. "나가자."

"아냐. 쓸 만한 중독쟁이야. 오버코트를 깔고 앉아서 주머니에 손이 안 닿아. 내가 신호하면 네가 이 녀석 위로 엎어져. 그러면 내가 동시에 코트를 뺄게. ……지금! ……젠장! 너무 약하게 밀었어."

"나가자." 내가 다시 말했다. 속에서 두려움이 불쑥 솟구쳤다. "이 사람 깨겠어."

"아냐. 다시 하자. ……지금! ……너 도대체 왜 그래? 그냥 세게 엎어지란 말이야."

내가 말했다. "로이, 제발 나가자! 이 사람 곧 깨."

나는 일어서려고 했다. 그러나 로이가 나를 잡아서 앉혔다. 갑자기 로이가 나를 밀쳤다. 나는 중독쟁이 위에 세게 엎어졌다.

로이가 말했다. "이번에는 제대로 됐네."

"지갑?"

"아니. 코트를 빼냈어."

지하철은 이제 지하에서 빠져나와 지상으로 올라가고 있었다. 나는 무서운 나머지 토할 것 같았다. 참으려고 애쓰는 바람에 근육이 모두 뻣뻣이 굳었다. 중독쟁이는 반만 잠들어 있었다. 금방이라도 펄쩍 뛰면서 소리칠 것 같았다.

마침내 로이의 말이 들렸다. "됐어."

"그럼 가자."

"아냐. 돌돌 말린 돈만 손에 잡았어. 지갑이 어디 있을 거야. 지갑을 찾아야지. 분명히 지갑이 있을 거야."

"난 내릴래."

"안 돼, 기다려." 로이가 내 등 너머로 만지작거리는 게 어찌나 티가 났는지 그 남자가 어떻게 계속 잘 수 있는지 상상할 수 없을 정도였다.

종착역이었다. 로이가 일어섰다. "날 가려." 나는 신문을 펼친 채 로이 앞에 서서 다른 승객들의 시선으로부터 최대한 로이를 가렸다. 남은 승객은 세 명뿐이었지만 객차 양끝에 앉아 있었다. 로이는 중독쟁이의 주머니들을 여봐란듯이 노골적으로 뒤졌다. 로이가 말했다. "밖으로 나가자." 우리는 플랫폼으로 나갔다.

중독쟁이가 깨어나서 주머니에 손을 넣었다. 그러고는 플랫폼으로 나와서 로이에게 다가왔다.

"그만하면 됐어. 내 돈 내놔."

로이는 어깨를 으쓱하고 손바닥을 내밀었다. "무슨 돈? 무슨 말씀이죠?"

"젠장, 무슨 말인지 잘 알 텐데? 내 주머니에 손 넣었잖아!"

로이는 다시 영문을 모르겠고 어이없다는 뜻으로 손바닥을 내밀었다. "아니, 무슨 말씀이죠? 돈이라니, 저는 아무것도 몰라요."

"밤마다 이 노선에서 널 봤어. 정해진 코스야." 남자는 돌아서서 나를 가리켰다. "공범도 바로 저기 있네. 자, 이제 내 돈 내놓지?"

"무슨 돈?"

"좋아. 그대로 있어. 같이 시내로 돌아가는 것보다는 이게 나을걸?" 갑자기 남자가 로이의 코트 주머니에 양손을 넣으며 소리쳤다. "이 개자식! 내 돈 내놔!"

로이가 남자의 얼굴을 때려서 쓰러뜨렸다. 로이는 모르는 척 회유하는 태도에서 돌변했다. "내 몸에 손대지 마!"

싸움이 벌어지는 것을 본 차장은 선로에 떨어지는 사람이 없도록 기차를 잡고 있었다.

내가 말했다. "나가자." 우리는 플랫폼을 내려가기 시작했다. 남자가 일어나서 우리를 뒤쫓아 뛰어오더니 로이를 양팔로 꽉 잡았다. 로이는 빠져나가지 못했다. 로이가 숨을 헐떡였다.

로이가 소리쳤다. "이 중독쟁이 좀 떨어뜨려 줘!"

나는 그 남자의 얼굴을 두 대 때렸다. 로이를 붙잡은 남자의 양팔이 느슨해지고, 남자는 주저앉았다.

로이가 말했다. "얼굴을 걷어차."

옆구리를 발로 차자 갈비뼈 한 대가 부러지는 느낌이 들었다. 남자는 손으로 옆구리를 감쌌다. 남자가 소리쳤다. "도와줘요!" 몸을 일으키려 하지도 않았다.

내가 말했다. "튀자." 플랫폼 끝에 오자 경찰의 호루라기

소리가 들렸다. 남자는 여전히 플랫폼에 누운 채 옆구리를 감싸고 간헐적으로 소리치고 있었다. "도와줘요!"

가랑비가 내렸다. 거리로 나가다가 젖은 도보에 미끄러졌다. 우리는 문 닫은 주유소 옆에 서서 고가 철도를 돌아보았다.

내가 말했다. "가자."

"경찰에 들켜."

"여기 있으면 안 돼."

우리는 걷기 시작했다. 입안이 바짝 말랐다. 로이는 셔츠 주머니에서 넴부탈 캡슐 두 개를 꺼냈다.

로이가 말했다. "입이 너무 말라서 못 삼키겠어."

우리는 계속 걸었다.

"우리 수배령 내렸을걸. 경찰차가 오는지 잘 살펴. 한 대라도 지나가면 풀숲에 숨어. 우리가 다시 지하철을 타러 올 거라고 생각하겠지. 그러니까 계속 걷는 게 최선이야."

가랑비는 그치지 않았다. 지나가는 길에 개들이 우리를 보고 짖었다.

로이가 말했다. "붙잡히면 확실하게 둘러대. 우리는 잠들었다가 종점에서 깬 거야. 그 남자가 우리를 도둑으로 몰았어. 우리는 겁이 나서 그 남자를 쓰러뜨리고 달아난 거야. 경찰은 우리를 들들 볶을 거야. 단단히 마음먹어."

내가 말했다. "차 온다. 노란 불빛들도 있어."

우리는 도로 옆 풀숲으로 몸을 숙이고 들어가서 광고판 뒤에 낮게 엎드렸다. 경찰차가 천천히 지나갔다. 우리는 다시 걷기 시작했다. 금단 증상으로 아프기 시작했다. 모르핀을 은닉해 둔 아파트까지 갈 수나 있을지도 알 수 없었다.

"만약에 체포되고 나면 우리는 모르는 사이라고 잡아떼는 게 낫겠지. 지금 여기서는 같이 있는 게 서로 도움이 되겠어. 경찰에 붙잡히면 여자들이랑 있다가 지하철역을 찾는 중이었다고 말하면 돼. 비가 도움이 되네. 경관들이 모두 이십사 시간 영업 식당에서 커피를 마시고 있을걸." 로이가 짜증을 내며 새된 소리를 냈다. "젠장! 그렇게 돌아보지 마!"

나는 주변을 두리번거리면서 뒤를 돌아보고 있었다. "돌아보는 게 어때서? 자연스러운 일이잖아."

"도둑한테나 자연스럽지!"

우리는 마침내 BMT 노선으로 달려가서 지하철을 타고 맨해튼으로 돌아왔다.

로이가 말했다. "아까는 정말 겁났다는 말이 절로 나오네. 이런. 자, 네 몫이야."

로이는 3달러를 내밀었다.

이튿날 나는 로이에게 취객 털이는 이제 끝이라고 말했다.

로이가 말했다. "그러는 게 무리도 아니지. 그렇지만 그 일로 그럴 것까지야. 오래 계속하려면 가끔씩 브레이크도 감수해야지."

* * *

내 재판이 특별 법정에서 열렸다. 집행 유예 4월 판결을 받았다. 취객 털이를 그만둔 뒤 나는 마약을 밀매매하기로 마음먹었다. 마약 밀매매는 남는 것이 많지 않다. 거리에서 마약을 파는 일로 기대할 수 있는 수입은 기껏해야 자기 약값을 버는 정도다. 그러나 적어도 마약상이 되면 마약을 충분히 손에 쥘 수 있고, 그것만으로도 마음이 놓인다. 물론 마약 밀매매로 돈을 버는 사람도 있다. 내가 아는 어떤 아일랜드인은 헤로인 1.8그램이 든 봉투 하나로 시작해서, 이 년 뒤 유죄 판결을 받고 삼 년 동안 복역을 하게 되었을 때는 3만 달러와 브루클린의 아파트 건물까지 소유하게 됐다.

마약을 밀매매하려 할 때 처음 밟아야 할 단계는 도매상을 찾는 일이다. 나는 연줄이 없었으므로 빌 게인스와 동업했다. 빌 게인스가 아는 도매상은 로어이스트사이드에 사는 이탈리아인으로 꽤 공정하게 거래했다. 우리는 7그램에 90달러를 주고 약을 산 뒤, 갈락토오스와 약을 2대 1로 섞고 60밀리그램짜리 캡슐에 나눠 담았다. 그 캡슐을 소매로 개당 2달러에 팔았다. 캡슐에는 헤로인이 10퍼센트에서 16퍼센트 들어 있는데, 소매로 파는 캡슐로는 아주 높은 농도다. 헤로인 7그램이면 캡슐은 적어도 100개가 나와야 한다. 그러나 도매상이 이탈리아인이면 양을 줄여서 팔 게 거의 확실하다. 우리가 그 이탈리아인에게서 산 헤로인 7그램에서는 대개 캡슐 80개가 나왔다.

빌 게인스는 '좋은 집안' 출신이었다. 내가 기억하기로 게인스의 아버지는 메릴랜드 어느 은행의 은행장이었다. 그 출신에 맞는 분위기도 풍겼다. 레스토랑에서 오버코트를 훔치는 것이 게인스의 일상이었고, 그 일은 게인스에게 딱 맞았다. 미국 상류 중산층은 부정적인 면들의 합성물이다. 그 자신이 아닌 것들로 큰 윤곽이 그려진다. 게인스는 거기서 더 나아갔다. 단순히 부정적인 정도가 아니었다. 아예 눈에 띄지 않았다. 애매하게 점잖은 존재였다. 천이나 옷이 있어야만 윤곽이 드러나서 형상화될 수 있는 유령도 있다. 게인스는 그런 존재였다. 다른 사람의 오버코트를 입어야만 형상화되었다.

게인스의 심술궂고 천진한 미소는 늙고 때꾼한 옅은 파랑 눈과 깜짝 놀랄 정도로 대조를 이루었다. 게인스는 즐거운 놀이에 낀 듯 혼자 생각에 빠져서 미소를 지었다. 마약 주사를 맞은 뒤 미소를 짓고 이야기를 듣고 장난꾸러기처럼 말하곤 했다. "이 약 아주 세네." 다른 사람의 퇴락과 불행을 이야기할 때도 똑같은 미소를 지었다. "허먼이 처음 뉴욕에 왔을 때는 아름다운 청년이었어. 문제는 허먼이 자기 외모를 잃어버린 거지."

게인스는 마약을 쓰지 않던 사람을 중독자로 만드는 일에서 진심으로 특별한 기쁨을 느끼는 몇 안 되는 중독자에 속한다. 마약상 대다수는 경제적인 이유로 새로운 중독자를 반긴다. 팔 물건이 있는 사람이라면 당연히 손님을 바란다. 단 제대로 된 손님이어야 한다. 그러나 게인스는 자기 방에 젊은 남녀들을 초대해서 마약을 주사하기를 좋아했다. 오래된 솜에서 추출한 주사였다. 그리고 게인스 특유의 흐릿한 미소를 지으며 약의 효과를 지켜보았다.

젊은이들은 쾌감이 좋았다고 말하지만 그것으로 끝인 경우가 많았다. 넴비나 베니나 술이나 대마초와 마찬가지인 쾌감이었다. 그러나 약에 빠져서 계속 맴도는 젊은이도 몇 있었다. 게인스는 이런 개종(改宗)을 보면서 미소를 짓곤 했다. 마약계의 종교 의식 집행자였다. 얼마 지나지 않아서 게인스가 말한다. "정말이지 나는 이제 개한테서 손을 놨어. 개도 그걸 깨달아야 할 텐데." 미끼는 더 이상 나오지 않았다. 갚아야 할 때가 왔다. 길모퉁이와 카페테리아에서 인간과 중독자 사이의 중재자인 마약상을 기다리며 평생 내내 갚아야 한다. 게인스는 중독자의 계급 구조에서 일개 교구 사제일 뿐이었다. 그는 경외심으로 목소리를 낮게 깔며 윗사람들을 일컫곤 했다. "마약상 가라사대……."

게인스의 정맥은 파고드는 바늘을 피해 뼈 뒤로 숨어서 거의 사라졌다. 게인스는 한동안 동맥을 이용했다. 동맥은 정맥보다 깊은 곳에 있으며 찾기 어렵다. 게인스는 동맥을 찾기 위해서 특별히 긴 주삿바늘을 샀다. 양쪽 팔과 손, 발의 혈관을 돌려가면서 이용했다. 시간이 지나면 정맥은 다시 나타났다. 그렇더라도 주사 놓는 시간의 반은 살갗을 찌르는 일로 다 보냈다. 삼십 분 동안 정맥을 찾고 찌르고 바늘을 소독하며 씨름한 뒤에 포기하고 피부에 주사를 놓았다. 그러다가 피로 주삿바늘이 막혔다.

* * *

내 첫 손님은 그리니치빌리지에 사는 닉이라는 인물이었다. 닉은 아무 일도 안 했지만 한 가지 하는 일은 그림을 그리는 것이었다. 아주 작은 캔버스에 그린 그림은 어마어마한 압력으로 압축되고 농축되고 일그러진 듯했다. "타락한 정신의 산물이군." 어느 마약 단속반 형사가 닉의 그림을 본 뒤 접잔을 빼며 내뱉었다.

닉은 늘 반쯤 금단 증상에 시달렸다. 애처로운 큰 갈색 눈에는 눈물이 어려 있고, 가느다란 코에서는 콧물이 흘렀다. 친구들 아파트를 전전하며 소파에서 잠을 잤다. 그 친구들은 성마르고 변덕스러우며 어리석게도 의심이 많은 사람들로, 닉은 이유나 경고도 없이 갑자기 내쫓길 위험이 깃든 관용에 기대어 살았다. 닉은 이 사람들의 약 심부름도 했다. 적어도 캡슐 하나는 얻어서 끝없는 약의 허기를 조금이라도 면하기를 바랐다. 그러나 고맙다는 가벼운 인사를 빼고는 아무것도 받지 못할 때가 많았다. 약 심부름을 시킨 사람은 닉에게 이미 다른 면으로 줄 것을 주었다고 생각했다. 그래서 닉은 캡슐 하나하나에서 조금씩 약을 빼낸 뒤 잘 흔들어서 약이 다 차 있는 것처럼 꾸미기 시작했다.

닉은 남은 것이 많지 않았다. 채워지지 않는 끝없는 허기는 다른 생각을 모두 불살랐다. 치료를 받으러 렉싱턴에 가겠다는 둥 상선에 타겠다는 둥 코네티컷에서 패러고릭을 사서 마약을 점점 줄이겠다는 둥 막연한 이야기를 늘어놓았다.

닉은 나에게 토니를 소개했다. 토니는 그리니치빌리지에 있는 술집과 레스토랑에서 일했고, 예전에 마약을 밀매매한 적이 있으며 연방 수사관이 아파트에 쳐들어와서 체포될 뻔하기도 했다. 간신히 시간을 벌어서 헤로인 2밀리그램 꾸러미를 피아노 속에 숨겼다. 연방 수사관은 아무것도 찾지 못하고 토니를 풀어주었다. 토니는 겁을 먹고 마약 밀매매를 그만두었다. 이탈리아 젊은이 토니는 처신할 바를 명확히 알고 있었다. 입을 굳게 다물 줄 아는 듯했다. 좋은 고객이다.

나는 토니가 일하는 술집에 매일 가서 코카콜라를 주문했다. 토니가 나에게 원하는 캡슐 개수를 말하면, 나는 전화박스나 화장실로 가서 캡슐을 개수만큼 은박지에 쌌다. 내가 다시 자리에 앉으면 바에 놓인 콜라 옆에 캡슐값이 거스름돈처럼 놓여 있었다. 내가 바에 놓인 재떨이에 캡슐을 놓으면 토니는 바 아래로 재떨이를 비우면서 캡슐을 챙겼다. 술집 주인은 토니가 예전에 중독자였던 것을 알고 약을 멀리하지 않으면 해고하겠다고 말했으며, 그래서 이렇게 조심해야 했다. 사실 술집 주인의 아들이 중독자였고, 당시 요양소에서 치료를 받고 있었다. 그 아들은 요양소에서 나오자마자 곧장 나한테 와서 약을 샀으며, 약을 못 끊겠다고 말했다.

중독자인 이탈리아 젊은이 레이가 매일 그 술집에 왔다. 괜찮은 사람 같아서 레이에게도 약을 팔았다. 토니의 약과 함께 레이의 것도 재떨이에 놓았다. 토니가 일하던 술집은 자그마했으며, 길거리에서 계단을 예닐곱 단 내려와 하나뿐인 문으로 드나들어야 했다. 나는 거기 있으면 늘 함정에 갇힌 것 같았다. 어찌나 우울하고 위험한 느낌이 드는지, 문을 열고 나가기도 힘겨울 정도였다.

토니와 레이에게 약을 준 뒤에는 6번가에 있는 카페테리아에서 닉을 만나곤 했다. 닉에게는 늘 캡슐을 조금 살 돈이 있었다. 나는 닉이 나에게 산 약을 다른 사람에게 되파는 것을 알고 있었다. 그러나 누구에게 파는지는 몰랐다. 닉 같은 사람과 거래하다니, 내가 어리석었다. 닉은 늘 금단 증상에 시달리고 파산 상태였으며, 따라서 누구의 돈이라도 받아야 할 형편이었다. 아직 아는 사람이 없는 초보자거나 그 지방에 처음 온 사람이라면 중간에서 약 심부름을 할 사람이 필요하다. 그러나 약을 파는 사람의 입장에서는 다른 사람을 통해서 약을 사는 사람을 경계할 이유가 충분하다. 대체로 직접 약을 살 수 없는 사람은 자신이 '수상한' 사람으로 알려졌기 때문이다. 그래서 약을 절실히 필요로 하지만 '수상한' 사람은 아닌 다른 사람을 보낸다. 경찰 끄나풀을 위해서 약 심부름을 하는 것은 해서는 안 될 일이다. 끄나풀의 약 심부름을 하던 사람은 자신도 역시 끄나풀이 되는 일이 잦다.

나는 돈벌이를 거절할 입장이 아니었다. 남는 것도 없었다. 나는 매일 다시 7그램을 살 수 있을 만큼만 캡슐을 팔았고, 몇 달러 이상은 거래한 적이 없었다. 그래서 나는 닉이 주는 돈을 다 받았고, 아무것도 묻지 않았다. 닉과 거래하면 위험을 크게 감수해야 한다는 사실을 알고 있었지만 닉을 모른 체할 형편이 아니었다.

* * *

나는 빌 게인스와 함께 약을 팔기 시작했다. 게인스는 업타운을 무대로 밀매매하고 있었다. 나는 그리니치빌리지에서 일을 마친 뒤 8번가에 있는 카페테리아에서 빌을 만났다. 빌에게는 좋은 고객들이 있었다. 이지는 아마 그중에서도 가장 좋은 고객으로, 뉴욕 항구 예인선에서 조리사로 일했다. 이지는 한때 103스트리트에서 놀던 젊은이였다. 마약을 판 경험이 있었고, 아주 괜찮은 녀석으로 알려져 있었다. 정기적인 수입도 있었다. 이런 사람은 완벽한 고객이다.

때로 이지는 파트너인 골디와 함께 나타났다. 골디는 이지와 같은 배에서 일했다. 몸은 마르고 코는 매부리코며, 얼굴에 살이 없고 광대뼈가 있는 곳이 불그레했다. 이지의 친구 중에는 전직 낙하산병인 마티도 있었다. 걸걸한 목소리에 잘생기고 넉살맞은 젊은이로, 중독자라는 표시가 전혀 나지 않았다. 빌의 고객 중에는 창녀도 두 명 있었다. 일반적으로 창녀는 좋은 고객이 전혀 아니다. 창녀는 경찰의 수사를 받게 마련이고, 그러면 대개가 경찰에게 불고 만다. 그러나 빌은 이 두 창녀는 괜찮다고 우겼다.

우리 고객 중에는 늙은이 바트도 있었다. 늙은이 바트는 매일 캡슐 몇 개를 사서 이윤을 붙여 팔았다. 나는 바트의 고객이 누구인지 몰랐지만 걱정하지는 않았다. 바트는 괜찮았다. 바트는 자기 고객 중에 경찰 끄나풀이 있다 해도 입을 열지 않고 자기가 감옥에 갈 사람이었다. 어쨌거나 중독자로 삼십 년을 살았고 처신할 바를 잘 알고 있었다.

늘 만나던 카페테리아에 도착하자 빌이 테이블에 앉아 있었다. 마른 몸 위에 다른 사람의 오버코트를 아무렇게나 걸치고 있었다. 추레하고 볼품없는 늙은이 바트는 커피에 도넛을 담그고 있었다. 빌은 이미 이지에게 약을 팔았다고 말했고, 나는 바트에게 캡슐 열 개를 주었다. 그런 다음 빌과 나는 택시를 타고 내 아파트로 갔다. 아파트에서 주사를 맞은 뒤 돈을 확인하고 7그램을 살 90달러를 따로 챙겼다.

빌은 주사를 맞으면 낯빛이 조금 변하고 여자처럼 요염을 떨곤 했다. 소름 끼치는 모습이었다. 언젠가 빌이 퀴어에게 20달러에 몸을 판 이야기를 나에게 들려주었다. 빌은 고개를 숙이며 말했다. "그다지 납득이 안 되지?" 그런 다음 빌은 깡마른 엉덩이를 씰룩인 뒤 말을 이었다. "내 벗은 몸을 못 봐서 그래. 정말 귀엽단 말이야."

빌은 늘 장광설들을 늘어놓는데, 자기 대변 상태를 매일 자세히 설명하는 것이 가장 역겨웠다. "너무 꽉 막혀서 안으로 손가락을 넣어서 빼내야 할 때도 있어. 알지? 도자기처럼 딱딱한 거. 정말 끔찍하게 아파."

내가 말했다. "있지, 이 마약상이 계속 적게 주고 있어. 지난번 건 캡슐에 나눠 담으니까 여든 개밖에 안 나왔어."

"아니, 기대는 클수록 좋지 않나. 병원에 갈 수만 있으면 좋은 관장약을 구할 수 있을 텐데! 그러려면 병원에 가서 진찰을 받아야 하는데, 당연히 난 못 가. 적어도 이십사 시간은 병원에 갇혀 있어야 할걸. 내가 말했지. '여기 병원 아냐? 내가 아파. 치료를 받아야 돼. 그냥 간호사를 불러서…….'"

빌의 말을 멈출 방도는 없었다. 자기 대변 이야기를 시작한 사람은 그 이야기의 주제인 배변 과정처럼 이야기를 멈추지 못한다.

* * *

몇 주가 그렇게 지나갔다. 닉을 통해서 약을 샀던 사람들이 하나둘씩 나를 찾았다. 닉이 자기들 캡슐에서 약을 훔치는 데 진력이 났기 때문이다. 이 사람들이라니! 호구, 호모, 사기꾼, 야바위꾼, 건달들. 일할 생각은 없고, 훔칠 능력도 없고, 늘 돈은 없으며, 늘 신용 때문에 얼굴을 찌푸리는 사람들. 누가 입에 재갈을 물리고 "그 마약 어디서 났어?"라고 묻자마자 힘없이 털어놓지 않을 사람은 하나도 없었다.

그 가운데에도 최악은 진 둘리였다. 아일랜드인으로, 언행은 호모와 포주 사이 어디쯤 있고, 생김새는 뼈만 앙상하고 키가 작았다. 둘리는 뼛속들이 밀고자였다. 경찰에 사람들의 이름을 적은 더러운 목록을 내밀고 (둘리의 손은 늘 더러웠다.) 그 이름들을 읊고도 남을 사람이었다. 아일랜드 혁명 때 영국군 본부로 급히 가는 모습, 더러운 회색 토가를 입고 기독교로 개종하는 로마인의 모습, 게슈타포와 게페우에게 정보를 넘기는 모습, 마약 단속 경찰관과 카페테리아에서 대화하는 모습. 누구나 둘리를 보면 그런 모습을 떠올릴 수 있다. 늘 똑같이 수척하고 교활한 얼굴, 허름하고 시대에 뒤떨어진 옷, 낑낑대는 새된 목소리.

진 둘리에게서 가장 참을 수 없는 면은 목소리였다. 듣는 사람의 온몸을 파고드는 목소리. 내가 진이라는 존재를 처음 알게 된 것도 그 목소리를 통해서였다. 닉이 마약 살 돈을 들고 내 아파트에 들어오자마자 버저 소리가 났다. 나는 인터폰을 들었다.

목소리가 들렸다. "나는 진 둘리라고 해요. 닉을 기다리고 있어요. 기다린 지 오래됐어요." '오래됐어요.'에서 목소리가 높이 올라가서 귀에 거슬리게 새된 소리로 찡찡댔다.

"알았어요, 닉은 아직 여기 있어요. 금방 만날 수 있을 겁니다." 나는 통화를 끝냈다.

이튿날 둘리가 다시 전화를 했다. "모퉁이만 돌면 그쪽 집이에요. 들러도 되죠? 단둘이 만나면 좋겠어요."

둘리는 내가 뭐라고 대답하기도 전에 전화를 끊었으며, 십 분 뒤 현관문 앞에 서 있었다.

누구든 타인을 처음 만나면 서로 직감으로 상대의 정체와 둘의 공감대를 살피는 시간이 있다. 그러나 둘리에게 자신을 연결할 수 있는 사람은 아무도 없었다. 둘리는 그저 적대적으로 침입하는 힘의 중심점이었다. 타인의 영혼으로 곧장 걸어 들어와서 써먹을 것이 하나라도 있는지 알아보려고 두리번거린다. 나는 둘리와 접촉하지 않으려고 문에서 약간 뒤로 물러섰다. 둘리는 안으로 무턱대고 들어오자마자 소파에 앉더니 담배에 불을 붙였다.

"이렇게 단둘이 만나니까 훨씬 좋네요." 그 미소에서 모호하게 성적인 분위기가 풍겼다. "닉은 정말이지 산뜻하지가 않아요." 자리에서 일어서더니 나에게 4달러를 건네고 코트를 벗으며 물었다. "옷 좀 벗어도 되죠?"

그런 표현을 누구의 입에서도 들어 본 적이 없었다. 순간 얼이 빠진 나는 둘리가 나를 유혹하는 줄 알았다. 둘리는 코트를 소파에 걸치고 소매를 걷었다. 나는 캡슐 두 개와 물을 건넸다. 둘리는 제 할 일을 했다. 나로서는 다행스러운 일이었다. 나는 둘리가 정맥을 찾아서 점안기를 누르고 소매를 내리는 모습을 지켜보았다.

중독에 빠져 있을 때는 주사의 효과가 그리 크지 않다. 그러나 무엇을 보아야 하는지 아는 사람이라면 약이 다른 사용자의 피와 세포에 즉각적으로 미치는 영향을 확인할 수 있다. 나는 둘리에게서 아무런 변화도 느낄 수 없었다. 둘리는 코트를 입더니 재떨이에서 연기를 내고 있던 담배를 집었다. 그러고는 나를 보았다. 그 옅은 파란색 눈에는 깊이가 전혀 없는 듯했다. 의안 같았다.

둘리가 말했다. "한 가지 알려 줄 게 있어요. 닉을 믿으면 낭패를 당해요. 며칠 전 밤에 톰슨스 카페테리아에 있었는데, 거기서 우연히 로저스 수사관을 만났어요. 로저스가 이러더군요. '여기 그리니치빌리지에 있는 빌어먹을 중독자들 모두 닉한테서 약을 사지? 다 알고 있어. 약 퍼센트도 16에서 20까지 들어 있어서 꽤 질이 좋은 것도 알아. 뭐, 닉한테 전해. 우리가 언제라도 잡을 수 있다고. 그리고 우리한테 잡히면 우리랑 일해야 한다고. 닉은 전에도 나한테 다 분 적이 있어. 또 불겠지. 약 출처를 꼭 알아내겠어.'"

둘리는 나를 본 뒤 담배를 빨았다. "닉이 잡히면 그쪽도 잡혀요. 닉한테 경고해요. 경찰에 불면 콘크리트 통에 담가서 이스트강에 던지겠다고. 더 말하지 않아도 되죠? 어떤 상황인지 알겠죠?"

둘리는 나를 보면서 자기 말의 효과를 살폈다. 내가 어디까지 믿기를 바라고 말했는지 도무지 알 수 없었다. 어쩌면 그저 '누가 널 고발했는지 어떻게 알 거야? 닉이라는 확실한 용의자가 있으니 네가 전혀 몰랐다면 이제는 알겠지?'라는 말을 둘러 말했을 수도 있다.

둘리가 말했다. "외상으로 캡슐 하나 줄래요? 방금 준 정보에 대한 대가는 받아야죠."

내가 캡슐 하나를 주자, 둘리는 고맙다는 말도 없이 주머니에 넣었다.

둘리가 일어섰다. "그럼, 나중에 봐요. 내일 같은 시각에 전화할게요.”

나는 정보를 캤다. 둘리에 대해서 알아볼 만한 것이 없나 살피고 둘리의 이야기도 확인했다. 둘리를 확실히 아는 사람은 아무도 없었다. 바텐더 토니가 말했다. “둘리는 여차하면 밀고할 사람이야.” 그러나 토니도 확실한 근거를 제시하지 못했다. 닉이 예전에 경찰에 분 사건은 누구나 알고 있었다. 그러나 둘리도 끼어 있는 이번 경우의 정황들을 고려하면, 경찰에게 정보를 주는 사람이 둘리일 수도 있었다.

진 둘리 사건이 있고 대엿새가 지났다. 워싱턴스퀘어 지하철역에서 나오는데 마른 금발 청년이 다가왔다. “제가 누군지 모르시죠? 저는 닉을 통해서 아저씨 약을 사고 있는데, 닉이 약을 조금씩 빼고 파는 데 진력났어요. 저한테 직접 약을 주실 수 없나요?”

‘젠장, 이게 뭐야? 진 둘리도 모자라서 특별 손님을 또 받아야 해?’ 나는 그렇게 생각했지만 말은 이렇게 했다. “알았어. 얼마나 줄까?”

녀석은 4달러를 내밀었다.

“좀 걷자.” 나는 6번가를 향해 걷기 시작했다. 캡슐 두 개가 있었고, 도망칠 수 있는 넓은 공간을 찾아야 했다. 내가 말했다. “경찰 조심해.” 녀석의 손에 캡슐을 쥐여 주었다. 이튿날 워싱턴스퀘어 빅포드에서 만나기로 했다.

이 금발 청년의 이름은 크리스였다. 닉에게서 들었는데, 크리스는 부잣집 아들로, 집에서 받는 용돈으로 생활했다. 이튿날 빅포드에서 만나자마자 크리스는 ‘닉을 조심하라.’는 판에 박힌 이야기를 늘어놓기 시작했다. “이제 경찰이 닉을 계속 미행하고 있어요. 미행이 붙으면 모를 사람이 없잖아요. 그런데도 닉은 뒤도 안 돌아봐요. 경찰이 일부러 놔두는 거죠. 그러니까 주소나 전화번호를 줄 때는 사람을 잘 가리세요.”

내가 말했다. “나도 다 아는 일이야.”

크리스는 실망한 척했다. “뭐, 알아서 잘하시겠죠. 그리고 있죠, 이건 정말인데, 우리 고모가 오늘 오후에 수표를 보낸대요. 이것 보세요.”

크리스는 주머니에서 전보를 꺼냈다. 내가 흘깃 보니 수표 이야기는 애매하게 적혀 있었다. 크리스는 수표 설명을 계속 늘어놓았다. 크리스는 말하는 내내 내 팔에 손을 얹고 내 얼굴을 순진하게 응시했다. 이 귀여운 사기꾼에게 넘어가지 않을 수 없을 것 같았다. 크리스를 떨치려고 캡슐 한 개를 건넸다. 옆에 더 두면 내가 캡슐을 두세 개 줄 것 같았다.

이틀날 크리스는 1달러 80센트만 들고 나왔다. 전날의 수표에 대해서는 아무 말도 하지 않았다. 그런 일은 계속됐다. 크리스는 돈을 덜 가져오거나 아예 안 가져왔다. 늘 제 고모나 장모나 누가 곧 돈을 준다고 이야기했다. 자기 말을 증명하려고 편지와 전보도 내밀었다. 크리스는 진 둘리만큼이나 짐이었다.

특이한 고객으로 마빈도 있었다. 마빈은 그리니치빌리지의 어느 나이트클럽에서 파트 타임으로 일하는 웨이터였다. 늘 면도도 하지 않고 지저분했다. 단벌 셔츠는 일주일에 한 번 정도 빨아서 라디에이터에 말렸다. 마지막으로 양말을 전혀 신지 않았다. 나는 약을 마빈의 방으로 가져다주었다. 제인스트리트에 있는 빨간 벽돌집으로, 가구는 갖춰졌지만 더러운 방이었다. 다른 곳에서 만나는 것보다 집으로 가져가는 게 더 나을 것 같았다.

　약에 알레르기를 일으키는 사람도 있다. 한번은 내가 캡슐을 마빈에게 가져다주고 마빈이 주사를 놓은 적이 있다. 나는 다른 사람이 정맥을 찾는 모습을 지켜보면 신경이 곤두서기 때문에 창밖을 내다보고 있었는데, 돌아보자 마빈의 점안기에 피가 가득했다. 마빈은 이미 기절했고, 피가 점안기 안으로 역류한 것이다. 나는 닉에게 전화를 걸었다. 닉이 와서 바늘을 뽑고 물수건으로 마빈을 찰싹 때렸다. 마빈은 정신이 좀 드는지 뭐라고 중얼거렸다.

　"괜찮은 것 같아. 얼른 가자." 내가 말했다.

　침구도 없는 더러운 침대에서 축 처진 팔을 늘어뜨리고 쓰러져 있는 마빈은 시체 같았다. 피 한 줄기가 서서히 흘러 손목에 모였다.

　계단을 내려가는 동안 닉이 나에게 말했다. 마빈이 내 주소를 달라고 계속 졸랐다는 이야기였다.

　"그놈한테 내 주소를 주기만 해 봐. 너하고 나는 끝이야. 내 아파트에서 누가 죽는 건 정말 싫어."

　닉은 상심한 것 같았다. "설마 내가 그놈한테 네 주소를 주겠어?"

　"둘리는?"

　"그놈이 어떻게 네 주소를 알았는지는 나도 몰라. 맹세해. 나는 말 안 했어."

이렇게 한심한 고객들도 있었지만 괜찮은 고객도 한둘 있었다. 하루는 버트와 우연히 마주쳤다. 버트와 나는 전부터 앵글바에서 알던 사이였다. 버트는 근육질 남자로 유명했다. 몸집이 좋고 얼굴이 둥글고, 남들을 속이기 쉬운 부드러운 인상의 청년으로, 폭력과 갈취가 전문이었다. 나는 버트가 대마초만 피우는 줄 알았다. 그래서 버트가 나에게 약을 갖고 있는지 물었을 때 놀랐다. 나는 있다고, 내가 요즘 약을 밀매매한다고 말했으며, 버트는 캡슐 열 개를 샀다. 알고 보니 버트는 반년쯤 전부터 약에 빠져 있었다.

버트를 통해서 또 다른 고객을 만났다. 루이스라는 아주 잘생긴 인물이다. 피부색이 하얗고, 얼굴선이 가늘었다. 검은 코밑수염은 윤기가 흘렀다. 1890년 초상화 속 인물 같았다. 루이스는 꽤 솜씨 좋은 도둑이고 대체로 돈이 많았다. 아주 가끔 외상으로 달라고 할 때도 있었지만 반드시 이튿날에 갚았다. 현금 대신 시계나 슈트를 가져올 때도 있었는데, 나는 그것도 괜찮았다. 루이스에게 캡슐 다섯 개를 주고 50달러짜리 시계를 받았다.

마약 밀매매는 계속 신경을 곤두세워야 하는 일이다. 조만간 '경찰 공포증'에 걸린다. 사람들이 모두 경관으로 보인다. 지하철에서 사람들이 움직이면, 약을 버릴 틈도 주지 않고 나를 붙잡으려고 가까이 붙는 것처럼 느껴진다.

둘리는 매일 나타났다. 무례하고 이기적이었다. 불쾌했다. 둘리는 '닉과 로저스' 상황의 새로운 소식을 내놓곤 했다. 자기가 로저스와 계속 만나고 있음을 나에게 대놓고 밝혔다.

둘리가 나에게 말했다. "로저스는 날카롭지만 감상적이기도 해. 로저스가 항상 하는 말이 있어. '너희 빌어먹을 중독자들은 신경도 안 써. 나는 그걸로 돈을 버는 놈들을 쫓는 거야. 닉을 찾으면 그놈이 다 불겠지. 전에도 나한테 분 적이 있어. 다시 부는 건 문제도 아냐.'"

크리스는 외상으로 약을 달라고 끈덕지게 나를 괴롭혔다. 징징거리며 내 속을 긁었다. 며칠, 아니 몇 시간 안에 틀림없이 돈이 들어온다고 말했다.

닉은 아주 괴롭고 절박해 보였다. 지금 생각하니 음식에는 돈을 전혀 쓰지 않았겠다. 소모성 질환 말기 환자 같은 모습이었다.

마빈에게 약을 갖다줄 때는, 마빈이 주사를 맞기 전에 나왔다. 조만간 약 때문에 죽을 게 확실했고, 그런 일이 일어날 때 옆에 있고 싶지 않았다.

무엇보다 나는 간신히 생계를 꾸리고 있었다. 약 도매상은 계속 약을 모자라게 주고, 외상을 끊임없이 뜯기고, 고객은 모두 25센트, 50센트, 1달러나 적게 가져오고, 나도 약을 하니, 이윤은 간신히 연명할 정도였다.

내가 약 도매상에게 느끼는 불만을 늘어놓자, 게인스는 짜증을 내며 나에게 약을 더 희석하라고 말했다. "네가 파는 약이 뉴욕에서 제일 질이 좋은 게 문제야. 이 거리에서 16퍼센트짜리 약을 파는 놈은 아무도 없어. 약이 마음에 안 드는 고객이면 월그린스로 거래처를 옮기겠지."

시내에서 고객을 만날 때면 이 식당에서 저 식당으로 약속 장소를 계속 바꿨다. 식당 매니저가 중독자나 마약상을 알아보기까지 오래 걸리지 않는다. 이제 시내에 고정 고객이 여섯 명이었다. 그만큼 거래 횟수도 늘어났다. 그래서 계속 장소를 바꿨다.

술집 토니스는 여전히 끔찍했다. 비가 세차게 내리던 어느 날, 약속 시각보다 삼십 분 늦게 토니스로 가던 중이었다. 이탈리아 젊은이 레이가 어느 레스토랑 문밖으로 고개를 빼꼼 내밀고 나를 불렀다. 그곳은 점심을 파는 식당이며, 한쪽 벽을 따라 칸막이 자리들이 놓여 있었다. 우리는 칸막이 자리에 앉았다. 나는 홍차를 주문했다.

레이가 말했다. "흰 트렌치코트를 입은 수사관이 밖에 있어. 토니스에서 여기까지 나를 미행했어. 무서워서 밖에 못 나가겠어."

테이블은 파이프로 만들어졌고, 레이는 테이블 아래로 손을 넣으라고 나에게 신호를 했다. 끝이 막혀 있지 않은 파이프가 있었다. 나는 캡슐 두 개를 팔았다. 레이는 종이 냅킨으로 캡슐을 싼 뒤 파이프 안에 넣었다.

레이가 말했다. "수색당할지도 모르니까 우선은 맨몸으로 나가야지."

나는 홍차를 마신 뒤 정보를 주어서 고맙다고 말하고 먼저 나왔다. 나는 약이 든 담뱃갑을 갖고 있었다. 여차하면 물이 차 있는 시궁창에 던질 생각이었다. 레이의 말대로 문간에 흰 트렌치코트를 입은 덩치 좋은 젊은이가 서 있었다. 그 남자는 나를 보자 나보다 앞서 거리를 어슬렁어슬렁 걷기 시작했다. 그러더니 모퉁이에서 꺾어졌다. 내가 지나가기를 기다렸다가 뒤에서 나를 덮치려 했겠지. 나는 반대 방향으로 돌아서서 달렸다. 6번가에 거의 닿을 때, 남자는 내 뒤 15미터까지 쫓아왔다. 나는 지하철역 회전식 개찰구로 마구 내달렸고 담뱃갑을 껌 자판기 옆 공간에 집어넣었다. 한 층을 뛰어 내려가서 워싱턴스 퀘어로 가는 열차를 탔다.

빌 게인스는 카페테리아 테이블에 앉아 있었다. 훔친 오버코트 하나는 입고, 다른 하나는 무릎에 놓여 있었다. 편안하고 흡족한 표정이었다. 그 테이블에는 늙은이 바트도 있고, 실직한 택시 운전수 켈리도 있었다. 켈리는 42스트리트를 어슬렁거리며 콘돔을 팔고, 출퇴근하는 사람들에게 사기로 50센트씩 뜯어내서 푼돈을 벌었다. 나는 그 테이블에 있는 사람들에게 수사관 이야기를 들려주었다. 늙은이 바트가 약을 가지러 지하철역으로 갔다.

게인스는 짜증을 내며 성마르게 말했다. "이런 젠장, 팔 때에 상대를 잘 가려."

"레이가 아니었으면 나는 지금 교도소로 가고 있을걸."

"어쨌든 조심해."

우리는 바트를 기다렸고, 켈리는 맨해튼 교도소에서 간수에게 호통친 일을 길게 이야기하기 시작했다.

바트가 곧 약을 갖고 돌아와서, 흰 트렌치코트를 입은 남자가 아직도 역 플랫폼에서 어슬렁거린다고 알렸다. 나는 테이블 밑으로 바트에게 캡슐 두 개를 건넸다.

게인스와 나는 게인스의 방으로 주사를 맞으러 갔다. 게인스가 말했다. "정말이지, 바트한테 더 이상 같이 못 다니겠다고 말해야겠어." 게인스는 웨스트 40스트리트에 있는 싸구려 하숙집에 살았다. 그가 자기 방문을 열었다. "여기서 기다려. 도구

가져올게." 다른 중독자들과 마찬가지로 게인스도 '도구'와 캡슐을 방이 아닌 다른 곳에 숨겨 놓았다. 게인스가 도구를 가져왔고, 둘 다 주사를 맞았다.

게인스는 사람들 눈에 띄지 않는 것이 자기 재주임을 스스로도 잘 알고 있었다. 때로 최소한 주삿바늘을 꽂을 수 있을 만큼 살을 유지하려면 스스로를 추슬러야 한다고 느꼈다. 당시 게인스는 현실감을 유지하려고 무진 애썼다. 그는 이제 옷장 주위를 샅샅이 뒤지더니, 해진 종이봉투를 꺼냈다. 미국 해군사관학교에서 '의무를 성실하게' 마치고 졸업한다는 증명서, '대령 친구'로부터 온 낡고 더러운 편지, 프리메이슨단에서 보낸 카드, 콜럼버스 기사회에서 보낸 카드 등을 나에게 보여 주었다.

게인스가 그 서류와 우편물을 가리키며 말했다. "모든 게 다 도움이 돼." 게인스는 잠시 말없이 생각에 잠겨서 앉아 있다가 미소를 지었다. "난 그저 상황의 피해자야." 게인스는 일어서서 조심스레 봉투를 치웠다. "내가 뉴욕에 있는 전당포란 전당포는 다 등쳤어. 나 대신 이 코트들을 전당포에 맡겨 줘. 부탁이야."

* * *

그 뒤로 사태는 갈수록 나빠졌다. 하루는 로비에서 호텔 직원이 나를 불렀다. "어떻게 말씀을 드려야 할지 모르겠습니다만, 손님 방에 찾아오는 분들은 문제가 있습니다. 저도 몇 년 전에 불법적인 일을 하곤 했습니다. 그냥 조심하시라고 주의를 드리고 싶은 것뿐입니다. 아시겠지만, 호텔로 오는 전화는 다 호텔 사무실을 통해서 전달됩니다. 제가 오늘 아침에 들은 통화는 아주 노골적이었어요. 제가 아닌 다른 사람이 교환대에 있었다면……. 그러니까 조심하시고, 사람들한테도 전화로 통화할 때는 신경을 쓰라고 말씀하십시오.”

둘리의 전화를 일컫는 것이었다. 그날 아침, 둘리가 나에게 전화해서 고함쳤다. “만나고 싶어. 내가 지금 아파. 당장 그리로 갈게.”

수사관들은 점점 더 가까이 다가왔다. 시간문제였다. 나는 그리니치빌리지의 고객 누구도 믿지 않았으며, 최소한 한 명은 야비한 밀고꾼이라고 확신했다. 가장 의심이 가는 사람은 둘리였다. 닉이 근소한 차이로 2위였고, 크리스가 3위 자리에 있었다. 물론 마빈이 양말을 살 돈을 쉽게 벌 길을 택할 가능성도 늘 있었다.

그리니치빌리지에서 존경받을 일을 하는 사람들 중에 가끔 재미로 약을 하는 사람들이 있는데, 닉은 이들에게도 약을 팔았다. 이런 사람들은 겁이 많기 때문에 보안에 안심할 수 없다. 이들은 경찰을 두려워하고, 안정된 직업을 잃을까 봐 두려워한다. 수사 기관에 정보를 주는 게 잘못된 일이라는 생각은 전혀 품지 않는다. 물론 ‘엮이기’를 두려워하므로 약에 대한 정보에는 가까이 가려 하지 않는다. 그러나 경찰의 심문에는 순순히 입을 연다.

마약 수사는 대개 정보원들의 도움으로 이루어진다. 일반적으로, 약을 소지한 사람을 붙잡은 뒤, 그 사람이 금단 증상으로 아파서 말을 잘 듣게 될 때까지 감옥에 둔다. 그다음에 꼬드기기 시작한다.

"마약 소지만으로도 오 년을 감옥에 처넣을 수 있어. 반면에 지금 당장 여기서 나갈 수도 있지. 결정은 너한테 달렸어. 우리를 도우면 보상도 잘 받을 수 있어. 예를 들면 마약이랑 용돈도 두둑하게 챙길 수 있어. 불기만 하면 돼. 잠깐 생각할 시간을 줄게."

수사관은 캡슐 몇 개를 꺼내서 탁자 위에 놓는다. 이것은 갈증으로 죽어 가는 사람 앞에 잔을 놓고 얼음물을 따르는 격이다. "캡슐을 집지그래? 이제야 머리가 좀 돌아가는 모양이네. 우리가 맨 먼저 잡고 싶은 놈은……."

압력을 넣을 필요조차 없는 사람도 있다. 이런 사람은 약과 용돈만 바랄 뿐이고, 그걸 손에 넣을 수 있으면 뭐든 한다. 경찰은 새로 끄나풀이 된 사람에게 표식을 넣은 돈을 주고 밖으로 나가서 약을 사게 한다. 끄나풀이 그 돈으로 약을 사면 수사관들이 체포하려고 곧장 가까이 따라붙는다. 마약상이 표시된 돈을 바꾸기 전에 체포해야 한다. 수사관들은 약을 사는 데 쓰인 표시된 돈과 그 돈으로 산 약까지 증거로 확보한다. 중요한 사건일 때는 끄나풀도 재판에 나와서 증언해야 한다. 물론 법정에 나와서 증언한 끄나풀은 업계에 알려져서 아무도 그 끄나풀에게는 약을 팔지 않는다. 수사관이 다른 도시로 보내지 않으면(아주 능력 있는 끄나풀은 여러 도시를 순회하기도 한다.) 끄나풀의 정보원 역할은 끝장난다.

마약상들이 끄나풀을 알아보기까지는 그리 오래 걸리지 않으며, 그러면 끄나풀은 약을 살 수 없다. 이렇게 되면 그 끄나풀은 수사관에게 쓸모가 없어지고, 수사관은 끄나풀을 잡아들인다. 끄나풀은 자신 때문에 체포된 다른 사람보다 더 오래 복역하는 경우가 많다.

끄나풀로 쓰기에도 쓸모가 없는 젊은이의 경우에는 다른 과정으로 진행된다. 수사관은 옛날 형사 수법을 쓰기도 한다. "너 같은 어린애를 감옥으로 보내고 싶지는 않아. 네가 잘못한 건 맞아. 그런데 누구라도 실수할 수 있어. 자, 잘 들어. 너한테 기회를 줄게. 하지만 우리한테 협조해야 해. 안 그러면 널 못 도와줘." 아니면 그냥 입을 후려치고 묻는다. "어디서 났어?" 그렇게만 해도 대답하는 놈이 많다. 내 고객들에서도, 지금 명백히 그렇거나 아니면 앞으로 그럴 가능성이 있거나, 온갖 유형의 밀고꾼을 다 찾아볼 수 있었다.

호텔 직원의 말을 들은 뒤 나는 호텔을 옮기고 다른 이름으로 체크인했다. 그리니치빌리지에는 발길을 끊고, 그리니치빌리지 고객들과 만나는 장소는 업타운으로 바꿨다.

내가 호텔 직원의 말을 게인스에게 전하고 착한 직원을 만나서 정말 다행이라고 말하자, 게인스가 말했다. "짐을 싸야 해. 이 사람들 틈에서는 더 이상 안 되겠어."

내가 말했다. "맞아, 이제 코앞까지 왔어. 오토맷[14] 앞에서 우리를 기다리고 있어. 놈들 수가 너무 많아. 오늘 뜰까?"

"그래. 나는 렉싱턴 치료소로 갈래. 버스비가 필요해. 오늘 밤에 떠날래."

사람들이 모여 있는 곳에 우리 모습이 보이자마자, 사람들 속에서 둘리가 튀어나오더니 투톤 색상의 스포츠 재킷을 벗으며 전속력으로 우리에게 달려왔다. 둘리는 샌들인지 슬리퍼인

---

14 20세기 중반에 뉴욕에서 성업한 식당 형태로, 자동판매기로 음식을 판매하는 카페테리아 같은 곳이다.

지 그런 신발을 신었다.

둘리가 말했다. "이 옷 줄게. 캡슐 다섯 개만 줘. 이십사 시간 동안 완전히 약을 굶었어."

둘리의 금단 증상은 보기 흉했다. 인격은 약에 굶주린 세포에 녹아서 사라졌다. 벌레 같은 역겨운 행동에 힘을 불어넣은 내장과 세포들은 살갗을 뚫고 터지기 직전 같았다. 얼굴도 알아볼 수 없이 흐릿하고, 부어올랐으면서도 쭈글쭈글했다.

게인스가 둘리에게 캡슐 두 개를 주고 옷을 받았다.

게인스가 말했다. "밤에 두 개 더 줄게. 9시 정각에 여기서."

옆에 말없이 서 있던 이지는 역겨워서 놀란 표정으로 둘리를 보았다. 이지가 말했다. "하느님 맙소사! 샌들을 신었네!"

다른 사람들이 아시아 거지 떼처럼 손을 내밀고 모여들었다. 한 푼이라도 돈을 가진 사람은 아무도 없었다.

내가 말했다. "외상은 안 돼." 우리는 길을 내려가기 시작했다. 사람들이 우리를 따라오면서 소매를 붙잡고 우는소리를 했다. "하나만."

나는 안 된다고 말하고 계속 걸었다. 사람들은 하나둘 떨어져 나갔다. 우리는 지하철역 아래로 내려갔고, 이지에게 이곳을 뜬다고 말했다.

"저런. 말리지도 못하겠다. 샌들이라니!"

이지가 캡슐 여섯 개를 샀고, 우리는 라이커스아일랜드에 삼십 일 형을 살러 갈 늙은이 바트에게 캡슐 두 개를 주었다.

게인스는 능숙한 눈으로 스포츠 코트를 살피고 있었다. "10달러는 족히 받겠어. 여기 뜯어진 데가 있네." 주머니 하나가 살짝 뜯어져 있었다. "잘 수선할 사람도 내가 알아. 어디서 구했대?"

"브룩스브라더스라고 우기더라. 그렇지만 둘리는 뭐든 브룩스브라더스나 애버크롬비앤드피치에서 훔쳤다고 말할 놈이지."

게인스가 싱긋 웃으며 말했다. "아쉽네. 버스가 6시에 출발해. 둘리한테 준다고 약속한 캡슐 두 개는 못 주겠어."

"걱정 마. 둘리는 우리한테 20달러나 빚졌으니까."

"그래? 뭐, 그러면 걱정할 것 없네."

* * *

빌 게인스는 렉싱턴으로 떠났다. 나는 내 차를 타고 텍사스로 출발했다. 약은 1,8그램쯤 있었다. 차츰 줄여 가기에 충분한 양이라 생각하고 약을 줄일 계획을 조심스럽게 세워서 실행하고 있었다. 열이틀 동안 맞을 양이었다. 약은 희석액으로 갖고 있었다. 증류수도 한 병 있었다. 점안기로 희석액을 덜어서 쓸 때마다 같은 양의 증류수를 약이 있는 병에 넣었다. 결국에는 맹물을 맞게 된다. 이 방법은 중독자라면 누구나 잘 알고 있다. 이것을 조금 변형해서 약과 윔폴스[15]를 섞어서 쓰는 방법도 있는데, 이것은 '중국식 치료법'이라고 알려져 있다. 몇 주가 지

15 1940년대에 미국에서 팔리던 강장제로 본래 이름은 '윔폴스 프레퍼레이션 강장제'며, 흥분제인 시트리크닌과 대구 간유, 각종 미네랄 등과 알코올을 섞은 약이다.

나면 순수한 윔폴스만 맞게 된다.

신시내티에서 나흘을 보내자, 약이 떨어져서 몸을 움직일 수 없게 됐다. 이런 자가 치료가 제대로 먹힌 사례는 본 적이 없다. 약을 조금이라도 넣은 주사를 예외로 맞으려고 핑계를 찾게 된다. 약이 다 없어져도 여전히 중독 상태에 빠져 있다.

나는 자동차를 두고 렉싱턴으로 가는 기차를 탔다. 기차를 타는 데에 필요한 서류는 없었지만 제대증을 서류 삼아 탈 수 있었다. 렉싱턴에 도착한 뒤, 시내에서 택시를 타고 10킬로미터쯤 떨어진 병원까지 갔다. 택시는 병원 정문 경비실에 섰다. 경비실에는 늙은 아일랜드 경비원이 있었다. 경비원은 나의 제대증을 보았다.

"습관성 약물에 중독됐습니까?"

나는 그렇다고 대답했다.

"그럼, 앉으쇼." 경비원이 벤치를 가리켰다.

경비원은 병원 본관에 전화를 걸었다. "아뇨, 서류는 없습니다…… 제대증만 있어요." 경비원이 전화기에서 눈을 돌리고 나를 보며 물었다. "전에 여기 온 적 있어요?"

나는 아니라고 대답했다.

"전에 온 적 없대요." 경비원이 전화를 끊었다. "조금 있으면 데려갈 자동차가 와요. 지금 약이나 주삿바늘이나 점안기나 뭐라도 갖고 있어요? 있으면 여기 놓고 가요. 안 그러면 본관에 가서 정부 시설에 금지 품목을 반입했다고 기소당할 수도 있어요."

"아무것도 없습니다."

잠시 기다린 뒤 자동차가 왔고, 그 차를 타고 병원 본관으로 갔다. 자동차가 가까이 가니 육중한 철문이 자동으로 열렸고, 다 지나간 다음에는 자동으로 닫혔다. 이번 경비원은 정중하게 나의 지난 약물 중독을 기록했다.

경비원이 나에게 말했다. "잘 오셨습니다. 여기 온 건 현명한 결정이었습니다. 지난 이십오 년 동안 여기 어디 갇혀서 크리스마스를 보내는 사람도 있습니다."

나는 옷을 바구니에 넣고 샤워를 했다. 다음 단계는 건강 진단이었다. 십오 분을 기다린 뒤에야 의사가 나타났다. 의사는 기다리게 해서 미안하다고 말한 뒤, 몸을 진찰하고 내 중독 경력을 들었다. 의사의 태도는 공손하고 능숙했다. 내가 중독 경력을 말하는 동안, 의사는 귀담아들으며 가끔 대꾸하거나 질문했다. 내가 7그램 단위로 약을 산다고 말하자, 의사는 미소를 지으며 말했다. "약을 계속하기 위해서 그중 일부는 팔았겠군요."

마침내 의사는 의자에 몸을 푹 파묻었다. "아시다시피 여기서는 이십사 시간 전에만 알리면 나갈 수 있습니다. 열흘 동안 지내다가 나가서 평생 약을 멀리하는 사람도 있습니다. 반년 있다가 나가서 이틀 만에 되돌아오는 사람도 있습니다. 그래도 통계적으로 보면, 오래 머물수록 약을 멀리하게 될 확률이 높죠. 여기 처치 과정은 다소 일괄적입니다. 치료는 중독 정도에 따라서 여드레에서 열흘까지 이루어집니다. 이제 가운을 입으세요."

의사가 가리킨 곳에는 파자마와 가운과 슬리퍼가 놓여 있었다. 의사는 인터폰에 대고 빠르게 말하고 있었다. 나의 건강 상태와 중독 경력을 요약해서 이야기했다. "환자는 안정돼 보이고, 치료를 받으려는 이유는 가족을 부양해야 하기 때문이랍니다."

경비원이 나를 병동으로 데려갔다.

경비원이 말했다. "약을 끊고 싶으면 여기가 제격이죠."

병동 간호인이 나에게 정말 약을 끊고 싶은지 물었다. 나는 그렇다고 대답했다. 나는 독방에 배정되었다.

십오 분쯤 뒤, 간호인이 소리쳤다. "주사 시간!" 병동에 있는 사람 모두가 줄을 섰다. 이름이 불리면 우리는 병동 약국 문에 있는 창으로 팔 하나를 내밀었고, 간호인은 주사를 놓았다. 금단 증상으로 아팠던 나는 주사로 안정됐다. 곧바로 허기가 들기 시작했다.

나는 병동 가운데로 갔다. 벤치와 의자, 라디오가 있었다. 범죄자 같은 이탈리아 젊은이와 이야기를 나누었다. 젊은이는 이곳에 온 경험이 많으냐고 나에게 물었다. 나는 아니라고 대답했다.

젊은이가 말했다. "그럼 '모범생'들이랑 있어야 하는데……. 거기가 치료도 오래하고 방도 더 좋아요."

모범생이란 렉싱턴에 처음 온 사람들 가운데 완전히 치료될 확률이 높은 사람을 가리키는 말이었다. 의사들은 나의 치료 가망성을 그리 높게 보지 않았던 모양이다.

사람들이 오가며 대화에 끼었다. 사람들은 마약 주사 덕분에 더 사교적이 되었다. 오하이오주에서 온 흑인이 맨 먼저 다가왔다.

이탈리아 젊은이가 흑인에게 물었다. "약은 얼마 동안 했어요?"

흑인이 대답했다. "삼 년요." 처방전을 위조해서 팔다가 체포된 흑인은 오하이오주에서 겪은 수감 생활을 이야기하기 시작했다. "복역하기에는 좆같은 곳이죠. 애들이 한 무더기 있어요. 버르장머리 없는 상것들. 매점에서 뭘 사면 놈들이 '내놔' 하면서 달려들어요. 안 주면 얼굴을 갈겨요. 그러면 다 달려와서 집단으로 패요. 그놈들을 다 당해낼 수는 없어요.”

이스트세인트루이스에서 온 도박 딜러는 처방받은 페놀과 식용유, 아편 팅크에서 석탄산을 녹이는 법을 설명하고 있었다.

“나는 노모한테 치질이 있어서 이 처방이 필요하다고 의사한테 말해. 식용유를 거른 뒤에, 남은 걸 스푼에 담고 가스불에 대. 페놀은 곧장 증발돼. 그걸로 이십사 시간은 버틸 수 있어.”

구릿빛 피부와 은회색 머리카락의 마흔 살쯤 돼 보이는 잘생기고 몸집 좋은 남자가 자기 애인이 오렌지에 약을 넣어서 가져온 일을 이야기하고 있었다. “교도소였어. 우리 둘 다 빌어먹게 벌벌 떨고 있었어. 그 오렌지를 한 입 먹으니까 정말 썼어. 1,000밀리그램쯤 들어 있었을걸. 오렌지에 주삿바늘로 넣은 거지. 내 애인이 그렇게 머리가 잘 돌아가는지 미처 몰랐어.”

“간수가 나한테 이러더라. ‘마약 중독! 이 개자식, 넌 중독쟁이야! 여기서는 약이라고는 구경도 못할 줄 알아!’”

“식용유랑 팅크. 식용유는 위에 뜨니까 점안기로 빼내면 돼. 그다음에 불에 올려서 타르처럼 새까맣게 만들어.”

“그래서 그 필라델피아 놈을 개 패듯 팼어.”

“음, 의사가 말하지. ‘좋아요, 얼마나 필요합니까?’”

“다일러디드[16] 가루 써 봤어? 그걸로 목숨을 잃은 놈들이

16   진통제 상표명이다.

많아. 이쑤시개 끝에 올려놓을 수 있을 만큼. 그걸로 화려한 종
말이야. 영원히."

"불에 태우고 주사해."

"의식이 몽롱해져."

"약발이 올라."

"그때가 1933년이었어. 1그램에 1달러."

"유리병이랑 고무관으로 파이프를 만들었어. 다 피운 뒤
에는 유리병을 깨뜨렸지."

"불에 태우고 주사해."

"의식이 몽롱해져."

"당연히 코카인은 피부에 주사해도 돼. 속으로 곧장 들어
가."

"헤로인과 코카인. 스며드는 냄새도 맡을 수 있어."

음식 이야기를 빼고 아무것도 말할 수 없는 배고픈 사람들
같았다. 잠시 후, 주사 효과가 사라지기 시작했다. 대화는 활기
를 잃었다. 사람들은 흩어져서 눕거나 책을 읽거나 카드놀이를
했다. 점심은 병실로 제공됐다. 음식은 훌륭했다.

하루에 세 번 주사를 맞았다. 아침에 일어날 때인 오전 7시
와 오후 1시, 밤 9시에 한 번씩. 그날 오후, 오랜 지인 두 명이 나
타났다. 마티와 루이스. 저녁 주사를 맞으려고 줄을 서 있을 때,
나는 루이스에게 달려갔다.

루이스가 물었다. "붙잡혔어?"

"아니. 치료받으러 내 발로 들어왔어. 넌?"

루이스가 대답했다. "나도 그래."

나는 저녁 주사와 함께 유리잔에 든 포수클로랄을 받았다.

그날 밤, 병동에는 다섯 명이 새로 들어왔다. 병동 간호인은 양손을 쳐들었다. "저 사람들을 어디에 넣어야 할지 모르겠네. 여기 이제 중독자가 서른한 명이야."

새로 들어온 사람들 중에는 위엄 있어 보이는 백발의 칠십 대 노인도 있었다. 밥 리오던으로, 오래된 사기꾼이자 마약상이며 소매치기였다. 밥 리오던은 1910년경의 은행가 같은 모습이었다. 두 친구와 함께 차를 타고 왔다. 렉싱턴으로 오는 길에 워싱턴의 위생국장에게 전화해서 정문에 타전해 곧장 들어갈 수 있게 해 달라고 요구했다. 위생국장을 펠릭스라는 이름으로 언급했고, 예전부터 아는 사이 같았다. 그러나 그날 밤에 들어올 수 있었던 사람은 밥 리오던뿐이었다. 다른 두 명은 약이 부족해서 완전히 몸을 움직일 수 없게 되기 전에 약을 준비해 두려고 아는 의사가 있는 렉싱턴 근처 도시로 갔다.

그 두 명은 이튿날 정오쯤 들어왔다. 솔 블룸은 뚱뚱한 남자로, 둥그스름한 얼굴이 전형적인 유대인이었다. 사기꾼이라는 표시가 덕지덕지 붙어 있었다. 함께 온 사람은 벙키라는 이름의 작고 마른 남자였다. 은테 안경 뒤의 침착하고 냉정한 회색 눈동자만 아니었다면 늙은 농부나 흔히 보는 맥없는 마른 노인네 모습이었다. 이들이 리오던의 두 친구였다. 세 사람 모두 형무소에 많이 복역했고, 대부분 마약 거래로 연방 교도소에서 복역했다. 붙임성은 있었지만 적당히 거리를 유지했다. 이 사람들이 늘어놓는 사연은, 연방 수사관들이 끊임없이 괴롭혀서 약을 정말로 끊고 싶다는 것이었다.

솔은 말했다. "젠장, 난 마약이 아주 좋아. 방 하나를 약으로 채울 수도 있어. 그렇지만 약을 하면서 끊임없이 경찰의 방해를 받아야 하면 약을 끊고 벗어나야지." 솔은 같이 마약을 시작했다가 나중에 존경받는 인물이 된 옛 지인들을 이야기했다. "그놈들은 이제 이렇게 말해. 솔이랑 절대 엮이지 마. 그놈은 '약쟁이'야."

솔 일행은 사람들이 믿기를 바라며 약을 끊겠다는 장광설을 늘어놓았을까. 나는 아니라고 생각한다. 그저 "우리가 여기 온 이유에는 신경 꺼." 하는 뜻이었다.

또 다른 신참은 아베 그린으로, 다리가 하나 없고 코가 긴 유대인이었다. 거의 지미 듀랜트[17]의 대역 같았다. 옅은 파란색 눈은 조류의 눈 같았다. 금단 증상에 시달리면서도 열띤 활기를 발산했다. 병동에서 첫날 밤, 너무 심하게 앓아서 의사가 내려와 진찰을 한 뒤 모르핀 30밀리그램을 더 주었다. 며칠 지나지 않아서 아베 그린은 병동을 쿵쿵거리며 돌아다니면서 떠들거나 카드놀이를 했다. 그린은 브루클린에서 유명한 마약상으로, 그 업계에서는 보기 드물게 혼자 일했다. 마약상들은 대개 조직 안에서 일하고 그렇지 않으면 그만두어야 하는데, 그린은 단골이 아주 많은 덕분에 혼자서도 그 바닥에서 살아남을 수 있었다. 당시 그린은 가석방 상태였지만 불법 체포를 근거로 방면될 수 있으리라고 생각하고 있었다. "그놈(수사관)이 한밤중에 나를 깨우더니 총으로 내 머리를 갈기기 시작했어. 나한테 고객들을 불라지 뭐야. 내가 그랬지. '내 나이 쉰넷인데 지금껏 경찰에 분 적이 없어. 부느니 차라리 죽는다.'"

17　Jimmy Durante(1893~1980). 미국의 가수 겸 배우 겸 코미디언이다.

그린은 애틀랜타에서 마약을 끊었던 일도 이야기했다. "열나흘 동안 벽에 머리를 찧고 있었어. 눈하고 코에서 피가 흐르더라. 교도관이 왔을 때 그 면상에 침을 뱉었지." 이런 이야기도 그린의 입에서 나오면 서사극이 됐다.

뉴욕에서 온 오래된 중독자 유대인으로 베니라는 사람도 있었다. 베니는 이미 열 차례나 렉싱턴에 다녀갔으며, 이번에는 '블루그래스' 때문에 들어와 있었다. 블루그래스란 '불법 향정신성 약물 사용자는 누구라도 1년 형에 처하거나 렉싱턴에서 치료를 받게 할 수 있다.'라는 켄터키주 법을 가리킨다. 베니는 키가 작고 통통한 유대인으로 얼굴이 둥글었다. 나는 베니가 중독자라고 전혀 느낄 수 없었다. 베니는 소리 내서 즐겁게 노래했고, 좋아하는 노래는 「에이프릴 샤워스」[18]였다.

하루는 베니가 몹시 흥분해서 오락실로 들어왔다.

베니가 말했다. "모이시가 방금 들어왔어. 빌어먹을 호모 자식. 그놈은 유대인의 수치야."

누가 말했다. "그렇지만 모이시한테는 처자식도 있잖아."

"그놈한테 자식이 열 명 있으면 뭘 해. 그래도 호모인걸."

한 시간쯤 뒤 모이시가 나타났다. 꽤 분명한 호모였고, 약에 절어 있었다. 예순 살쯤 됐으며, 수염 없는 분홍빛 얼굴에 머리는 백발이었다.

매티는 병동 곳곳을 돌아다니며 아무에게나 말을 걸고, 무례하고 짓궂은 질문을 던지고, 자기 금단 증상을 자세히 설명

18　1921년에 처음 발표되어 많은 가수들이 부른 스탠더드 넘버다.

했다. 불평은 전혀 하지 않았다. 매티는 자기 연민이 아예 없는 사람 같았다. 밥 리오던이 매티에게 왜 잡혔느냐고 묻자, 매티는 "저는 그냥 멍청한 도둑이에요."라고 대답했다. 매티는 지하철 플랫폼 벤치에서 잠자고 있던 취객 이야기를 했다. "옆 주머니에 지폐 뭉치가 있는 걸 알 수 있었어. 그런데 그놈 옆으로 3미터 가까이만 가도 놈이 깨서 '용건이 뭐요?'라는 거야." 막무가내로 거친 매티의 행동을 생각하면 취객이 깼으리라는 것은 짐작이 가고도 남았다. "그래서 다른 데로 가는데 아는 사람이 보였어. 늙은 중독자 건달. 그놈이 그 취객 바로 옆에 앉아서 이십 초 만에 돈을 빼내더라. 주머니를 칼로 쨌어."

리오던이 특유의 악의 없이 젠체하는 말투로 말했다. "그놈을 벽에 밀치고 돈을 뺏지그랬어?"

매티는 무한히 철면피였으며 그 뻔뻔스러움이 너무도 확연한 인물이었다. 전혀 중독자로 보이지 않았다. 약국에서 주삿바늘을 팔지 않으려 하면, '왜 안 팔아요? 내가 중독쟁이로 보여요?'라고 말할 사람이었다. 매티는 어느 의사에게서 약을 받았다. 매티가 말했다. "그 유대인 개자식이 늘상 이랬어. '매티, 약을 좀 줄여요. 혈색이 하나도 없어요.' 나는 그놈이 다시는 나를 만나기 싫게 만들어 놨지."

내 머릿속에는 뚱뚱하고 늙은 유대인 의사가 매티에게 외상으로 약 주기를 거절하려고 애쓰는 광경이 절로 떠올랐다. 매티 같은 사람이 마약 밀매매에서는 요주의 인물 중 하나다. 이런 사람들은 대개 돈이 있다. 돈이 없을 때면 외상을 바란다. 외상을 거절하면 완력을 쓰려고 한다. 이런 사람들은 약을 원할 때 거절을 못 참는다.

렉싱턴에서는 중독자를 편하게 하는 방향으로 치료가 진행되지 않는다. 처음에는 여드레 동안 모르핀 15밀리그램을 하루 세 번 준다. 이때 쓰이는 약은 돌로핀이라고 불리는 합성 모르핀이다. 여드레 뒤에는 끝내기 주사를 맞은 뒤 '집단 거주지'로 옮겨진다. 거기서 바르비투르산 유도체 사흘 치를 받으면 약물 치료는 끝이 난다.

약을 많이 하는 사람에게는 아주 힘든 치료다. 나는 다행히도 금단 증상을 겪고 있을 때 들어왔기 때문에 치료 과정에서 주어진 약의 양이 나를 안정시키기에 충분했다. 금단 증상이 중할수록, 또 약 없이 오래 지냈을수록 적은 양으로도 안정될 수 있다.

끝내기 주사를 맞을 때가 되자 나는 B 병동으로 배정됐다. 그곳은 '하층민 소굴'로 불렸다. 시설에는 문제가 없었다. 입원 환자들 상태가 좋지 않았다. 내 구역에는 입가에 침을 흘리고 있는 늙은 부랑자 무리가 있었다.

약물 치료가 끝난 뒤에는 일주일 더 머물 수 있다. 그다음에는 일거리를 고르고 일하러 가야 한다. 렉싱턴에는 농장과 목장이 있다. 농장에서 키운 과일과 야채를 가공하는 통조림 공장도 있다. 의치를 만드는 치가공소, 라디오 수리소, 도서관 등도 있다. 간수로 일하기도 하고, 음식을 요리하고 내놓기도 하며, 병동 간호인 조수로 일하기도 한다. 이렇듯 고를 수 있는 일은 다양하다.

나는 그 안에서 일을 해야 할 만큼 오래 머물 생각은 없었다. 끝내기 주사의 약효가 떨어지기 시작하자 금단 증상이 왔다. 들어올 때 느꼈던 것에 비하면 그림자에 지나지 않지만, 그래도 심한 증상이었다. 진정제를 먹어도 밤에 잠을 잘 수 없었다. 이튿날 더 심해졌다. 아무것도 먹을 수 없고 몸을 움직이기조차 힘들었다. 돌로핀은 금단 증상을 잠시 억제하지만 치료가 끝나면 증상은 돌아온다. 어느 입소자가 나에게 말했다. "약으로 약을 끊을 수는 없어. 여기서 보통 사람처럼 살면서 끊어야지." 밤에 받던 약도 끊기고, 나는 여전히 아팠다. 바람이 부는 추운 오후, 나를 포함해서 다섯 명이 택시를 불렀다.

내 동행들이 말했다. "렉싱턴에서 얼른 나가는 게 상책이야. 곧장 버스 정류장으로 가서 버스에 탈 때까지 꼼짝도 하지 마. 안 그러면 블루그래스 법에 걸릴 수 있어." 블루그래스 법은 렉싱턴 요양소를 오가는 약물 중독자들로부터 켄터키주 의사와 약사를 보호하기 위해 만들어졌다. 중독자들이 렉싱턴 시내에 어슬렁거리지 못하게 하려는 의도도 있었다.

나는 신시내티에서 약국 몇 곳을 돌며 30밀리리터짜리 패리고릭을 몇 병 샀다. 당시의 나처럼 중독자가 약을 줄일 때에는 패리고릭 60밀리리터를 마시면 금단 증상이 진정된다. 나는 패리고릭 90밀리리터를 마신 뒤에 따뜻한 물을 조금 마셨다. 십 분쯤 지나자 약효가 나타나고 금단 증상이 사라졌다. 곧바로 허기가 느껴졌고, 밥을 먹으러 호텔에서 나갔다.

* * *

마침내 텍사스에 다다랐고, 넉 달쯤 약을 끊고 지냈다. 그 다음, 뉴올리언스로 갔다. 뉴올리언스에는 유적이 겹겹이 쌓여 있다. 버번스트리트를 따라서 1920년대 유적들이 있다. 프렌치 쿼터와 빈민가가 섞이는 곳에는 그보다 오래된 유적들이 있다. 칠리 노점들, 무너져 가는 호텔들, 마호가니 타구와 바, 크리스털 샹들리에가 있는 오래된 술집들. 1900년대의 유적이다.

뉴올리언스에는 시 경계 밖으로 나간 적이 없는 사람들이 있다. 뉴올리언스 억양은 브루클린 억양과 아주 비슷하다. 프렌치쿼터는 늘 붐빈다. 미국 온갖 주에서 온 관광객, 군인, 무역 선원, 도박꾼, 성도착자, 떠돌이, 도망자들이다. 사람들은 목적도 연고도 없이 돌아다니며, 대부분은 약간 부루퉁하고 적대적인 표정이다. 프렌치쿼터는 편안히 즐기는 곳이다. 범죄자도 이곳에 쉬러 온다.

쾌락을 찾는 불행한 이들은 심리학자들이 흰쥐와 모르모트의 신경 체계를 어지럽히기 위해서 고안한 전기 미로처럼 복잡한 패턴의 긴장 때문에 끊임없는 경계 상태에 빠진다. 예를 들면, 뉴올리언스는 지나치게 시끄럽다. 자동차를 운전하는 사람은 배트를 휘두르듯 경적을 울린다. 주민들은 불친절하다. 잠시 머무르다 가는 사람들은 더없이 각양각색이고 서로 관계없는 사이여서 누가 어떤 행동을 할지 전혀 알 수 없다.

나는 뉴올리언스가 처음이었으므로 약을 구할 길이 없었다. 시내를 돌아다니다가 중독자들이 모인 동네를 몇 군데 발견했다. 세인트찰스와 포이드라, 리서클 주위와 그 너머 지역, 커낼과 익스체인지플레이스 등이었다. 내가 중독자들을 판별하는 것은 겉모습을 통해서가 아니다. 점쟁이가 숨은 수맥을 찾아내는 것과 같은 방식으로, 느낌을 통해서다. 걸어가고 있다가 갑자기 내 세포들 속에 있는 중독자가 점쟁이의 봉처럼 씰룩거리며 움직인다. "여기 중독자가 있다!"

나는 누구와도 사귀지 않았다. 게다가 나는 약을 멀리하려 했다. 아니, 최소한 내가 약을 멀리하려 한다고 생각했다.

* * *

어느 밤, 익스체인지플레이스 근처 술집 프랭크스에서 럼콕을 마시고 있었다. 프랭크스는 어떤 술집이라고 콕 집어 말하기 애매한 곳이었다. 선원, 부두 노동자, 퀴어, 옆집인 이십사 시간 포커판에서 온 딜러, 정체를 알 수 없는 몇몇 인물들. 내 옆에 길고 여윈 얼굴에 머리는 은발인 중년 남자가 서 있었다. 나는 그 남자에게 같이 맥주를 마시자고 청했다.

그 남자가 말했다. "그러죠. 그렇지만 안타깝게도…… 안타깝게도 저는 술값을 같이 낼 형편이 못 됩니다." 별다른 교육을 받지 못했고 육체노동으로 생계를 유지하는 사람, 상대를 '지성인'으로 여기면 그 상대 앞에서 한없이 지루해지는 사람이었다.

나는 맥주 두 잔을 주문했고, 남자는 자신이 원래 술을 얻어먹기만 하는 사람은 아니라고 계속 되뇌었다. 맥주가 나오자 남자가 말했다. "방해받지 않고 세계 정세와 인생의 의미를 토론할 수 있는 테이블을 찾아볼까요?" 우리는 잔을 들고 테이블로 갔다. 나는 자리를 뜰 핑계를 찾고 있었다. 갑자기 남자가 말했다. "자, 예를 들어서 저는 댁이 마약에 관심이 있는 것을 압니다."

“어떻게 알죠?” 내가 물었다.

“저는 압니다.” 남자가 미소를 지으며 대답했다. “댁이 여기에 마약을 수사하러 온 거 압니다. 저는 혼자서 그쪽으로 많이 조사했습니다. 제가 아는 것들을 말하려고 이곳 FBI에 쉰 번이나 찾아갔습니다. 마약이 공산주의와 곧장 연결된 거 아시죠? 제가 작년에 C조와 A조에서 배를 탔어요. 공산주의자들이 장악한 조죠. 기관사도 공산주의자였어요. 나는 금방 알아챘죠. 기관사는 파이프 담배를 피웠고 라이터로 불을 붙였습니다. 라이터를 이용해서 신호했죠.” 남자는 기관사가 라이터로 파이프에 불을 붙이고 라이터 불빛을 가렸다가 드러냈다가 하는 모습을 재연했다. “아, 능숙했어요.”

내가 물었다. “누구에게 신호를 보냅니까?”

“저도 정확히는 모릅니다. 한동안 비행기가 우리를 쫓아다녔어요. 기관사가 파이프에 불을 붙이려고 나갈 때마다 비행기 소리가 들렸습니다. 시간을 크게 절약할 수 있을 이야기를 하나 해 드리죠. 댁이 원하는 정보를 찾을 수 있는 곳은 프론티어 호텔입니다. 여기서 프론티어 호텔을 운영하는 사람들은 필라델피아에서 스탠디시 호텔을 운영하는 바로 그 사람들입니다. 그 사람들은 마약을 하고, 공산주의와 연결돼 있습니다.”

“이렇게 얘기하면 위험하지 않나요? 맥은 내가 누군지 모르잖아요. 내가 반대편이면 어째요.”

“저도 상대를 봐 가면서 말합니다. 아니면 여기 있지도 못했죠. 벌써 죽었겠죠. 제가 이 술집에 있는 온갖 사람들 중에서 선생을 딱 집어 냈지 않았습니까?”

“그렇지만 왜죠?”

“저한테 할 일을 명령하는 게 있죠.” 남자는 목에 건 종교 목걸이를 내보였다. “이걸 지니고 다니지 않았으면 저는 벌써 예전에 칼이나 총에 죽었겠죠.”

“왜 마약에 신경을 쓰고 있죠?”

“마약이 사람들에게 끼치는 영향이 싫기 때문입니다. 동료 선원 중에 마약을 했던 사람이 있어요.”

내가 물었다. “마약과 공산주의 사이의 연관성이라는 게 정확히 뭡니까?”

“저보다 댁이 그 답을 훨씬 더 잘 아실 텐데요. 제가 얼마나 많이 알고 있는지 떠보시는 게죠? 좋습니다. 마약에 빠진 사람과 공산주의에 빠진 사람은 동일한 사람이죠. 그 사람들이 지금 미국을 좌지우지하고 있어요. 저는 뱃사람입니다. 스무 해 동안 배를 탔죠. 미 해원 노조 회관에서 일자리를 얻을 사람이 누구겠습니까? 댁이나 저 같은 백인 미국인일까요? 아니죠. 남미 놈들과 깜둥이들입니다. 왜? 항구는 노조가 장악하고 있고, 노조는 공산주의자들이 장악하고 있기 때문이죠.”

내가 자리에서 일어서자 남자가 말했다. “언제라도 도움을 드리겠습니다.”

* * *

프렌치쿼터에 몇 군데 있는 퀴어 술집들은 손님으로 붐벼서 밤마다 보도에 호모들이 쏟아진다. 호모들로 가득한 공간을 보면 공포스럽다. 호모들은 보이지 않는 끈으로 조종되는 인형처럼 홱홱 움직이며, 자연스러운 생동감이 모두 결여된 섬뜩한 행동을 취한다. 살아 있는 인간은 이들의 육신에서 예전에 빠져나갔다. 육신에 본래 살던 인간이 나갈 때 다른 무엇이 들어왔다. 호모는 복화술사 안으로 들어와서 그 육신을 다 차지한 복화술사의 인형이다. 이 인형이 퀴어 술집에 앉아서 맥주를 천천히 마시고, 굳은 인형 얼굴로 주체를 못 하며 떠든다.

어쩌다가 퀴어 술집에서 손상되지 않은 인격체와 마주치기도 한다. 그렇지만 이런 술집들의 전반적인 분위기는 호모들이 장악하고 있으며, 퀴어 술집에 들어갈 때마다 나는 늘 우울해진다. 우울은 누적된다. 새 도시에서 한 주를 보내면 이런 술집들을 알 만큼 알게 되고, 나의 술집 탐방은 다른 곳으로 향한다. 대개 빈민촌 안이나 근처 술집이다.

그러나 이따금 되돌아간다. 어느 밤, 프랭크스에서 인사불성으로 취한 뒤 어느 퀴어 술집으로 갔다. 기억이 건너뛴 것으로 미루어 그 퀴어 술집에서 술을 더 마셨나 보다. 술집에는 일제히 갑자기 조용해지는 순간이 있기 마련인데, 그날도 바깥에서 동이 틀 때 그런 순간이 찾아왔다. 퀴어 술집에서는 조용한 순간을 좀체 보기 어렵다. 호모들이 대부분 떠난 모양이다. 나는 앞에 원하지 않던 맥주를 놓고 바에 기대어 있었다. 소음이 연기처럼 걷히고, 1미터쯤 떨어진 곳에 빨간 머리 청년이 나를 빤히 보며 서 있었다.

여성스러운 호모 같지는 않았다. 그래서 나는 대략 '안녕하신가?' 같은 말을 건넸다.

청년이 말했다. "저랑 자러 갈래요?"

내가 말했다. "좋아. 가지."

술집을 나설 때, 청년은 바에 있던 내 맥주를 쥐고 자기 코트 안에 감췄다. 밖에는 해가 막 떠오르며 날이 밝았다. 우리는 맥주를 주고받으며 비틀비틀 프렌치쿼터를 지나갔다. 청년이 앞장서서 가면서 자기가 묵는 호텔이 있다고 말했다. 나는 오랫동안 약을 멀리했다가 주사를 맞으려 하는 듯이 가슴이 메었다. 당연히 더 조심해야 했지만, 나는 경계와 섹스를 전혀 묶어서 생각할 수 없었다. 그 청년은 내내 뉴올리언스 사람의 목소리가 아닌 섹시한 남부인 목소리로 말하고 있었고, 햇빛 아래에서도 여전히 잘생겨 보였다.

어느 호텔 앞에 도착해서 청년은 혼자 먼저 들어가야 한다면서 뻔한 이야기를 늘어놓았다. 나는 주머니에서 지폐를 몇 장 꺼냈다. 청년이 돈을 내려다보고 말했다. "10달러를 주면 더 좋겠어요."

나는 돈을 주었다. 청년은 호텔로 들어갔다가 곧장 나왔다.

"방이 없대요. 사보이로 가 보죠."

사보이 호텔은 바로 맞은편에 있었다.

"기다려 보세요." 청년이 말했다.

한 시간쯤 기다린 뒤에야 첫 호텔의 문제가 무엇이었는지 깨달았다. 첫 호텔에는 몰래 빠져나갈 뒷문이나 옆문이 없었겠지. 나는 아파트로 가서 총을 꺼냈다. 사보이 주변에서 기다리다가 프렌치쿼터를 샅샅이 뒤지며 그 청년을 찾았다. 정오쯤 되자 배가 고파서 맥주 한 잔에 굴 한 접시를 먹었다. 그러자 갑자기 너무 피곤한 나머지, 식당에서 나오다가 누가 내 오금을 친 듯 무릎이 꺾이며 주저앉았다.

택시를 타고 집으로 와서 구두도 벗지 않은 채 침대에 쓰러졌다. 저녁 6시쯤 잠에서 깨어나 프랭크스에 갔다. 맥주 세 잔을 재빨리 마시자 몸이 좀 나아졌다.

한 남자가 주크박스 옆에 서 있었고, 몇 차례 눈이 마주쳤다. 그 남자는 퀴어가 다른 퀴어를 바라보듯, 나를 특별히 알아보았다는 눈길로 나를 보았다. 테라코타 화분처럼 생긴 남자였다. 촌뜨기다운 직관, 어리석음, 약삭빠름, 악의 등을 갖춘 촌뜨기 얼굴. 아일랜드인이 아닐 수 없었다.

주크박스는 작동되지 않았다. 나는 옆으로 가서 남자에게 주크박스에 무슨 이상이 있는지 물었다. 남자는 자기도 모른다고 대답했다. 내가 술을 사겠다고 하자, 남자는 콜라를 주문했다. 자기 이름이 팻이라고 했다. 나는 멕시코 국경에서 최근 넘어왔다고 말했다.

팻이 말했다. "나는 그쪽으로 내려가고 싶은데요. 멕시코에서 가져오고 싶은 물건이 있어요."

내가 말했다. "국경 쪽은 아주 더워요."

"기분 나쁘게 들리지 않으면 좋겠는데⋯⋯." 팻은 그렇게 운을 떼고 말을 이었다. "그쪽도 물건을 쓰시는 것 같습니다."

"씁니다."

"살래요? 조금 뒤에 물건을 사기로 되어 있습니다. 팔 곳을 찾고 있기도 했죠. 그쪽이 나한테 약을 사 주면 약을 구하게 해 드리죠."

내가 말했다. "좋아요."

우리는 미 해원 노조 회관을 지나서 길모퉁이로 갔다.

"여기서 잠깐 기다리세요." 팻은 그렇게 말한 뒤 어느 술집 안으로 사라졌다. 나는 4달러를 뜯겼다고 반쯤 생각했지만 몇 분 뒤 팻이 다시 나타났다. "됐어요. 구했어요."

팻에게 내 아파트로 가서 같이 주사를 맞자고 청했다. 우리는 내 방으로 갔다. 다섯 달 동안 쓰지 않았던 도구들을 꺼냈다.

팻이 주의를 주었다. "계속 약을 하지 않았으면 이건 천천히 넣어야 해요. 아주 세니까."

나는 3분의 2 정도를 주사했다.

팻이 말했다. "반도 많아요. 세다니까요."

내가 말했다. "이 정도면 괜찮아요." 그러나 주삿바늘을 정맥에서 빼자마자 깨달았다. 괜찮지 않았다. 약한 심장 발작이 느껴졌다. 팻의 얼굴 주위가 검게 변하기 시작하더니, 실제로 얼굴색이 변하기라도 하듯 그 검은색이 얼굴 전체로 퍼졌다. 내 눈이 뒤로 뒤집어졌다.

몇 시간 뒤에 정신이 들었다. 팻은 가고 없었다. 나는 침대에 누워 있고, 옷 칼라가 풀어져 있었다. 일어서려다가 주저앉았다. 어지럽고 머리가 아팠다. 작은 포켓에 들어 있던 10달러가 없어졌다. 팻은 내가 돈을 쓸 일이 없어졌다고 생각한 모양이다.

며칠 뒤, 그 술집에서 팻을 만났다.

"이런 젠장, 죽은 줄 알았어요! 내가 셔츠 칼라도 풀어주고 목에 얼음찜질도 해 줬어요. 완전히 파랗게 질려 있었어요. 그래서 내가 말했죠. '이런 젠장, 이 사람, 죽어 가네! 얼른 여기서 나가야 해!'"

일주일 뒤, 나는 약에 빠졌다. 팻에게 뉴올리언스에서 마약 밀매매를 할 만한지 물었다.

팻이 말했다. "시내에는 경찰 끄나풀들이 잔뜩 있어요. 아주 힘들어요."

* * *

그래서 나는 팻을 통해 마약을 밀매매하며 돌아다녔다. 술도 끊고, 밤 외출도 끊고, 중독자의 일상으로 돌아갔다. 하루 세 번 주사를 맞고, 그 중간 시간은 어떻게든 때웠다. 대개는 그림을 그리고 집안일을 했다. 손으로 하는 일을 하면 시간이 빨리 흐른다. 물론 마약 밀매매에도 시간을 많이 쏟았다.

뉴올리언스에서 처음 약을 할 때, 가장 큰 마약상, 뉴올리언스에서 부르는 호칭으로는 '거물'은 '노랑이'라고 불리는 남자였다. 노랑이라는 별명은 낯빛이 황달에 걸린 듯 노랗기 때문에 붙었다. 한쪽 다리를 저는, 마르고 키 작은 남자였다. 미 해원 노조 회관 근처에 있는 어느 술집에서 약을 팔았고, 하루에도 몇 시간씩 바에 앉아 있는 것을 정당화하려고 가끔 맥주를 마시기도 했다. 당시 노랑이는 가출옥 상태였는데, 이후에 재판을 받고 2년 형을 선고받았다.

그 뒤로는 마약상을 찾기 힘들어서 혼란스러운 시기가 찾아왔다. 팻과 차를 타고 예닐곱 시간을 돌아다니며 약을 가지고 있을 만한 사람을 기다리거나 찾기도 했다. 마침내 팻이 도매로 공급할 연줄을 찾았다. 캡슐 하나에 1달러 50센트로, 스무 개 이하로는 팔지 않는 사람이었다. 이 도매 연줄은 밥 브랜든으로, 자신은 약을 하지 않는 보기 드문 마약상이었다.

팻과 나는 약을 조금 팔기 시작했다. 우리가 쓸 약값을 벌

정도로만 약을 취급했다. 팻과 친하고 확실한 사람에게만 약을 팔았다. 뒤프레는 최고의 고객이었다. 도박장 딜러로, 늘 돈이 있었다. 그러나 약을 걸신들린 듯이 탐했고, 도박장 돈에 손댔다. 결국 일자리를 잃었다.

돈은 팻의 오랜 동네 친구로, 시청에서 일했다. 무슨 시찰직을 맡고 있었지만 약 때문에 근무 시간의 반은 농땡이를 쳤다. 돈은 늘 캡슐 하나 값밖에 없었으며, 그 돈도 대개 누이에게서 빌린 것이었다. 팻은 돈이 암에 걸렸다고 나에게 말했다.

내가 말했다. "그러면 곧 죽겠네."

정말 그랬다. 돈은 침대에 누워서 일주일 동안 토한 뒤에 죽었다.

'광천수 윌리'는 자기 소유의 광천수 트럭을 몰며 광천수를 배달했다. 그 사업으로 하루에 캡슐 두 개를 살 수 있었지만, 광천수 판매업자로는 사업 수단이 그리 뛰어나지 못했다. 윌리는 빨간 머리의 마른 남자로, 성격이 유순했다. '사람 좋다'고 통하는 유형이었다.

팻이 말했다. "그놈은 겁쟁이야. 겁쟁이에다 멍청이야."

가끔 즐기려고 주사를 찾는 사람도 몇몇 있었다. '흰둥이'라고 불리는 남자도 그랬다. 흑인인데 왜 흰둥이라 불리는지 전혀 알 수 없었다. 흰둥이는 큰 호텔에서 웨이터로 일하는 뚱뚱하고 멍청한 남자였다. 캡슐 하나를 돈 내고 사면 다음 하나는 외상으로 살 수 있다고 생각했다. 하루는 팻이 외상을 거절하자 분개하며 문으로 달려가더니 5센트짜리 동전을 쳐들었다. "이 동전 잘 봐. 외상 거부한 걸 후회하게 될걸. 내가 이 동전으로 널 신고할 테니까."

나는 흰둥이를 손님으로 받지 말자고 팻에게 말했다.

팻이 말했다. "그래, 그런데 흰둥이는 내가 사는 집을 알아. 다른 데를 찾아봐야 해."

가끔 약을 찾는 사람으로 '뚜쟁이 로니'도 있었다. 로니는 자기 어머니가 운영하는 매음굴에서 자랐다. 로니는 중독을 피하려고 주사에 간격을 두려고 애썼다. 이제 돈을 구할 데가 없다고, 호텔에서 방을 빌리는 데 돈을 너무 많이 써야 한다고, 경찰이 계속 감시한다고 늘 투덜댔다. 로니가 말했다. "무슨 말인지 알지? 남는 게 전혀 없어."

로니는 완벽한 뚜쟁이였다. 깡마르고 신경질적이었다. 가만히 앉아 있지 못했고 입도 절대 다물지 못했다. 말을 할 때는 길고 번지르르한 검정 털로 손등이 덮인 여윈 손을 움직거렸다. 보기만 해도 음경이 큰 것을 알 수 있었다. 뚜쟁이들은 다 음경이 크다. 로니는 옷을 잘 차려입었고 뷰익 컨버터블을 몰았다. 그러나 2달러짜리 캡슐을 사면서도 망설임 없이 외상을 요구했다.

로니는 주사를 맞은 뒤에 줄무늬 실크 셔츠 소매를 내리고 커프스 단추를 채우며 말했다. "이봐, 친구들, 돈이 좀 부족해. 이 약값은 커프스 단추로 대신하면 어때? 좋은 커프스 단추인 건 너희도 알잖아?"

팻은 충혈된 작은 눈으로 로니를 보았다. 확실한 촌뜨기의 표정. "이런 젠장, 로니, 우리는 현찰을 내고 약을 사야 해. 사람들이 너한테 와서 네 여자들을 따먹고 화대를 커프스 단추로 내겠다고 하면 기분이 어떻겠어?" 팻은 고개를 가로저었다. "너도 다른 놈들이랑 마찬가지야. 일단 혈관에 주사 맞는 것만 신경 쓰지. 내가 이렇게 주사 맞을 장소도 마련해 주는데, 대체 나를 배려하는 사람은 없어? 일단 혈관에 주사 맞는 것만 신경 쓴다니까.”

“저기, 팻, 있지, 널 엿 먹이려는 게 아냐. 자, 여기 1달러. 나머지는 오늘 오후에 줄게. 됐지?”

팻은 1달러를 받아서 말없이 주머니에 넣었다. 불만스러워서 입술을 비죽 내밀고 있었다.

광천수 월리는 배달하는 길에 10시 정각쯤 들렀다. 한 대 맞고 밤에 맞을 캡슐을 하나 더 샀다. 뒤프레는 일을 마치는 정오쯤 왔다. 야간 교대조였다. 다른 사람들은 맞고 싶을 때 아무 때나 왔다.

우리 연줄인 밥 브랜든은 가출옥 상태였다. 마약 소지죄로 주 법원에 기소되었는데, 마약 소지죄는 루이지애나주 법으로는 중죄다. 밥의 기소는 현장 증거가 아닌 흔적에 기초해서 이루어졌다. 즉 밥은 경찰이 수색하기 전에 집에 있는 약을 다 치웠지만 약을 보관하던 단지를 씻지 않았다. 연방 법원에서는 이런 흔적 증거를 인정하지 않아서 주 법원으로 넘어갔다. 루이지애나주에서는 흔한 일이다. 연방 법원에서 확실하지 않은 사건은 주 법원으로 넘어가는데 주 법원은 어떤 기소든 다 받는다. 브랜든은 재판에서 이기리라 생각하고 있었다. 정계에도 친한 연줄이 있었고, 어쨌거나 주 법원에서도 승산이 희박한 사건이었다. 그러나 지방 검사는 살인죄도 있는 브랜든의 과거 혐의들을 끌어내서 2년에서 5년 형을 구형했다.

팻은 곧장 다른 연줄을 찾았고 우리는 밀매매를 계속했다. 종커스라는 이름의 마약상이 익스체인지와 커낼 모퉁이에서 약을 팔기 시작했다. 팻은 종커스에게 고객을 좀 뺏겼다. 사실 종커스의 약이 더 좋았고, 나도 가끔 종커스나 종커스의 파트너인 애꾸눈 늙은이 리히터에게서 약을 샀다. 팻은 과보호 어머니 같은 직감이 있어서 어떻게든 꼭 알아내고 이삼 일 동안 뾰루퉁하곤 했다.

종커스와 리히터는 오래가지 못했다. 익스체인지와 커낼은 뉴올리언스에서 중독자들에게 가장 인기 있는 곳이다. 어느 날 종커스와 리히터는 사라지고 팻이 말했다. "이제 고객들이 나한테 돌아오겠지. 내가 로니한테 말했거든. '종커스에게서 약을 사고 싶으면 계속 그렇게 해 봐. 다시는 나한테서 약 살 생각을 하지 마.' 로니가 다시 와도 그 말대로 해 주겠어. 흰둥이도 마찬가지야. 그놈도 종커스에게서 약을 사고 있었거든." 팻은 한참 나에게 뾰루퉁한 표정을 내보였다.

하루는 팻의 호텔 매니저 여자가 로비에서 나를 불러 세웠다. "그냥 조심하라는 말을 하고 싶어서요. 어제 형사들이 와서 팻의 방을 샅샅이 수색했어요. 그리고 광천수 트럭 모는 남자를 체포했어요. 그 남자는 지금 유치장에 있어요."

나는 매니저에게 고맙다고 했다. 조금 뒤에 팻이 들어왔다. 팻은 광천수 윌리가 호텔을 나설 때 붙잡혔다고 말했다. 형사들은 광천수 윌리의 몸에서 마약을 찾지 못하자 제3경찰서로 데려가서 조사 명목으로 구금했다. 윌리는 혐의 없이 사람을 잡아놓을 수 있는 최대한의 시간인 칠십이 시간 동안 구금되어 있는 중이었다.

경찰이 팻의 방을 뒤졌지만, 팻은 약을 호텔 로비에 숨겨두었으므로 적발되지 않았다. 팻이 말했다. "경찰이 그러더라.

'네놈이 여기로 사람들을 모아서 마약을 맞게 한다는 정보를 입수했어. 그만두는 게 좋아. 다음에는 네놈을 체포하고 끝장낼 테니까.'"

내가 말했다. "자, 뒤프레만 빼고 그만두자. 뒤프레는 약을 팔아도 해될 게 없어."

팻이 말했다. "뒤프레도 직장에서 잘렸어. 벌써 나한테 20달러를 빚졌어."

우리는 다시 매일 약을 팔 사람을 찾아다녔다. 그러다가 로니가 '거물'이 된 것을 알게 됐다. 뉴올리언스에서는 일이 그렇게 돌아간다. 다음에 누가 '거물'이 될지 전혀 알 수 없다.

이때쯤 마약 퇴치 열풍이 뉴올리언스에 몰아쳤다. 경찰청장이 말했다. "우리 시에서 범법자가 한 명도 남지 않을 때까지 이 강력 조치가 계속될 겁니다." 주 의원들은 마약 중독자라는 이유만으로도 범죄자로 간주하는 법안을 계획했다. 마약 중독자라는 의미에, 언제 어디서 무엇에 중독됐는지도 구체화하지 않았다.

형사들이 거리에서 중독자를 불러 세우고 주사 자국이 있는지 팔을 살폈다. 자국이 있으면 중독자에게 압력을 가해서 자신의 상태를 인정하는 진술서에 서명하게 한 뒤, '약물 중독자 법'에 따라 기소했다. 경찰은 중독자들이 유죄를 인정하고 새로운 법을 발효하는 데 도움을 주면 집행을 유예하겠다고 약속했다. 중독자들은 팔이 아닌 부위의 혈관에 주사를 맞으려고 자기 몸을 샅샅이 훑었다. 경찰은 주사 자국이 보이지 않는 사람을 그냥 방면했다. 주사 자국이 발견된 사람은 칠십이 시간 동안 구금되어 진술서에 서명해야 했다.

로니는 마약 밀매매를 포기했고, 이제 마약상의 자리는 '늙은이 샘'이라고 불리는 사람에게 돌아갔다. 늙은이 샘은 앙골라에서 십이 년 동안 마약 밀매매를 해 온 사람이었다. 뉴올리언스에서 중독자에게 인기 있는 곳인 리서클 바로 위 구역에서 장사했다.

＊ ＊ ＊

하루는 돈이 다 떨어져서 권총을 시내 전당포에 맡겼다. 팻의 방으로 가니, 두 사람이 있었다. 한 명은 말라빠지고 몸도 제대로 가누지 못하는 중독자 레드 매킨니였다. 다른 한 명은 콜이라는 젊은 무역선원이었다. 이때만 해도 콜은 약에 빠지지 않았으며 대마초를 조금 얻으려고 판매자를 찾고 있었다. 콜은 대마초 골초였다. 대마초 없이 잠시도 견딜 수 없다고 말했다. 나는 그런 사람들을 전부터 봤다. 보통 사람들에게 술이 차지할 자리를 이들에게는 대마초가 차지하고 있다. 대마초에 신체적인 의존성이 있는 것은 아니다. 그러나 대마초 없이는 진정으로 즐거울 수 없다.

마침 우리 집에 대마초가 200그램쯤 있었다. 콜은 대마초 60그램을 캡슐 네 개와 바꾸겠다고 했다. 콜과 함께 우리 집으로 갔다. 콜은 대마초를 시험해 보고 질이 좋다고 말했다. 그래서 우리는 거래를 텄다.

매킨니는 줄리아스트리트에 연줄이 있다고 말했다. "지금 거기 가면 찾을 수 있어."

팻은 약에 취해서 내 자동차 바퀴 옆에 앉아 있었다. 우리는 내가 살고 있던 앨지어즈에서 뉴올리언스로 가는 페리호 위에 있었다. 갑자기 팻이 고개를 들고 충혈된 눈을 떴다.

팻이 크게 말했다. “그 동네는 너무 더워.”

매킨니가 말했다. “달리 어디서 약을 사? 늙은이 샘도 거기 있잖아.”

팻이 되풀이했다. “그 동네는 너무 덥다니까.” 눈에 비친 광경이 낯설고 역겨운 듯이 짜증을 내며 두리번거렸다.

사실 달리 약을 살 곳이 없었다. 팻은 말없이 리서클 쪽으로 차를 몰기 시작했다. 줄리아스트리트에 도착하자, 매킨니가 콜에게 말했다. “어디서 마주칠지 모르니까 먼저 나한테 돈을 줘. 이 블록을 돌아다니는 사람이야. 돌아다니는 마약상.”

콜이 매킨니에게 15달러를 주었다. 우리는 그 블록을 천천히 세 바퀴 돌았다. 그러나 매킨니는 ‘거물’을 못 찾았다.

매킨니가 말했다. “음, 늙은이 샘을 찾아야 할 것 같아.”

우리는 리서클 위로 가서 늙은이 샘을 찾기 시작했다. 샘은 전에 살던 낡은 하숙집에 없었다. 우리는 천천히 차를 몰고 다녔다. 팻은 수시로 아는 사람을 발견하고 차를 멈췄다. 샘을 보았다는 사람은 아무도 없었다. 팻이 소리쳐 부른 인물들 중에는 그저 못마땅하게 어깨만 으쓱하고 그냥 걸어가는 사람도 있었다.

팻이 말했다. “저런 놈들은 아무것도 안 알려 줘. 남을 도와주면 다치기라도 하나.”

우리는 샘의 하숙집 근처에 차를 주차했다. 매킨니가 모퉁이로 담배를 사러 갔다. 매킨니는 황급히 절뚝거리며 돌아와서 차에 탔다.

매킨니가 말했다. "경찰이야. 도망가자."

우리가 모퉁이를 돌기 시작할 때, 순찰차가 우리 옆으로 지나갔다. 운전대를 잡은 경관이 두리번거리다가 팻을 본 뒤 한 번 더 눈여겨보는 모습이 내 눈에 띄었다.

내가 말했다. "팻, 우리를 봤어. 계속 달려!"

팻에게 말할 필요도 없었다. 팻은 쏜살같이 차를 몰아서 모퉁이를 돈 뒤 커런덜릿으로 향했다. 나는 뒷자리에 앉은 콜을 돌아보며 명령했다. "대마초 버려."

콜이 대꾸했다. "잠깐만. 그랬다가 다 잃어버리면 어떡해?"

"미쳤어?" 내가 말했다. 팻과 매킨니와 나는 합창하듯 소리쳤다. "버려!"

우리는 커런덜릿에서 시내로 향했다. 콜이 대마초를 버렸다. 대마초는 주차된 어떤 차 밑으로 미끄러져 들어갔다. 팻은 처음 나온 갈림길에서 우회전했다. 일방통행로였다. 순찰차가 그 길 끝에서 우리 쪽으로 다가왔다. 역주행이었다. 경찰이 흔히 쓰는 수법. 우리는 갇혔다. 콜이 외치는 소리가 들렸다. "이런, 젠장, 나한테 대마초가 또 있었어!"

경관들이 총을 들고 차에서 튀어나왔지만 총을 겨누지는 않았다. 내 차까지 달려왔다. 팻을 눈여겨보며 운전하던 경관이 얼굴에 활짝 미소를 지었다. "팻, 차는 어디서 났어?"

다른 경관이 뒷문을 열었다. "다 나와."

뒷자리에는 매킨니와 콜이 있었다. 경관은 차에서 나온 두 사람의 몸을 수색했다. 팻을 알아본 경관이 콜의 셔츠 주머니에서 금세 대마초를 찾았다.

경관이 말했다. "이거면 이 녀석들 싹 다 잡아넣을 수 있네." 둥글둥글한 붉은 얼굴에 계속 미소를 짓고 있었다. 그 경관은 내 차 조수석 도구함에서 권총도 찾아냈다. "이건 외제 총이네. 국세청에 등록했어?"

내가 말했다. "한 번 방아쇠를 당겼을 때 두 발 이상 발사되는 완전 자동 총기에만 적용되는 줄 알았어요."

경관이 미소를 지은 채 말했다. "아니지. 외제 자동 소총에는 다 적용돼." 틀린 말이었다. 하지만 경관을 설득할 확률은 0퍼센트다. 경관은 내 팔을 살피고 주사 자국을 가리키며 말했다. "얼마나 찔러 댔으면 염증이 생기려고 하네."

왜건이 왔다. 우리 모두 왜건에 탔다. 제2경찰서로 갔다. 경찰이 내 자동차 서류를 살폈다. 경찰은 그 차가 내 소유임을 믿지 못했다. 나는 각기 다른 사람에게 최소한 여섯 번은 수색을 당했다. 결국 우리는 가로 180에 세로 240센티미터쯤 되는 구치소 감방 하나에 갇혔다. 팻은 미소를 지은 채 양손을 비볐다.

팻이 말했다. "저놈들은 중독자 잡는 역겨운 악마가 될걸."

잠시 후 간수가 들어와서 내 이름을 불렀다. 경찰서 대기실에서 이어져 있는 작은 방으로 끌려갔다. 방 안에는 탁자가 하나 있고, 형사 둘이 앉아 있었다. 한 사람은 키가 크고 뚱뚱했다. 얼굴은 남부 프랑스인 분위기가 짙었다. 다른 한 사람은 중년의 땅딸막한 아일랜드인이었다. 앞니 몇 개가 없어서 언청이처럼 보였다. 이런 형사는 왕년에 권총 강도였을 수도 있다. 경찰다운 모습은 전혀 찾을 수 없었다.

프랑스 얼굴의 형사가 심문을 책임진 반장임이 분명했다. 형사가 앉으라고 말했다. 나는 그 형사 맞은편에 앉았다. 형사는 담뱃갑과 성냥을 탁자 위에 놓고 밀었다. "피워요." 형사가 말했다. 아일랜드인 형사는 탁자 끝, 내 왼편에 앉아 있었다. 일어서지 않아도 나를 잡을 수 있을 정도로 가까이 있었다. 책임자 형사가 내 자동차 서류를 자세히 보고 있었다. 경찰이 내 주머니에서 빼낸 것들이 모조리 탁자 위에 놓여 있었다. 안경집, 신분증, 지갑, 열쇠, 뉴욕의 친구에게서 온 편지. 순찰차의 둥근 얼굴 형사가 자기 주머니에 넣은 내 주머니칼만 빼고 모두 탁자 위에 있었다.

갑자기 편지가 생각났다. 그 편지를 쓴 뉴욕 친구는 대마초 골초로 가끔 대마초를 밀매매하기도 한다. 친구는 편지에서 뉴올리언스에서 질 좋은 대마초 값이 얼마인지 물었다. 내가 팻에게 물었더니, 팻은 1파운드[19]에 40달러가 적절한 가격이라고 대답했다. 탁자 위에 놓인 편지에서 친구는 40달러라는 가격을 언급하고 그 값이면 구하고 싶다고 말했다.

처음에 나는 형사들이 편지를 대수롭지 않게 여기리라 생각했다. 이 형사들은 도난 자동차 담당이었고, 훔친 차를 찾으려고 했다. 형사들은 계속 서류를 보면서 나에게 질문했다. 내가 자동차를 산 정확한 날짜를 기억하지 못하는 것이 결정적인 꼬투리가 되었다. 형사들은 거칠어질 지점에 다다른 것 같았다.

결국 내가 말했다. "아니, 확인만 하면 알 수 있잖아요. 확인하세요. 제 말이 사실이고 그 차가 제 차인 게 분명해질 겁니다. 그렇지만 말로는 납득시킬 길이 없잖아요. 물론 제가 차를

---

19   1파운드는 약 450그램이다.

훔쳤다고 말하기를 바라신다면 그렇게 말하죠. 하지만 확인하면 그 차가 내 차인 걸 알 겁니다."

"알았어. 우리가 확인해 보지."

프랑스 얼굴의 형사가 자동차 서류를 조심스레 접어서 밀쳐 놓았다. 편지봉투를 집어서 주소와 소인을 살폈다. 그런 다음 편지를 꺼냈다. 혼자서 편지를 읽었다. 그런 뒤에 소리 내서 편지를 읽었다. 대마초를 언급한 곳만 소리 내서. 형사는 편지를 내려놓고 나를 보았다.

"대마초를 피우는 건 물론이고 팔기까지 하네. 그럼 대마초를 숨겨 놨겠고." 형사는 편지를 노려보았다. "40파운드[20]라……." 형사는 나를 보았다. "솔직하게 부는 게 좋아."

나는 아무 말도 하지 않았다.

늙은 아일랜드인 형사가 말했다. "이놈도 다른 놈들이나 마찬가지예요. 입을 안 열겠죠. 약을 못 해서 좆같이 괴로워야 기꺼이 털어놓겠죠."

프랑스 얼굴의 형사가 말했다. "우리는 나가서 네놈 집을 수색할 거야. 뭐라도 나오면 네놈 마누라도 감옥행이야. 아이들은 어떻게 될까? 남의 손에 맡겨지겠지."

늙은 아일랜드인 형사가 말했다. "저분이랑 협상하는 게 어때?"

형사들이 집을 뒤지면 약이 나올 게 뻔했다. 내가 말했다. "연방 법원에 연락하면 약이 있는 곳을 말하죠. 그렇지만 연방

---

20 약 18킬로그램. 1파운드에 40달러라는 편지 내용을 형사가 40파운드로 잘못 읽은 것이다.

법원에 기소하고 내 아내는 체포하지 않는다는 약속을 먼저 받고 싶습니다."

프랑스 얼굴의 형사가 고개를 끄덕였다. "좋아. 제안을 받아들이지." 동료에게 말했다. "로저스한테 전화해."

몇 분 뒤 늙은 형사가 돌아왔다. "로저스가 지금 시내에 없고 내일 아침에나 돌아온답니다. 윌리엄스는 아프다네요."

"그럼, 하우저한테 전화해."

우리는 나가서 차에 탔다. 늙은 형사가 운전하고, 반장은 나와 함께 뒷자리에 앉았다.

반장이 말했다. "여기야."

늙은 형사가 차를 세우고 경적을 울렸다. 파이프를 문 남자가 집에서 나와 뒷자리에 탔다. 파이프를 뻐끔거리면서 나를 본 뒤 눈길을 돌렸다. 어두운 곳에서는 젊어 보였지만, 가로등 아래를 지나갈 때 얼굴의 주름살이 눈에 띄었고 다크서클도 보였다. 선이 깔끔한 미국 청년 얼굴로, 나이를 먹어도 성숙해 보이지 않는 얼굴이었다. 연방 수사관이리라고 짐작했다.

연방 수사관은 침묵 속에 파이프를 피우며 몇 블록을 지난 뒤, 파이프를 입에서 떼고 나를 보았다. "요즘 약은 누구한테 팔고 있어요?"

내가 대답했다. "요즘은 약 팔 사람을 찾기 힘듭니다. 대부분이 떠났어요."

연방 수사관이 나에게 아는 사람들 이름을 대라고 했다. 나는 이미 사라진 몇몇 사람을 언급했다. 연방 수사관은 이 쓸모없는 정보에 만족하는 듯했다. 형사 앞에서 입을 굳게 다물면 형사는 다그친다. 형사는 전혀 쓸모없는 정보라도 얻으려고 한다.

연방 수사관은 나에게 전과가 있는지 물었다. 나는 뉴욕에서 처방전 때문에 재판받은 일을 말했다.

연방 수사관이 물었다. "그 일로 얼마나 복역했어요?"

"복역은 안 했습니다. 뉴욕에서는 경범죄죠. 공공건강법에 해당됩니다. 건강법 334조일 겁니다."

늙은 형사가 말했다. "이 작자, 아주 빠삭하네요."

반장은 연방 수사관에게 내가 주 법원을 특히 겁내는 듯하며, 그래서 연방 법원에 기소하는 것으로 협상했다고 설명하고 있었다.

연방 수사관이 말했다. "음, 그게 반장님 역할이죠. 반장님이 저치를 제대로 대하면 저치도 반장님한테 제대로 하죠." 연방 수사관은 잠시 파이프를 피웠다. 우리는 앨지어즈로 가는 페리호에 타고 있었다. 연방 수사관이 마침내 말했다. "일을 하는 데에는 쉬운 길도 있고 어려운 길도 있죠."

집에 도착했을 때 반장이 내 허리띠 뒤를 잡았다. "집에 부인 말고 또 누가 있어?"

내가 대답했다. "아무도 없어요."

문에 다다르자, 파이프를 문 남자가 내 아내에게 배지를 내보이고 문을 열었다. 나는 집에 있던 대마초를 내놓았다. 1파운드도 안 되는 양이었다. 헤로인 캡슐도 몇 개 내놓았다. 반장은 그것으로 만족하지 않았다. 대마초 40파운드를 원했다.

반장이 계속 말했다. "빌, 이게 전부가 아니잖아. 어서 내놔. 우리는 할 만큼 다 했잖아."

내가 더 이상 아무것도 없다고 말했다.

파이프를 문 남자가 나를 뚫어지게 보았다. "전부 내놔요." 눈은 무엇도 그다지 원하지 않는 눈빛이었다. 남자는 조명 아래에 서 있었다. 그 얼굴은 늙었을뿐더러 부식했다. 죽을병에 걸린 사람의 모습이었다.

내가 말했다. "전부 다 드렸습니다."

파이프 남자는 막연히 먼 곳을 보다가 서랍과 벽장을 뒤지기 시작했다. 옛날 편지들을 찾아내더니, 바닥에 꿇어앉은 채 읽기 시작했다. 왜 의자에 앉지 않는지 의아했다. 편한 자세로 남의 편지를 읽고 싶지는 않았나 보다. 차량 절도 담당인 두 형사는 지루한 표정이었다. 마침내 형사들은 대마초와 캡슐, 내가 집에 두고 있던 38구경 리볼버 한 자루를 챙겨서 떠날 채비를 차렸다.

반장이 집을 나서면서 내 아내에게 말했다. "부군은 이제 마약반에서 모셔갑니다."

제2경찰서로 다시 끌려가서 갇혔다. 이번에 갇힌 감방은 아까와 다른 곳이었다. 팻과 매킨니는 옆 감방에 있었다. 팻이 나에게 무슨 일이 있었는지 물었다.

팻은 내 이야기를 들은 뒤에 말했다. "고생했군."

팻은 이튿날 아침에 변호사에게 10달러를 주고 풀려났다.

* * *

내가 있는 감방에는 모르는 사람 네 명이 있었다. 그 가운데 셋은 중독자였다. 하나뿐인 벤치를 이미 누가 차지하고 있어서 나머지는 서 있거나 바닥에 앉아 있었다. 나는 매카시라는 남자 옆, 바닥에 앉았다. 시내에서 매카시를 본 적이 있었다. 매카시는 거의 칠십이 시간째 감금되어 있었다. 가끔 신음을 흘렸다. 이런 말도 했다. "여기가 지옥인가?"

중독자에게는 중독자만의 시간이 있다. 약을 못 하게 되면 시계가 느려지다가 멈춘다. 버티면서 금단 증상에서 벗어나기를 기다릴 수밖에 없다. 금단 증상을 겪는 중독자는 외적인 시간에서 탈출할 수 없고, 어디로도 갈 수 없다. 그저 기다릴 수밖에.

콜은 요코하마 이야기를 하고 있었다. "착한 헨리와 찰리. 헨리와 찰리한테 약을 주사하면 약이 스며드는 냄새까지 맡을 수 있어."

매카시는 바닥에서 공허하게 신음했다. "이봐, 그런 이야기는 하지 마."

이튿날 아침, 우리는 용의자 사진을 찍는 곳으로 끌려갔다. 간질을 앓는 청년이 우리보다 먼저 단 위에 올라가 있었다. 이 불쌍한 인물은 한참 동안 경관들에게 놀림을 당했다.

"뉴올리언스에 얼마나 있었어?"

"삼십오 일요."

"그동안 뭘 했어?"

"삼십오 일 동안 감옥에 있었습니다."

경관들은 그 이야기가 재미있다고 생각했는지 같은 이야기를 오 분쯤 계속했다.

우리 차례가 되자, 용의자 사진을 책임진 경관이 혐의 내용을 읽었다.

경관들이 팻에게 물었다. "여기 들어온 게 몇 번째야?"

어떤 경관이 웃으면서 말했다. "마흔 번쯤 될걸."

경관들은 우리 각자에게 몇 번 체포됐는지, 몇 번 복역했는지 물었다. 내 차례가 되자, 뉴욕에서 처방전 위반으로 얼마나 복역했느냐고 물었다. "복역은 안 했습니다. 기소 유예로 나왔습니다."

용의자 사진을 책임진 경관이 말했다. "뭐, 여기서 한 번 하게 되겠네."

갑자기 울부짖는 소리가 몹시 크게 났고, 나는 한순간 경관들이 간질 환자를 때리는 줄 알았다. 그러나 단에서 나가면서 보니, 간질 환자가 바닥에 뒹굴며 발작하고, 경관 두 명이 말을 걸려고 주위를 맴돌았다. 누가 의사를 부르러 갔다.

우리는 감방에 갇혔다. 뚱뚱한 놈이 팻을 아는지 문가에 다가와서 섰다. "저놈, 미친놈이야. 지금은 '우리 대장에게 데려다줘.'라고 떠들고 있어. 미친놈. 내가 의사를 불렀어."

두 시간쯤 뒤 우리는 다시 경찰서로 끌려가서 몇 시간을 더 기다렸다. 정오쯤 되었을 때 파이프 남자와 또 다른 남자가 경찰서로 왔고 우리를 연방 수사국 건물로 데려갔다. 새로 나타난 수사관은 젊고 통통했다. 시가를 물고 있었다. 콜과 매카시, 나, 흑인 두 명이 뒷자리에 끼어 앉았다. 시가 남자가 차를 몰았다. 남자가 시가를 입에서 떼고 나를 돌아보았다.

나에게 공손하게 물었다. "리 씨는 어떤 일을 하십니까?" 교육을 잘 받은 사람의 말투였다.

내가 대답했다. "농장을 합니다."

파이프 남자가 웃었다.

파이프 남자가 물었다. "옥수수 고랑 사이에 대마초를 기르나?"

　시가 남자가 고개를 가로저었다. "아니지. 옥수수 사이에 서는 대마초가 잘 못 자라. 대마초는 대마초끼리만 키워야지." 시가 남자는 고개를 돌려서 매카시에게 말을 걸었다. "앙골라에 있는 교도소로 가게 될 겁니다."

　매카시가 물었다. "왜죠, 모튼 씨?"

　"심한 마약 중독자니까요."

　"전 아닙니다."

　"그 주삿바늘 자국은 뭔데요?"

　"매독 때문입니다, 모튼 씨."

　"중독쟁이는 다 매독에 걸렸죠." 모튼이 말했다. 차갑게 놀리며 즐거워하는 목소리였다.

　파이프 남자는 두 흑인 중 하나를 놀리려고 했지만 뜻대로 되지는 않았다. 흑인은 한 손이 불구여서 '손아귀'라고 불렸다.

　파이프 남자가 물었다. "개 버릇 남 못 주지?"

　"무슨 말씀이신지 모르겠네요." 손아귀가 말했다. 그냥 담담한 대답이었다. 건방진 면은 없었다. 손아귀는 마약 중독이 아니었고 그래서 그 말은 사실이었다.

　연방 수사국 건물 앞에 차를 주차하고 4층으로 갔다. 바깥쪽 사무실에서 기다리며, 한 번에 한 사람씩 안쪽 사무실로 불려 가서 취조를 받았다. 내 차례가 되어 안으로 들어가니 시가 남자가 탁자 뒤에 앉아 있었다. 남자는 나에게 의자에 앉으라고 손짓했다.

　"나는 모튼이라고 합니다. 마약 담당 연방 수사관입니다. 진술을 하시겠습니까? 아시다시피 묵비권을 행사할 수 있습니

다. 물론 진술하지 않은 범죄 행위에 대해서는 형량이 더 무거
워집니다."

나는 진술하겠다고 말했다.

파이프 남자도 거기 있었다.

파이프 남자가 말했다. "빌은 오늘 몸이 아주 나빠 보이네.
헤로인을 조금 맞으면 좀 좋아질까?"

내가 말했다. "그럴지도 모르죠." 파이프 남자가 질문하기
시작했다. 어찌나 요점이 없는지 내 귀가 의심스러운 질문도
있었다. 분명 수사관으로서 직감이라고는 없는 사람이었다. 뭐
가 중요하고 중요하지 않은지 전혀 몰랐다.

"텍사스에 있는 연줄은 누구야?"

"없습니다." 그 말은 사실이었다.

"마누라를 감옥에 넣고 싶어?"

나는 손수건으로 얼굴에서 땀을 훔쳤다. "아니오."

"어찌나, 감옥에 가게 생겼는걸. 네 마누라가 벤제드린을
쓰고 있더군. 마약보다 나빠. 두 사람, 법적으로 부부야?"

"사실혼 관계입니다."

"법적으로 부부냐고 물었잖아?"

"아니오."

"정신의학을 공부했나?"

"예?"

"정신의학을 공부했느냐고 물었잖아?"

정신과 의사인 내 친구의 편지를 읽었던 것이다. 실제로
파이프 남자는 우리 집에서 내 옛 편지를 모조리 가져갔다.

"아뇨, 정신의학을 정식으로 공부하지는 않았습니다. 그

냥 취미라고 할 수 있죠."

"취미 한번 유별나군."

모튼은 의자에 몸을 묻고 하품을 했다.

파이프 남자가 갑자기 주먹을 꽉 쥐고 자기 가슴을 때렸다. "난 경찰이야. 알아? 나는 어디든지 경관들이랑 같이 가. 넌 마약상이야. 그럼 너도 너랑 같은 일을 하는 사람들을 알고 있겠지. 우리가 너 같은 사람을 한 달에 한 명 다루는 줄 알아? 매일 다뤄. 너 혼자서 했을 리 없어. 뉴욕, 텍사스, 여기 뉴올리언스에도 연줄이 있겠지. 자, 피의자 조사 때 협상했으면 구체적으로 뭘 털어놔야지."

모튼이 말했다. "이 농부가 아무 정보도 안 내놓으면 앙골라에서 농사나 짓게 만들자고."

파이프 남자가 나에게 등을 돌리고 방을 가로질러 걸으며 말했다. "차 도둑 일당은 어떻게 된 거야?"

나는 정말로 놀라서 물었다. "차 도둑 일당이라뇨?" 훔친 자동차들을 언급한 오 년 전 편지가 떠오른 것은 나중의 일이었다. 파이프 남자는 계속 추궁했다. 눈썹을 찌푸린 채 방 안을 오갔다. 마침내 모튼이 말을 막았다.

모튼이 말했다. "제가 보기에 리 씨는 지금, 본인 죄는 자백하겠지만 다른 사람은 아무도 끌어들이지 않겠다는 생각이죠? 맞습니까?"

내가 말했다. "그렇습니다."

모튼은 시가를 흔들었다. "자, 지금으로서는 그게 전부군요." 모튼이 그렇게 말하고 물었다. "밖에 몇 명이나 남았어?"

어떤 경관이 고개를 빼꼼 내밀었다. "다섯 명쯤 됩니다."

모튼은 짜증이 난 몸짓을 지었다. "시간이 없군. 1시까지 법정에 가야 해. 다 들여보내."

다른 사람들이 다 들어와서 탁자 앞에 늘어섰다. 모튼은 서류 더미를 휘리릭 넘겼다. 매카시를 한 번 본 뒤, 머리가 짧은 젊은 수사관을 보았다.

모튼이 물었다. "이 사람, 증거 찾은 것 있어?"

젊은 수사관은 고개를 가로저은 뒤 미소를 지었다. 한쪽 발을 들고 매카시에게 말했다. "이 발이 보여? 네놈 모가지 속으로 이 발을 집어넣을 거야."

매카시가 말했다. "모튼 씨, 저는 거짓말 안 합니다. 교도소에 가기 싫거든요."

"그럼 다른 중독자들이랑 모퉁이에 서서 뭘 하고 있었어?"

"그냥 걸어가고 있었어요. 리걸 마시러 가고 있었습니다, 모튼 씨."(뉴올리언스 특산물인 리걸 맥주를 일컫는다.) "저는 기회가 있을 때마다 리걸을 마셔요. 이걸 보세요." 매카시는 지갑에서 카드 몇 장을 꺼내더니, 카드 마술을 하는 마술사처럼 카드들을 펼쳤다. 카드를 자세히 보는 사람은 아무도 없었다. "저는 웨이터입니다. 이건 제 노조 카드고요. 주말에 루스벨트에서 차를 타고 떠날게요. 거기서 타면 다른 데로 쉽게 갈 수 있어요. 절 내보내시는 게 더 좋은 일일 겁니다."

매카시는 모튼 앞으로 걸어가서 손을 내밀었다. "차비로 10센트만 주십쇼, 모튼 씨."

모튼은 매카시의 손에 동전을 던졌다.

모튼이 말했다. "얼른 여기서 꺼져요."

"다음에는 꼭 잡아넣겠어." 수사관들이 합창하듯 소리쳤지만 이미 매카시는 문밖으로 나간 뒤였다.

짧은 머리 젊은 수사관이 웃었다. "벌써 계단을 내려갔을 겁니다."

모튼은 서류를 모아서 가방에 밀어 넣고 있었다. "미안하지만 더 이상 진술을 못 받습니다. 법원에 가야 해요. 괜찮다면 나머지 분들은 오늘 오후에 진술을 받겠습니다."

파이프 남자가 말했다. "왜건을 불렀습니다. 이놈들은 제3경찰서에 데려가서 구치소에 처넣겠습니다."

제3경찰서에서는 콜과 나, 단둘이 감방 하나를 차지했다. 나는 벤치에 누웠다. 가슴에서 생생한 통증이 느껴졌다. 금단 증상은 사람에 따라 다양하다. 구토와 설사가 가장 큰 증상인 사람도 있다. 천식처럼 깊고 밭은기침을 하는 증상을 보이는 사람은 눈물과 콧물을 흘리다가 갑작스럽게 격렬한 재채기를 하기 쉬우며, 어떤 경우에는 기도에 경련이 일어서 호흡 곤란을 일으키기도 한다. 내 경우에는, 몸의 수분이 계속 빠져나가고 혈압이 낮아지며, 쇼크에 빠졌을 때처럼 극도로 몸이 약해지는 게 가장 큰 문제였다. 생명력이 완전히 끊겨서 온몸의 세포가 전부 고사하는 듯한 느낌이다. 벤치에 누워 있으니 몸이 사라지고 뼈 무더기만 남은 느낌이었다.

제3경찰서에 세 시간쯤 감금된 뒤, 경찰 왜건에 실려서 패리시 교도소로 끌려갔다. 왜 교도소로 가는지 전혀 알 수 없었다. 파이프 남자가 패리시 교도소에서 우리를 만나서 연방 수사국 건물로 데려갔다.

얼굴 없는 중년 관료가 나에게 연방 수사국 뉴올리언스 지부 책임자라고 소개하고, 진술을 하겠느냐고 물었다.

내가 대답했다. "예. 진술서를 쓰시면 제가 서명하겠습니다."

텅 빈 얼굴이나 무표정한 얼굴이 아니었다. 정말 얼굴이 없었다. 그 얼굴에서 유일하게 기억나는 것은 안경을 꼈다는 사실뿐이다. 책임자는 타이피스트를 불러서 받아 적도록 준비시킨 뒤, 책상에 앉아 있던 파이프 남자를 돌아보며 진술서에 특별히 넣고 싶은 말이 있는지 물었다.

파이프 남자가 대답했다. "뭐, 없습니다. 거기 적힌 게 전부입니다."

책임자는 뭘 생각하는 듯했다. "잠깐만." 책임자가 파이프 남자를 다른 사무실로 데려갔다. 두 사람은 몇 분 뒤에 돌아왔고, 책임자는 진술서 작업을 계속했다. 우리 집에서 발견된 대마초와 헤로인이 내 소유임을 인정하는 내용이었다.

책임자는 나에게 헤로인을 어떻게 손에 넣었느냐고 물었다.

나는 익스체인지와 커넬에 돌아다니는 길거리 마약상에게서 샀다고 대답했다.

"그다음에 뭘 했나?"

"차를 몰고 집으로 갔습니다."

"네 차?"

나는 책임자가 무엇을 노리는지 알 수 있었다. 그러나 '마음이 변했습니다. 진술을 거부합니다.'라고 말할 기운이 없었다. 게다가 경찰서에서 금단 증상을 겪으며 또 하루를 보내기가 겁났다. 그래서 "예."라고 대답했다.

드디어 나는 자의로 유죄를 인정했다는, 연방 법원에서 효력을 발휘할 또 다른 진술서까지 썼다. 다시 제2경찰서로 이송됐다. 수사관들은 나에게 이튿날 아침에 가장 먼저 기소된다고 장담했다.

콜이 말했다. "닷새 안에 나아져. 나쁜 기분을 씻는 방법은 시간과 주사뿐이야."

물론 나도 알고 있었다. 감옥에 있거나 그 밖에 약을 전혀 구할 수 없는 상황이 아니면 금단 증상을 참을 수 있는 사람은 아무도 없다. 혼자서 약을 끊고 치료하기는 실제로 불가능한데 금단 증상이 닷새에서 여드레까지 계속되기 때문이다. 열두 시간은 수월하고, 이십사 시간은 가능하다. 그러나 닷새에서 여드레는 너무 길다.

나는 좁은 나무 벤치에 누운 채 이리 뒤치고 저리 뒤쳤다. 몸이 으슬으슬하고 쑤시고 부어올랐다. 약으로 얼어붙었던 몸이 고통스럽게 녹아내렸다. 나는 벤치에 엎드려서 한쪽 다리를 아래로 떨어뜨렸다. 앞으로 몸을 홱 당겼다. 사람들의 옷과 마찰되어 맨들맨들 부드러워진, 공굴린 벤치 모서리가 내 사타구니를 미끄러져 갔다. 미끈미끈하게 맞닿자 성기에 갑자기 피가 몰렸다. 눈 뒤에서 불꽃이 튀었다. 양다리가 뒤틀렸다. 교수형을 당하는 사람이 목을 매달렸을 때 느끼는 오르가슴이었다.

교도관이 우리 감방 문을 열었다. "리, 변호사 면회."

변호사는 인사하기 전에 한참 나를 보았다. 아내가 추천을 받은 변호사로, 나는 초면이었다. 교도관은 나를 감방 구역 너머 큰 방으로 데려갔다. 그 방에는 벤치가 여러 개 있었다.

변호사가 말을 꺼냈다. "지금 대화를 나눌 상태가 아닌 것 같군요. 자세한 이야기는 조금 뒤로 미루죠. 어떤 서류든 서류에 서명했습니까?"

나는 진술서 이야기를 했다.

"차를 압수하려고 그런 겁니다. 주 법원에 기소됐어요. 한 시간 전에 연방 검사랑 통화해서 이 사건을 맡는지 물어봤어요. 연방 검사가 이러더군요. '절대 그럴 일 없어요. 체포 과정에 불법 요소가 있어요. 연방 검사들은 무슨 일이 있어도 이런 사건을 안 맡아요.' 주사를 맞게 병원으로 빼 드릴 수 있을 것 같아요." 변호사는 잠시 말을 멈췄다가 다시 이었다. "지금 담당자가 저랑 친해요. 내려가서 얘기해 볼게요."

교도관이 나를 다시 감방으로 데려갔다. 몇 분 뒤, 다시 문을 열더니 물었다. "리, 병원에 가고 싶나?"

경관 두 명이 나를 왜건에 태워서 채리티 병원으로 데려갔다. 접수계에 있는 간호사가 무슨 증세인지 물었다.

한 경관이 말했다. "응급 상황입니다. 건물에서 떨어졌어요."

그 경관은 어디로 가더니 빨간 머리에 금테 안경을 쓰고 체격이 좋은 젊은 의사와 함께 돌아왔다. 의사는 몇 가지 질문을 하고 내 팔을 살폈다. 다른 의사가 참견하려고 다가왔다.

두 번째 의사는 코가 길고 팔에 털이 많이 났다. 그 의사가 젊은 동료 의사에게 말했다. "어쨌거나 선생님, 윤리적인 문제이죠. 마약을 쓰기 시작하기 전에 이런 일들을 다 고려했어야죠."

"예, 윤리적인 문제가 있죠. 그렇지만 신체적인 문제도 있습니다. 이 사람은 아픕니다." 젊은 의사는 간호사에게 모르핀 30밀리그램을 주사하라고 말했다.

경찰서로 돌아오는 길에 덜컹거리는 왜건 안에서 모르핀이 온몸 세포 하나하나에 퍼지는 느낌이었다. 창자가 꾸르륵거리며 움직였다. 금단 증상이 심할 때 주사를 맞으면 늘 창자부터 움직이기 시작한다. 온몸 근육에 평소의 힘이 돌아왔다. 나는 배고프고 졸렸다.

* * *

　이튿날 아침 11시쯤, 보석 보증인이 서명을 받으러 왔다. 보석 보증인들은 모두 피부 밑에 파라핀을 주사하고 방부 처리를 한 듯한 표정을 짓는데, 이 사람도 그랬다. 내 변호사 타이지는 나를 빼내려고 12시쯤 나타났다. 변호사는 내가 곧장 요양소로 가서 치료를 받게끔 조치해 놓았다. 법의 관점에서 보면 치료가 필수라고 나에게 말했다. 나와 변호사는 형사 두 명과 함께 경찰차를 타고 요양소로 갔다. 이것도 변호사의 계획이었다. 형사들은 증인으로 적격이었다.

　요양소 앞에 도착했을 때, 변호사는 주머니에서 지폐를 몇 장 꺼낸 뒤 형사 한 명을 향해 몸을 돌렸다. "저 대신 경마에 거세요."

　형사의 두꺼비눈이 화를 내자 더 튀어나왔다. 돈을 받으려는 행동은 전혀 취하지 않았다. "경마에 돈은 절대 안 겁니다."

　변호사가 웃으면서 자동차 시트에 돈을 놓았다. "대장은 할 겁니다."

　이렇게 내 앞에서 형사들에게 뇌물을 주는, 확실히 분별없는 행동도 계획된 일이었다. 나중에 형사들이 변호사에게 무슨 생각으로 그랬느냐고 물어보자 변호사가 말했다. "뭐 어때요. 그 의뢰인은 금단 증상으로 너무 아파서 아무것도 몰라요." 그래서 이 두 형사가 증인으로 소환되면 내 상태가 아주 나빴다고 답변할 것이었다. 즉 변호사는 내가 진술서에 서명할 당시에 내 상태가 엉망이었다고 증언할 증인을 원한 것이었다.

간호사가 내 옷을 벗겼고, 나는 침대에 누워서 주사를 기다렸다. 아내가 나를 만나러 와서 병원 행정실에서는 마약이나 중독자에 대해서 아무것도 모른다고 나에게 귀띔했다.

"당신이 아프다고 말하니까 '무슨 병이에요?' 하고 묻더라. 아파서 모르핀 주사가 필요하다는 말만 했어. 그러니까 그 사람들은 '아, 단순히 대마초 때문인 줄 알았어요.' 하던걸."

내가 말했다. "대마초? 도대체 무슨 소리야? 나한테 뭘 주사할지 알아봐. 난 약을 소량씩 투여하면서 끊게 하는 치료가 필요해. 여기서 주사를 못 맞으면 당장 나가게 해 줘."

아내가 금방 돌아와서 마침내 약에 대해서 알고 있는 듯한 의사와 통화했다고 말했다. 요양소와 상관없는 의사로, 변호사의 주치의였다.

"당신이 아직 아무 처치도 안 받았다고 말하니까 놀라는 것 같았어. 자기가 곧장 병원에 전화해서 해결할 수 있는지 확인하겠대."

몇 분 뒤 간호사가 주사기를 들고 들어왔다. 데메롤이었다. 데메롤은 약간 도움이 되지만, 금단 증상을 더는 효과는 코데인에 한참 못 미친다. 그날 저녁에 의사가 와서 진찰했다. 체액이 빠져서 피가 걸쭉하게 농축됐다. 약 없이 지낸 사십팔 시간 동안 체중이 5킬로그램 가까이 줄었다. 검사할 피를 채혈하는 데 이십 분이나 걸렸다. 피가 걸쭉해서 주삿바늘이 계속 막혔기 때문이다.

밤 9시. 데메롤을 또 한 대 맞았다. 이 주사는 아무 효과도 없었다. 금단 증상은 사흘째 되는 밤낮에 가장 심하기 마련이다. 사흘이 지나면 증세가 줄어들기 시작한다. 온몸의 피부가 하나의 벌집인 양 피부 전체가 따가웠다. 살갗 아래로 개미들이 기어다니는 듯했다.

통증은 신경 자극으로 경험되므로 대부분의 통증은— 이, 눈, 성기의 상처는 유달리 힘들지만— 차단할 수 있다. 그러나 금단 증상에서 탈출할 길은 없다. 금단 증상은 마약이 주는 쾌감의 이면이다. 마약의 쾌감은 필히 다시 찾게 된다. 중독자는 마약의 시간과 마약의 신진대사 안에서 살아간다. 중독자는 마약의 기후에 종속된다. 중독자는 마약에서 온기도 느끼고 추위도 느낀다. 중독자의 건강 상태 밑에는 늘 마약의 쾌감이 살아 숨 쉬고 있다. 일단 주사를 맞으면 마약의 쾌감에서 벗어날 수 없는 만큼 금단 증상에서도 벗어날 길이 없다.

몸이 너무 쇠약해진 나머지 침대에서 나올 수도 없었다. 가만히 누워 있을 수도 없었다. 금단 증상을 겪고 있을 때에는 상상할 수 있는 어떠한 행위도 무위도 견딜 수 없게 느껴진다. 인간은 자기 육신 안에 머물기를 견디지 못한다는 이유만으로 죽을 수도 있다.

아침 6시, 나는 주사 한 대를 맞았다. 효과가 꽤 있는 듯했다. 나중에 알았지만 그 주사는 데메롤이 아니었다. 심지어 토스트를 조금 먹고 커피도 조금 마실 수 있었다.

그날 오후에 아내가 면회 와서 치료법이 바뀌었다고 귀띔했다. 그날 아침에 맞은 주사가 새 치료법의 시작이었다.

"느끼기에도 달랐어. 아침 주사는 모르핀이 아닐까 생각했어."

"무어 선생님하고 통화했어. 선생님 말로는, 이 약이 마약 중독을 치료하기 위해서 사람들이 찾고 있던 '기적의 약'이래. 새로 의존성을 만들지 않으면서도 금단 증상을 덜 수 있대. 마약이 아니래. 항히스타민제래. 테포린이랬나, 그래."

"그럼, 금단 증상을 알레르기 반응으로 본다는 말이겠군."

"무어 선생님 말은 그래."

이 치료법을 추천한 의사는 내 변호사의 주치의였다. 그 의사는 요양소와 관계없으며 정신과 의사도 아니었다. 이틀 안에 나는 일인분 음식을 다 먹을 수 있었다. 항히스타민제 주사 약효는 세 시간에서 다섯 시간까지 지속됐고, 그다음에는 금단 증상이 다시 찾아왔다. 그 주사도 마약으로 느껴졌다.

일어서서 돌아다니고 있을 때, 정신과 의사가 면담하러 왔다. 키가 아주 컸다. 다리가 길고, 몸은 꼭지가 위로 가게 세워 놓은 서양배처럼 육중했다. 말할 때에도 미소를 유지했다. 징징대는 목소리였다. 여성스럽지는 않았다. 다만 남자를 남자답게 만드는 요소가 아무것도 없는 사람이었다. 이 의사는 요양소 정신과 과장으로, 프레드릭스 박사였다.

프레드릭스 박사는 정신과 의사라면 누구나 던지는 질문을 했다. "마약이 필요하다고 느끼는 이유가 뭐죠?"

이 질문을 들으면, 마약을 전혀 모르는 사람이 질문한다고 확신할 수 있다.

"아침에 침대에서 나와서 면도를 하고 아침을 먹으려면 약이 필요합니다."

"저는 심리적인 이유를 말한 겁니다."

나는 어깨를 으쓱했다. 바라는 대답을 들려줘야 빨리 사라지겠지. "기분이 좋아지니까요."

마약을 하는 것은 '좋은 기분' 때문이 아니다. 중독자에게 약이 중요한 것은 의존성 때문이다. 마약의 정체는 금단 증상을 겪어야 비로소 알 수 있다.

의사는 고개를 끄덕였다. '반사회적 인격장애로군.' 의사가 일어섰다. 갑자기 의사의 얼굴에 미소가 번졌다. 미소의 의도는 뻔했다. 이해심을 발휘하며 나에게서 말을 끌어내려는 것이었다. 미소는 결국 괴상한 추파로 변했다. 의사는 몸을 숙여서 내 얼굴에 미소를 들이밀었다.

의사가 물었다. "성생활은 만족스럽습니까? 부부 관계는 만족스럽습니까?"

"아, 예. 제가 약에 취하지 않았을 때는요."

의사가 몸을 곧게 폈다. 의사는 내 대답을 조금도 좋아하지 않았다.

"그럼, 다음에 또 뵙죠." 의사는 얼굴을 붉히고 멋쩍은 듯 문으로 급히 나갔다. 그 의사는 자신에게나 다른 사람들에게 자신만만하게 늘 하는 이야기를 하고 있었고, 그 의사가 방으로 들어왔을 때 나는 믿지 못할 사람이라고 생각했지만, 이보다는 맞서기 힘들고 어려울 줄 알았다.

그 의사는 내 아내에게 말했다. 내 예후가 아주 좋지 않다. 마약에 대한 내 태도가 '그래서 뭐?'다. 내 상태의 심리적 결정 요인이 아직 작용 중이어서 다시 중독에 빠질 수 있다. 내가 협조하지 않으면 도울 수 없다. 내가 협조하면 여드레 안에 내 정신을 안정시키고 재조합할 수 있다.

* * *

　다른 환자들은 꽤나 처량하고 답답한 사람들이었다. 중독자는 없었다. 내가 있는 병동의 환자들 중 마약을 알고 있는 유일한 사람은 턱이 깨지고 얼굴 여기저기에 상처도 난 채 들어온 취객뿐이었다. 그 남자는 모든 공공 병원에서 거절당했다고 말했다. 채러티 병원에서 말했다. "나가요. 바닥에 피 떨어져요." 그래서 이 요양소에 오게 됐다. 전에 온 적 있고, 요양소에서는 그 남자가 치료비를 잘 낸다는 사실을 알고 있었다.

　다른 사람들은 부랑자들, 갈 곳 없는 사람들이었다. 정신과 의사들이 좋아하는 사람들. 프레드릭스 박사가 감명을 줄 수 있는 사람들. 피부가 핏기 없이 거의 투명하고, 여위고, 창백하고, 키가 작은 남자가 있었다. 차갑고 쇠약한 도마뱀 같았다. 이 인물은 신경이 곤두선다고 불평했고, 거의 종일 '신이시여, 신이시여, 저는 인간이 아닌 것 같습니다.'라고 말하며 복도를 돌아다녔다. 스스로를 추스를 집중력이 없었고, 육신은 각 부위별로 분해되기 직전이었다.

　환자들 대부분은 노인이었다. 죽어 가는 소처럼, 어리둥절하고 멍청하며 분한 표정으로 사람을 보았다. 방에서 절대 나오지 않는 사람도 있었다. 어느 젊은 조현병 환자는 양손을 앞으로 한 채 붕대에 묶여 있었다. 다른 환자들을 괴롭히지 못하도록 취한 조치였다. 우울한 장소, 우울한 사람들.

　나는 주사를 점점 덜 찾게 되었다. 여드레 뒤에는 주사를 건너뛰기 시작했다. 이십사 시간 동안 주사를 건너뛴 뒤에는 나갈 때가 되었다고 마음먹었다.

아내가 프레드릭스 박사를 만나러 갔다가 박사의 방 바깥 복도에서 박사와 마주쳤다. 박사는 내가 사오 일 더 있어야 한다고 말했다. "아직은 알 수 없습니다. 그렇지만 주사는 지금부터 중지할 겁니다."

아내가 말했다. "벌써 이십사 시간 동안 주사를 건너뛰었어요."

의사는 얼굴이 아주 빨개졌다. 입을 열 수 있게 되었을 때 의사가 말했다. "그래도 금단 증상이 생길 수 있어요."

"열흘이 지났으면 그럴 가능성은 없지 않나요?"

"그 환자는 생길 수 있어요." 의사는 그렇게 말한 뒤, 아내가 무슨 말을 하기도 전에 사라졌다.

나는 아내에게 말했다. "망할 놈. 그놈 증언은 필요 없어. 타이지가 자기 주치의를 증인으로 세워서 내 상태를 말하게 하겠대. 프레드릭스 놈을 증언대에 세우면 안 돼."

프레드릭스 박사는 내 퇴원 서류에 서명할 수밖에 없었다. 박사는 자기 진료실에 앉아 있었고, 간호사가 서명을 받기 위해 서류를 내밀었다. 물론 박사는 퇴원 서류에 '본인의 의학적 소견에는 어긋나지만'이라고 적었다.

* * *

병원을 나선 시각은 오후 5시였고, 우리는 택시를 타고 커널스트리트로 갔다. 나는 술집으로 가서 위스키소다 넉 잔을 마시고 기분이 좋아졌다. 나는 치료됐다.

우리 집 베란다를 지나서 현관문을 열며, 집을 오래 비웠다가 돌아온 기분을 느꼈다. 일 년이라는 세월을 건너뛰어서, 팻과 '잠깐 즐기기 위한 약'을 처음 맞은 때 이전으로 돌아가고 있었다.

마약 중독 치료가 다 끝난 뒤에는 며칠 동안 기분이 좋기 마련이다. 술도 마실 수 있고, 진짜 허기와 먹는 즐거움도 느낄 수 있으며, 성욕도 돌아온다. 모든 것이 다르게, 더 선명하게 보인다. 그러다가 슬럼프가 찾아온다. 옷을 입는 것도, 의자에서 일어서는 것도, 포크를 드는 것도 힘겹다. 아무 일도 하기 싫고 아무 데도 가기 싫다. 마약조차 싫다. 마약에 대한 욕구는 사라졌지만 달리 아무것도 없다. 이 시기가 끝나기를 기다려야 한다. 아니면 다른 활동으로 넘겨야 한다. 농사는 좋은 치료제다.

팻은 내가 나왔다는 소식을 듣자마자 나를 찾아왔다. '한 방' 할래? 딱 한 번이면 전혀 해로울 거 없어. 열 개쯤 좋은 값에 구할 수 있어. 나는 싫다고 말했다. 마약에서 벗어난 뒤에는 의지력을 발휘하지 않아도 마약을 거절할 수 있다. 그냥 마약을 원하지 않게 된다.

게다가 나는 주 법원에 기소된 상태였다. 주 법원에 기소된 중독자는 다른 범죄자처럼 가중죄에 처해진다. 두 번 반복해서 마약으로 기소되면 7년 형이 선고될 수 있다. 혹은 하나는 주 법원에 다른 하나는 연방 법원에 걸려서, 주 교도소를 나서자마자 문 앞에서 연방 수사관이 기다리고 있을 수 있다. 처음에는 연방 교도소에 있었다면, 연방 교도소를 나서자마자 주 경찰이 기다리고 있다.

나는 영장 없이 가택 수색을 당했고 연방 수사국이 나에게 호의를 베풀면서 주 경찰과 연방 수사국이 서로 엉켰으니 두 군데 법에 다 걸릴 일은 없었다. 나를 체포할 근거가 될 만한 진술서에 내가 직접 서명한 적은 없으므로, 나는 어느 정도 자유로웠다. 나는 그 공정한 척하는 사기꾼, 뚱뚱한 반장과 협상을 맺고 연방 수사국으로 이송됐으므로 주 법원에서는 나를 기소할 수 없었다. 그러나 내가 주 경찰에 또 한 번 체포되면 그때는 빠져나갈 수 없다.

대개 중독자는 갇혀 있던 곳에서 나가자마자 마약상을 찾아간다. 경찰은 나도 그러리라 예상하고 팻을 감시하고 있었을 것이다. 그래서 나는 팻에게 잠잠해질 때까지 약을 멀리하겠다고 말했다. 팻은 나에게 2달러를 빌려서 나갔다.

며칠 뒤, 나는 커넬스트리트 근처 술집들에서 술을 마시고 있었다. 약을 끊은 중독자는 어느 정도 술에 취하면 약을 떠올리게 된다. 한 술집에서 화장실에 들어갔는데 화장지 상자 위에 지갑이 있었다. 돈을 발견하면 꿈같은 기분이 든다. 나는 지갑을 열어서 20달러짜리와 10달러짜리, 5달러짜리 지폐를 한 장씩 꺼냈다. 다른 술집 화장실을 쓰기로 마음먹고 마티니 한 잔을 입도 대지 않고 그냥 둔 채 그 술집을 나갔다.

나는 팻의 방으로 올라갔다.

팻이 문을 열고 말했다. "옛 친구, 안녕. 만나서 반가워."

침대에 누가 앉아 있었고, 내가 들어가자 문 쪽으로 고개를 돌렸다. 남자가 말했다. "안녕, 빌."

나는 서너 초 동안 본 뒤에야 누구인지 알아보았다. 뒤프레였다. 뒤프레는 더 늙게도 더 어리게도 보였다. 무기력한 눈빛이 사라진 눈이었다. 살이 10킬로그램은 족히 빠졌다. 뒤프레의 얼굴은 일정한 간격을 두고 씰룩거렸다. 생명력을 얻었지만 기계적이고 부자연스럽게 움직이는 무기물 같았다. 뒤프레가 약을 많이 하던 시기에는 개성도 생기도 없었다. 그래서 군중 속에서 뒤프레를 가려 내거나 멀리서 알아볼 수 없었다. 이제 뒤프레는 이미지가 선명하고 확실했다. 사람들로 붐비는 거리를 빨리 걸어가다가 뒤프레가 지나가도 그 얼굴이 기억에 각인되리라. 마술사가 카드를 부채 모양으로 민첩하게 펼치고 특정한 카드를 강요하며 '아무거나 한 장 고르세요.'라고 말하는 카드 마술처럼.

뒤프레가 약을 많이 하던 시기에는 조용했다. 이제 수다스러웠다. 뒤프레가 나에게 이야기하기를, 회삿돈을 너무 횡령하다가 결국 잘렸다. 이제 약을 살 돈이 없었다. 약을 줄일 패리고릭과 솜을 살 돈조차 없었다. 뒤프레는 떠들고 또 떠들었다.

"전에는 말이야, 세계 대전 전에는, 나를 모르는 경관이 없었어. 대부분이 나를 제3경찰서에 칠십이 시간 동안 곧장 처넣었지. 당시에는 거기가 제1경찰서였어. 약이 떨어지면 어떻게 되는지 알지?" 뒤프레가 다섯 손가락으로 자기 성기를 가리킨 다음 손바닥을 펼쳐 보였다. 자기가 말하고 싶은 바를 집어서 손바닥에 올린 뒤 내보이는 듯이 확실한 몸짓이었다. "발기해서 곧장 바지에 사정하게 돼. 발기 안 해도 그럴 수 있어. 래리랑 같이 수감됐을 때가 생각나네. 그 애송이 래리 알지? 걔가 전에 마약 밀매매도 했어. 내가 그랬지. '래리, 날 위해서 좀 해 줘.' 그래서 래리가 바지를 내렸어. 나를 위해서 할 수밖에 없었지."

팻은 혈관을 찾고 있었다. 못마땅해서 입이 비죽 나왔다. "너희 지금 말하는 게 변태들 같아."

내가 말했다. "팻, 왜 그래? 혈관을 못 찾겠어?"

팻이 말했다. "그래." 팻은 손에서 혈관을 찾으려고 고무줄을 손목까지 내렸다.

그 뒤 나는 변호사 사무실에 들러서 재판에 대해 이야기하고 루이지애나주를 떠나서 내 농장이 있는 텍사스주 리오그란데 계곡에 갈 수 있을지 물었다.

타이지가 나에게 말했다. "리 씨는 지금 이 도시에서 큰 화제예요. 제가 주에서 벗어날 수 있는 판사 허락을 받았습니다. 그러니까 언제라도 텍사스주에 가도 됩니다."

내가 말했다. "멕시코로 여행을 다녀올지도 몰라요. 그래도 괜찮을까요?"

"재판이 열릴 때 여기로 돌아오기만 하면 괜찮습니다. 지금은 아무 제약도 없어요. 제 의뢰인 중에는 베네수엘라로 간 사람도 있어요. 제가 알기로 아직 베네수엘라에 있어요. 안 돌아왔죠."

타이지는 속을 알기 힘든 사람이었다. 나에게 돌아오지 말라고 이야기하는 걸까? 타이지가 부적절하거나 엉뚱하게 행동하는 순간조차 계획에 따른 것일 때가 많았다. 먼 미래까지 생각한 계획도 있었다. 어떤 계획을 세웠다가 효과가 없을 듯하면 버렸다. 지적인 사람치고는 놀랄 만큼 어리석은 아이디어를 내놓기도 했다. 예를 들어 내가 비엔나에서 의학을 공부한 적(반년 동안) 있다고 말했을 때, 타이지가 말했다.

"그것 좋군요. 그 이야기를 법정에서 해 봅시다. 그러니까 리 씨가 의학을 공부했으니 그 의학적 지식으로 스스로를 치료할 수 있다는 자신감이 있고, 집에서 발견된 약들은 스스로를 치료할 목적으로 구했다고 진술합시다."

내 생각에는 누구에게도 먹히지 않을 이야기였다. "교육을 많이 받았다고 밝히는 건 좋은 생각이 아니죠. 배심원들은 유럽에서 유학한 사람을 싫어해요."

"넥타이를 좀 느슨하게 매고 남부 억양을 쓰면 될 겁니다."

내가 가짜 남부 억양을 쓰며 소박한 사람인 양 행동한다? 그런 사람이 되기는 스무 해 전에 포기했다. 나는 타이지에게 그런 행동은 나와 전혀 어울리지 않는다고 말했고, 타이지는 두 번 다시 그 이야기를 꺼내지 않았다.

형사 사건 변호사는 고객에게 타인의 행운을 파는 보기 드문 직업이다. 사람들의 행운은 대개 절대 양도될 수 없다. 그러나 뛰어난 형사 사건 변호사는 자기 행운을 전부 고객인 의뢰인에게 팔 수 있다. 그리고 행운을 더 많이 팔수록 팔 행운이 더 많이 생긴다.

* * *

며칠 뒤, 나는 뉴올리언스를 떠나서 리오그란데밸리로 갔다. 리오그란데강은 브라운스빌[21]에서 멕시코만으로 흐른다. 브라운스빌에서 강을 거슬러 100킬로미터를 가면 미시온이라는 도시가 나온다. 리오그란데밸리는 브라운스빌에서 미시온

---

21   텍사스주의 도시다.

에 걸쳐 있다. 폭 30킬로미터의 계곡이 100킬로미터 길이로 이어진다. 이 지역은 리오그란데강에서 물을 끌어 농사를 짓는다. 관개 공사 전에는 메스키트[22]와 선인장을 빼고 아무것도 자라지 않았다. 이제 이곳은 미국에서 가장 비옥한 농장 지대로 손꼽힌다.

브라운스빌에서 미시온까지 3차선 고속도로가 나 있다. 이 고속도로를 따라 도시들이 흩어져 있다. 계곡에는 도시도 없고, 시골도 없다. 허름한 집들이 있는 거대한 교외 지역이다. 계곡은 탁자처럼 평평하다. 캘리포니아에서 가져온 작물과 감귤류와 종려나무들만 자란다. 매일 오후마다 덥고 건조한 바람이 시작돼 해가 질 때까지 계속 분다. 계곡은 감귤류 지역이다. 다른 곳에서는 자라지 않을 분홍과 빨강의 그레이프프루트가 그곳에서 자란다. 감귤류 지역은 부동산 홍보로 조성된 지역, 허름한 집들과 관광객용 숙박 업소 '비더위',[23] 죽기를 기다리는 노인들의 지역이다. 계곡 전체가 덧없는 캠핑이나 순회 서커스 분위기를 띤다. 머지않아 다른 사람들의 돈을 빨아먹는 사람들은 모두 죽고 장사치들은 다른 곳으로 떠나겠지.

1920년대에 부동산 업자들이 고객들을 기차에 태워서 계곡으로 데려왔고, 나무에서 곧장 그레이프프루트를 따서 먹게 했다. 초창기 부동산 업자들 중에는 커다란 인공 호수를 짓고 그 주위 부지를 모두 팔았다고 전해지는 이도 있다. "호수가

---

22   미국 남부와 멕시코 북부에 많은 콩과 식물이다.
23   'Bide-A-Wee'를 말 그대로 해석하면 '잠시 머물다.'라는 뜻으로, 단기 숙박 업소를 지칭한다.

과수원 개간에 도움이 됩니다." 그 사람은 마지막 땅까지 팔고, 곧장 호수의 물을 끄고 사라졌다. 고객들은 그냥 사막에 남겨 졌다.

부동산 업자의 설명대로, 은퇴해서 편안한 삶을 살고 싶은 노인들에게 감귤류는 나무랄 데 없는 계획이다. 과수원 주인은 아무것도 하지 않는다. 감귤류 조합이 과수원을 돌보고 과일을 판 뒤, 수표를 주인에게 건넨다. 사실 감귤류는 소규모 투자자 에게 위험한 투자처다. 특히 핑크와 루비레드 그레이프프루트 의 경우, 일정 기간이 지나야 평균 수입이 높아진다. 그러나 소 규모 과수원은 가격이 낮거나 수확량이 적은 때가 오면 버티지 못한다.

액운의 전조가 계곡에 떠다닌다. 무슨 일이 일어나기 전 에, 응애가 감귤류를 망치기 전에, 정부 보조금의 최저 보장 가 격이 면화보다 낮아지기 전에, 홍수와 허리케인, 냉해, 개간할 물이 없는 긴 가뭄이 오기 전에, 국경 수비대가 밀입국 멕시코 인 일꾼들을 추방하기 전에 지금 성공해야 한다. 재난의 위협 은 오후의 바람처럼 꾸준하고 불안하게 늘 존재한다. 계곡은 사막이었고, 다시 사막이 되리라. 그사이 잠깐 시간이 있는 동 안 인간은 자신의 것을 만들려고 애쓴다.

부동산 사무실에 앉아 있는 노인은 말한다. "음, 새로운 일 도 아니야. 나는 전에도 다 봤어. 1928년을 돌아보면……."

그러나 전에 아무도 본 적 없는 새로운 요인이 익숙한 재 난을 변화시키고 있다. 서서히 발병하는 질병 같아서 언제 시 작됐는지 아무도 꼬집어 말할 수 없다.

죽음은 삶의 부재다. 삶이 물러나는 곳마다 죽음과 부패가

자리 잡는다. 오르곤 에너지[24]건 생명력이건, 우리 모두가 늘 추구해야 하는 무엇이 이 계곡에는 많지 않다. 음식은 집까지 가져오기 전에 썩는다. 우유는 식사를 채 마치기 전에 쉰다. 이 계곡은 '반(反)생명력'이 뚫고 들어오는 곳이다.

죽음이 보이지 않는 스모그처럼 계곡에 퍼져 있다. 그곳은 빈사 상태의 사람들을 기묘하게 끌어당긴다. 죽어 가는 세포는 이 계곡에 끌린다.

게리 웨스트는 미니애폴리스에서 왔다. 웨스트는 2차 세계 대전 동안 낙농장을 운영하며 2만 달러를 모았다. 그 돈으로 계곡에 집과 과수원을 샀다. 미시온 끄트머리, 개간지가 끝나고 사막이 시작되는 곳이었다. 루비레드 그레이프프루트 과수원 2만 평방미터와 1920년대 스페인 양식으로 지어진 집. 웨스트는 어머니와 아내, 두 아이와 거기 정착했다. 웨스트의 눈에는 자신의 세포들이 치명적인 질병에 감염되어 가는 것을 느끼는 사람의 당황하고, 겁먹고, 분한 표정이 보였다. 당시 웨스트는 아프지 않았다. 그러나 그 세포들은 죽음을 기다리고 있었고, 웨스트도 그 사실을 알고 있었다. 웨스트는 다 팔아넘기고 계곡을 떠나고 싶었다.

웨스트가 말하곤 했다. "나는 여기 갇힌 기분이야. 계곡에서 벗어나려면 아주 멀리 가야 해."

웨스트는 이런저런 일들에 계속 손대기 시작했다. 미시시피의 플랜테이션, 멕시코의 겨울 채소 농사. 미네소타주로 돌

---

24 오스트리아 출신의 성(性)과학자 빌헬름 라이히(Wilhelm Reich, 1897~1957)가 발견했다고 주장한 비물질적 생명력이다.

아가서 소 사료 회사를 사기도 했다. 계곡의 부동산을 팔아서 대금을 지불한다는 조건이었다. 그러나 웨스트는 계곡에서 벗어날 수 없었다. 스러지는 세포들의 힘에 완전히 녹초가 될 때까지, 그래서 계곡에게 붙잡힐 때까지, 낚싯바늘에 낚인 물고기처럼 버둥거렸다. 갖가지 병에 걸렸다. 기관지 염증이 심장에 들어앉았다. 맥캘런 병원에 누워서도, 일어나서 다시 일하고 싶어서 안달하는 사업가로 보이려고 애썼다. 점점 더 터무니없는 계획을 세웠다.

부동산업자 로이가 말했다. "그 남자는 미쳤어. 자기가 뭘 원하는지 몰라."

이제 웨스트에게는 계곡만이 현실이었다. 달리 갈 곳이 없었다. 다른 곳들은 신기루였다. 웨스트의 이야기를 듣고 있으면 밀워키 같은 곳은 존재하지 않는 기묘한 기분이 든다. 웨스트는 기운을 되찾고 아칸소주에 양 목장을 보러 갔다. 1000평방미터당 4달러짜리 목장이었다. 계곡으로 돌아온 뒤 대출을 받아서 집을 짓기 시작했다. 신장에 이상이 생겨서 몸에 소변이 가득 찼다. 숨결에서도 피부에서도 소변 냄새가 났다. 진료실에 소변 냄새가 가득 차는 동안 의사가 진단했다. "요독증입니다." 웨스트는 발작을 일으키다가 죽었다. 아내에게 밀워키와 계곡 사이의 뒤얽힌 계약서를 남겼다. 해결하는 데 십 년이 걸릴 계약이었다.

미국의 나쁜 면이 모두 이 계곡으로 흘러들어서 농축됐다. 그곳을 통틀어 좋은 식당 한 곳 없다. 음식은 맛을 느끼지 않고 먹는 사람만 참을 수 있을 상태다. 계곡의 식당들은 조리사나 식료품상이 운영하지 않는다. '사람은 먹어야 산다. 그러므로 식당은 괜찮은 장사다.'라고 생각한 사람이 식당을 연다. 그런 식당은 실내가 들여다보이게 전면이 유리로 돼 있고, 실내 장식은 크롬 소재다. 음식은 형편없는 미국 식당 음식이다. 그래서 주인은 자기 식당에 앉은 채 당황하고 화난 눈빛의 손님들을 바라본다. 어쨌든 주인은 식당을 운영하고 싶은 마음도 별로 없었다. 이제 돈도 벌리지 않는다.

2차 세계 대전 당시와 이후 몇 해 동안 많은 사람이 쉽고 빠르게 돈을 벌었다. 호황인 주식 시장에서는 어떤 주식이라도 확실하듯 어떤 사업이라도 확실했다. 사람들은 자기 수완이 뛰어나다고 생각했지만 사실 잠깐 행운에 편승했을 뿐이다. 이제 계곡은 망하는 시기이며, 대규모 사업을 운영하는 사람들만 이겨 낼 수 있다. 계곡에서는 경제 법칙이 고등학교 기하학 공식처럼 작용한다. 인간의 요소가 끼어들 여지가 없다. 아주 부유한 사람들만 더 부유해지고, 다른 사람들은 모두 다 파산한다. 대규모 사업가들이 명민하거나 무자비하거나 진취적이지는 않다. 이 사람들은 생각하거나 말할 필요가 없다. 앉아 있기만 해도 돈이 쏟아져 들어온다. 대규모 사업가들과 어울려야 한다. 안 그러면 밀려나서 대규모 사업가들이 주는 일거리는 무조건 받아야 한다. 중산층은 궁지에 몰렸고, 1000명 가운데 한 명만 위로 오를 수 있다. 대규모 사업가는 도박장이고, 소규모 농부는 도박꾼이다. 도박꾼은 도박을 계속하면 파산한다. 농부는 도박을 해야 하거나 자동적으로 정부에 돈을 잃는다. 대규모 사업가들이 계곡의 은행을 모두 소유하고 있고, 농부가 파산하면 은행이 인수한다. 조만간 대규모 사업가들이 계곡 전체를 소유하게 되리라.

계곡은 정직한 주사위 테이블 같다. 도박꾼들은 주사위를 좌우할 능력이 없고 순전히 운에 따라 따거나 잃는다. '그렇게 될 수밖에 없었어.'라는 말은 아무도 하지 않으며, 그런 말을 한다면 죽음에 대해서 말할 때뿐이다. '그렇게 될 수밖에 없었어.' 하는 일이 좋은 일일 수도 나쁜 일일 수도 있지만 어쨌거나 일어난 일이고, 그 일을 후회할 수도 바꿀 수도 없다. 계곡에서 일어나는 모든 일이, 죽음을 빼고, 운에 좌우되기 때문에, 주민들은 경마에서 잃고 돌아오는 기차에 탄 사람처럼 언제나 과거를 조작한다. "저지대의 40만 평방미터를 꽉 잡았어야 하는데. 석유 임차권을 받았어야 하는데. 토마토 대신 면화를 심었어야 하는데." 끙끙대는 소리가 계곡에서 높아진다. 진부한 후회와 절망의 거대한 불평.

계곡에 도착했을 때, 나는 아직 마약 치료 후의 무기력 상태에 빠져 있었다. 식욕도 없었고 기운도 없었다. 오직 잠만 자고 싶었고, 하루 열두 시간에서 열네 시간까지 잤다. 가끔 패리고릭 60밀리리터를 샀다. 넴부탈 두 알과 마시면 몇 시간 동안 정상적인 기분이 들었다. 패리고릭을 사려면 서명을 해야 하는데, 나는 약국을 망하게 하고 싶지는 않았다. 패리고릭을 너무 자주 사면 약사가 영리해진다. 그러면 약사는 짐을 싸거나 값을 올린다.

나는 에반스라는 친구를 동업자로 삼아서 기구를 사고 농부 한 명을 고용해 목화를 재배했다. 목화밭 60만 평방미터가 있었다. 좋은 목화밭에서는 4000평방미터당 목화 한 가마니가 나올 수 있고, 미국 정부 지원으로 한 가마니에 150달러를 보장받는다. 우리는 2만 2000달러 정도를 벌었다. 실제 농사일은 농부가 다 맡았다. 에반스와 나는 며칠에 한 번씩 차를 몰고 가서 목화가 잘 자라는지 살폈다. 우리 목화를 다 확인하려면 한 시간쯤 걸렸는데, 목화밭이 에딘버그[25]에서 아래쪽 기슭까지 강 전역에 흩어져 있었기 때문이다. 에반스나 나나 아주 기본적인 것도 몰랐으므로 목화를 볼 이유도 딱히 없었다. 우리는 그냥 술을 마시기 시작하는 저녁 5시까지 시간을 보내려고 차를 몰았을 뿐이다.

매일 저녁 에반스의 집에 늘 들르는 사람이 대여섯 명 있었다. 5시 정각이면, 누가 양철 팬을 쳐서 쨍 소리를 내고 외쳤다. "술 마실 시간이다!" 그러면 다른 사람들은 공 소리에 링으로 오르는 권투 선수처럼 펄쩍 뛰어오른다.

우리는 멕시코 술을 원료로 해서 직접 우리만의 진을 만들었다. 돈을 절약하기 위해서였다. 이 진으로 만든 마티니는 맛이 끔찍했다. 게다가 다 마시기도 전에 미지근해지므로 칵테일에 얼음 여러 조각을 넣어야 한다. 나는 더울 때는 좋은 마티니도 못 마신다. 그래서 설탕과 라임과 광천수를 넣고 키니네도 조금 넣어서 진토닉과 비슷한 칵테일을 만들어 마셨다. 계곡 사람들은 '키니네 워터'를 전혀 몰랐다.[26]

그 여름 날씨는 면화에 완벽했다. 날이면 날마다 덥고 건조했다. 7월 4일 이후로 목화를 수확하기 시작했고, 최종 마감인 9월 1일 전에 다 땄다. 적자를 간신히 면한 정도였다. 생산비를 너

25　텍사스주 리오그란데밸리에서 세 번째로 큰 도시다.
26　'키니네 워터'는 '토닉 워터'와 같은 뜻으로, 키니네와 레몬, 라임 등을 넣은 청량음료를 일컫는다.

무 많이 썼고, 계곡에서 가정부나 자동차 없이 살려니 생활비가 한 달에 700달러 정도 들었다. 생산비와 생활비를 제하니 수익은 거의 없었다. 계곡에서 빠져나갈 때라고 마음먹었다.

10월 초, 보석금 보증 회사에서 내 재판이 나흘 뒤라고 알리는 편지가 왔다. 타이지에게 전화를 걸었다. 타이지가 말했다. "신경 쓰지 마세요. 내가 연기시키겠습니다." 며칠 뒤 타이지에게서 편지가 왔다. 재판을 삼 주 뒤로 연기시켰지만 또 연기할 수는 없을 것 같다는 내용이었다.

나는 타이지에게 전화를 걸어서 멕시코로 여행을 가겠다고 말했다. 타이지가 말했다. "좋습니다. 삼 주 동안 최대한 즐겁게 지내고, 재판을 받으러 오세요."

나는 더 연기할 가능성은 없는지 물었다.

타이지가 말했다. "솔직히, 별로 없습니다. 이 판사에게는 손을 쓸 수가 없어요. 이 판사가 위궤양 때문에 짜증이 나 있거든요."

멕시코에 도착하자 나는 무슨 수를 쓰더라도 거기 머무르기로 마음먹었다.

* * *

멕시코시티에 도착하자마자 나는 약을 찾기 시작했다. 적어도 한쪽 눈은 약을 향해 뜨고 있었다. 앞서 말했듯이, 나는 중독자를 알아볼 수 있다. 멕시코시티에서 처음 맞은 밤, 돌로레스가로 내려가니 '익스퀴지토 춥 수이' 술집 앞에 서 있는 중국인 중독자들이 보였다. 중국인들은 친해지기 힘들다. 중국인은 같은 중국인만 상대한다. 중국인들과 마약 밀매매를 시도한들 시간 낭비임을 알고 있었다.

어느 날 산후앙레트랑으로 내려가다가, 입구 회벽에 색색의 타일이 박혀 있고 바닥에도 같은 타일이 깔린 카페테리아를 지나게 됐다. 그곳은 아랍 스타일임이 분명했다. 앞을 지나갈 때 누가 카페테리아 밖으로 나왔다. 그 사람은 중독자 동네 언저리에서만 볼 수 있는 유형이었다.

석유를 찾는 지질학자가 광맥의 특정한 노출부를 길잡이 삼듯 가까이에 마약이 존재한다고 알리는 표식들이 있다. 마약은 모호하거나 변화하는 구역 가까이에서 발견될 때가 많다. 뉴욕의 3번가 근처 이스트 14스트리트, 뉴올리언스의 포이드라스와 세인트찰스, 멕시코시티의 산후안레트란 등. 의수족을 파는 가게, 가발 공장, 치가공소, 화장수와 포마드와 장식품과 방향유를 만드는 곳들. 의심스러운 사업을 하는 곳과 빈민가가 접하는 지점.

이런 동네에는 중독자나 마약상이 아니더라도 마약과 연관된 전형적인 사람이 있게 마련이다. 그런 사람을 보면 수맥 탐지기가 까딱댄다. 마약이 가까이 있다. 근동 출신, 아마도 이집트 출신의 남자. 곧고 큰 코. 귀두의 끝처럼 자줏빛인 얇은 입술. 얼굴 피부는 팽팽하고 매끈하다. 어떤 비열한 행동이나 술책도 넘어설 만큼 불쾌한 사람이다. 더 이상 존재하지 않는 직업이나 거래의 흔적이 그 사람에게 남아 있다. 마약이 지구에서 사라져도, 희미하지만 지속적인 결여감을, 금단 증상이라는 창백한 유령을 느끼며 마약 동네에서 서성거리는 중독자들은 여전히 존재하리라.

그래서 이 남자는 자신이 한물갔고 이제 있을 수도 없는 사업을 하던 장소들에서 어슬렁거린다. 그러나 남자는 냉정을 잃지 않는다. 남자의 검은 눈에는 벌레의 맹목적인 침착이 깃들어 있다. 튜브 같은 주둥이로 빨아 먹는 꿀과 레반트 시럽으로 연명하는 듯하다.

남자가 했던 사업은 무엇일까. 분명 하인 계급의 일이며, 시체와 연관이 있다. 시체에 방부 처리를 하는 사람은 아니다. 자기 몸에 생명을 연장하는 물질을 저장하고 주인들에게 정기적으로 수유하는지도 모른다. 상상할 수 없이 사악한 기능을 수행하기 위해 벌레로 특화된 자다.

* * *

치무바는 밖에서 보면 여느 술집으로 보인다. 그러나 안으로 들어가자마자 퀴어 술집에 왔음을 알 수 있다.

나는 바에서 술을 주문하고 주위를 둘러보았다. 멕시코 호모 셋이 주크박스 앞에서 교태를 부리고 있었다. 그중 한 명이 힌두 사원 무희 같은 양식화된 몸짓으로 미끄러지듯 걸어서 내 옆에 오더니, 담배 한 개비만 달라고 했다. 그 양식화된 동작에는 원시적인 면이, 아름다운 동시에 역겨운, 사악한 동물적 매력이 있었다. 모닥불 불빛 속에서 움직이는 그 모습이, 어둠 속으로 흐릿해지는 모호한 몸짓이, 내 눈에 보이는 듯했다. 동성애의 역사는 인류 역사만큼 오래됐다. 호모 중 한 명은 주크박스 옆 칸막이 자리에 앉은 채, 멍청한 동물처럼 태연자약하게 전혀 움직이지 않았다.

나는 다가온 청년을 자세히 보려고 고개를 돌렸다. 나쁘지 않았다. 내가 물었다. "왜 슬퍼?(Por qué triste?)" 대화를 시작하기에 썩 좋은 말은 아니지만 대화를 나누려고 거기 간 것이 아니었다.

청년은 날카로운 이와 새빨간 잇몸을 크게 벌려 드러내며 미소를 지었다. 어깨를 으쓱하고 대답했는데, 대략 슬프지 않다는 혹은 딱히 슬프지는 않다는 말이었다. 나는 안을 둘러보았다.

내가 말했다. "다른 곳으로 가자.(Vámonis a otro lugar.)"

청년은 고개를 끄덕였다. 우리는 거리를 내려가서 밤새 영업하는 식당으로 간 뒤 칸막이 자리에 앉았다. 청년은 테이블 아래로 내 허벅지에 손을 얹었다. 나는 흥분으로 속이 꽉 막혔다. 커피를 쭉 들이켠 뒤, 청년이 맥주를 마저 마시고 담배를 피우는 동안 조바심을 내며 기다렸다.

호텔은 청년이 안내했다. 나는 카운터 창살 너머로 5페소를 내밀었다. 노인이 방문을 열고 누덕누덕한 수건을 의자에 놓았다. 청년이 물었다. "권총을 지니고 다녀요?(Llevas pistola?)" 내 권총을 보았던 것이다. 나는 맞다고 대답했다.

나는 바지를 접어서 의자 위에 놓고 그 위에 권총을 놓았다. 그리고는 셔츠와 팬티를 권총 위에 놓았다. 벌거벗은 채 침대 가장자리에 걸터앉아서 청년이 옷 벗는 모습을 지켜보았다. 청년은 낡은 청색 슈트를 조심스레 접었다. 셔츠를 벗고, 의자 뒤에 걸어 둔 코트 위에 씌웠다. 청년의 구릿빛 피부는 매끈했

다. 팬티에서 발을 빼고 돌아서서 나를 보며 미소를 지었다. 그
런 다음 다가와서 침대 위 내 옆에 앉았다. 나는 청년의 등을 한
손으로 천천히 쓰다듬다가 다른 한 손으로 굴곡진 가슴을 타고
내려가 날씬한 갈색 배까지 어루만졌다. 청년은 미소를 짓고
침대에 누웠다.

　잠시 후 우리는 담배 한 개비를 함께 피웠다. 이불 아래 우
리 어깨는 맞닿아 있었다. 청년은 가야 한다고 말했다. 둘 다 옷
을 입었다. 나는 생각했다. 청년이 돈을 바랄까? 아니라고 결론
지었다. 바깥 모퉁이에서 악수하며 헤어졌다.

* * *

　얼마 뒤 나는 그 술집에서 안젤로라는 청년과 우연히 마주
쳤다. 나는 이 년 동안 간간이 안젤로를 만났다. 내가 약을 하고
있을 때는 몇 달 동안 안젤로를 만나지 않았지만, 약을 끊으면
늘 어느 거리에서 우연히 안젤로와 마주쳤다. 멕시코에서는 소
원이 꿈처럼 이루어진다. 보고 싶은 사람이 있으면 그 사람이
나타난다.

　어느 날, 남자를 찾아다니다가 지쳐서 알메다의 돌 벤치에
앉아 있었다. 바지 사이로 매끈한 돌의 감촉을 느낄 수 있었다.
그리고 통증이 가벼울 때의 치통 같은, 어떤 통증과도 다른 통
증이 음부에 느껴졌다. 거기 앉아서 공원을 보고 있으니 갑자
기 평온하고 행복했다. 이 도시와 이상적인 관계를 맺고 있는
나 자신이 보였다. 그리고 느꼈다. 오늘 밤에 남자를 구할 수 있

으리라. 실제로 구했다.

안젤로의 얼굴은 구릿빛 피부만 빼면 동양풍, 일본인 같은 얼굴이었다. 안젤로는 퀴어가 아니었고, 내가 돈을 주었다. 액수는 늘 같았다. 20페소. 내 수중에 돈이 그만큼 없을 때도 있었고, 그럴 때면 안젤로가 말했다. "괜찮아요.(No importa.)" 아파트에서 같이 밤을 보낼 때면 늘 아파트를 청소하겠다고 우겼다.

안젤로와 인연을 맺은 뒤로는 치무바에 가지 않았다. 멕시코에서든 미국에서든 퀴어 술집에 가면 나는 우울해진다.

* * *

'마냐나(mañana)'는 '제대로 신호가 올 때까지 기다려라.'라는 뜻이다. 약을 사려고 급한 마음에 낯선 사람들 주위를 어슬렁대다가 말을 걸면 돈을 잃는다. 경찰과 문제가 생길 수도 있다. 그러나 기다리면 약은 원하는 사람에게 온다.

멕시코시티에서 예닐곱 달을 보낸 뒤였다. 멕시코에서 취업하고 거주할 서류를 얻기 위해 변호사를 구해 두었는데, 하루는 그 변호사를 만나러 갔다. 변호사 사무실 앞에 중년 남자가 허름한 차림새로 앉아 있었다.

그 남자가 말했다. "변호사는 아직 안 왔어요." 나는 남자를 보았다. 의심할 여지 없이 오래된 중독자였다. 그리고 남자도 나를 의심할 여지 없이 알아보았음을 나는 알 수 있었다. 십년 동안 마약을 멀리한 중독자라도 중독자는 티가 난다. 마약의 표식은 지워지지 않는다.

우리는 변호사가 올 때까지 선 채로 대화를 나눴다. 중독자는 종교 목걸이를 팔려고 왔다. 변호사가 사무실로 열두 개쯤 가져오라고 했단다.

변호사를 만난 뒤, 나는 중독자에게 저녁을 먹자고 말했고, 우리는 산후안레트란에 있는 식당으로 갔다.

중독자가 내 사연을 물었고, 나는 들려주었다. 중독자는 코트 깃을 세우고 그 안쪽에 꽂은 주삿바늘을 보여 주었다.

"나는 이십팔 년 동안 마약을 해 왔어요. 약을 사고 싶어요?"

* * *

멕시코시티에는 마약상이 한 명뿐이다. 루피타다. 루피타는 이십 년 동안 그 일을 해 온 여자다. 1그램으로 시작해서 멕시코시티 마약 사업을 독점하기에 이르렀다. 몸무게가 140킬로그램에 달해서 살을 빼려고 약을 시작했다. 그러나 얼굴만 여위었을 뿐 살은 빠지지 않았다. 루피타는 달마다 애인을 새로 간다. 애인에게 셔츠와 슈트와 손목시계를 선물하고, 재미를 다 본 뒤에는 내버린다.

루피타는 식료품점을 운영하듯 대놓고 약을 판다. 경찰 끄나풀을 걱정할 필요도 없다. 멕시코 연방 직할지에서 루피타가 마약을 파는 걸 모르는 경관이 없기 때문이다. 루피타는 도구를 술잔에 보관한다. 그래서 중독자들은 술집에서 약을 맞고 증거품 없이 나갈 수 있다. 경관은 가볍게 맥주를 마실 돈이 필요할 때 루피타가 있는 곳으로 가서 혹시 약을 가지고 나올 사람이 있을지 기다린다. 10페소를 받으면 그냥 보낸다. 20페소를 받으면 약도 돌려준다. 가끔 잘못 생각한 어떤 사람이 더 싼 값에 더 질 좋은 약을 팔기 시작하지만 오래가지 못한다. 루피타가 연방 직할지에 다른 마약상이 나타났다고 귀띔하는 사람에게는 10회분 약을 무료로 주는 조건을 늘 내걸고 있기 때문이다. 정보를 들은 루피타는 경찰 마약반에 있는 친구에게 전화하고, 다른 마약상은 체포된다.

루피타는 양옆에도 울타리를 친다. 누가 질 좋은 약을 만들면 루피타는 정보망을 펴서 그 사람이 누구인지 알아낸다. 루피타가 부르는 대로 팔지 않으면 루피타는 약 만드는 사람을 경찰에 신고한다. 루피타는 멕시코시티의 하층 지하세계에서 일어나는 일을 모조리 알고 있다. 아즈텍 여신처럼 가만히 앉아서 약을 돌린다.

루피타는 약을 1회분씩 봉지에 담아서 판다. 헤로인이라고 말한다. 하지만 사실은, 모래처럼 보이며 불에 녹인 뒤에도 녹지 않고 스푼에 남아 있는 정체불명의 잡것과 갈락토오스를 섞은 판토폰[27] 가루다.

나는 아이크를 통해서 루피타의 약을 사기 시작했다. 변호사 사무실 앞에서 만난 오래된 중독자가 아이크였다. 당시 나는 석 달 동안 약을 끊은 터였다. 다시 약에 빠지는 데에는 사흘이면 충분했다.

중독자가 십 년 동안 약을 끊을 수 있지만 다시 약에 빠지

---

27   아편 계통의 약이다.

는 데에는 일주일도 걸리지 않는다. 반면 중독된 적이 없는 사람이 어떤 식으로든 약에 빠지려면 두 달 동안 매일 하루에 두 번씩 주사를 맞아야 한다. 나는 넉 달 동안 하루에 한 대씩 주사를 맞은 뒤에야 금단 증상을 느끼게 되었다. 마약의 금단 증상을 쭉 나열할 수도 있지만 그 느낌은 다른 어떤 느낌과도 달라서 말로 표현할 수 없다. 두 번째로 약에 빠진 뒤에야 나는 금단 증상의 이런 느낌을 경험할 수 있었다.

중독자는 몇 년 동안 약을 끊었어도 왜 약을 처음 하는 사람보다 훨씬 빨리 다시 중독될까? 나는 약이 늘 체내에, 저장된 곳으로 언급되는 척추에 잠복해 있다는 이론을 인정하지 않으며, 갖가지 정신 분석학적 해답에도 동의하지 않는다. 내 생각으로는, 마약을 하면 세포가 영구히 변형되는 것 같다. 한 번 중독자는 영원한 중독자다. 마약 사용을 중단할 수는 있어도 일단 중독된 뒤에는 절대 벗어날 수 없다.

아내는 내가 다시 약에 빠지는 것을 보고 전에는 전혀 하지 않은 일을 했다. 늙은이 아이크와 인연이 닿은 이틀 뒤, 나는 약을 불에 올려서 정제하고 있었다. 아내가 스푼을 잡더니 바닥에 약을 던졌다. 나는 아내의 뺨을 두 번 쳤다. 아내는 침대 위로 몸을 던지고 흐느끼다가 내 쪽으로 고개를 돌려 말했다. "하고 싶은 것도 없어? 약에 빠지면 당신은 진짜 지루한 사람이 돼. 불빛이 다 꺼진 것 같아. 그래, 하고 싶은 대로 해. 안 그래도 어디 또 감춰 놓은 약이 있겠지."

사실 감춰 놓은 약이 있었다.

루피타의 약은 1회분 봉지 하나에 15페소, 즉 2달러쯤이다. 약효는 2달러짜리 미국 약의 반이다. 중독된 적이 없는 사람이라면 두 봉지면 효과를 볼 수 있다. 딱 효과만 볼 수 있다는 말이다. 제대로 약에 취하려면 네 봉지가 필요하다. 도가 지나친 가격이다. 멕시코에서는 모든 물가가 싸서 약값도 저렴하리라 기대한 것을 고려하면 더 그렇다. 그래도 나는 미국 약보다 질이 낮은 약을 더 비싸게 사고 있었다. 아이크가 나에게 말했다. "루피타는 경찰에 뇌물을 주느라 값을 비싸게 받을 수밖에 없어."

내가 아이크에게 물었다. "처방전을 이용하는 건 어때?"

아이크는 의사가 모르핀을 수용액으로만 처방할 수 있다고 말했다. 처방전 하나에 허가된 최대 용량은 15센토그라모, 즉 0.15그램이었다. 루피타에게 사는 것보다 훨씬 저렴할 듯했다. 그래서 우리는 의사들을 찾아다니기 시작했다. 5페소에 처방전을 써 줄 의사 몇 명을 찾았고, 그 처방전으로 약을 사는 데 5페소가 들었다.

약을 줄이면 처방전 하나로 하루를 버틸 수 있다. 문제는 처방전을 얻기보다 처방전으로 약을 사기가 더 어렵다는 데 있다. 그리고 처방전대로 약을 줄 약국을 찾는다 해도 거의 어김없이 약사는 마약 성분을 다 가로챈 뒤에 증류수만 준다. 혹은 약국에 모르핀은 아예 없고 선반에서 아무거나 약병에 담아서 준다. 나는 처방전에 돈을 쓰고도 녹지 않는 가루약만 잔뜩 받았다. 이 쓰레기를 주사하려 하면 죽을 수도 있다.

멕시코 의사는 미국 의사와 다르다. 전문인 행세를 절대 하지 않는다. 처방전을 어차피 쓸 의사는 환자의 말을 듣지도 않고 쓴다. 멕시코시티에는 의사가 너무 많다. 그래서 대다수가 적자를 면하기도 어렵다. 내가 아는 의사들 중에도 모르핀 처방전을 쓰지 않으면 굶어 죽을 의사들이 있다. 중독자를 환자로 치지 않으면 환자가 한 명도 없는 의사들이다.

나는 내 약뿐 아니라 아이크의 약도 계속 사고 있었고, 돈이 많이 들었다.

아이크에게 멕시코시티에서 마약 밀매매 전망이 어떤지 물었다. 아이크는 불가능하다고 대답했다.

"일주일도 못 넘겨. 우리가 처방전으로 얻는 질 좋은 모르핀 주사 하나에 15페소를 받으면 손님을 많이 끌 수 있지. 확실해. 그런데 돈은 없고 금단 증상이 오면 곧장 루피타한테 가서 약 몇 봉지에 고자질해. 아니면 경찰에 붙잡혀서 곧장 불어. 어떤 놈들은 경찰이 물어볼 필요도 없이 곧장 이럴걸. '저를 풀어 주시면 마약상이 누군지 말할게요.' 그러면 경찰은 그놈들한테 표시된 돈을 주고 마약을 사 오라고 보내. 그걸로 끝이야. 그대로 곧장 망해. 약을 판 죄로 8년 형이고, 보석도 안 돼. 나한테 와서 이러는 놈들도 있어. '아이크, 너 처방전으로 약 얻는다며? 자, 50페소. 나도 처방전 좀 구해 줘.' 괜찮은 손목시계나 슈트를 내미는 놈들도 있어. 나는 손 털었다고 말해. 그래, 하루에 200페소도 벌 수 있지. 그런데 일주일도 못 가."

"그래도 괜찮은 손님 대여섯 명은 찾을 수 있지 않나?"

"멕시코시티에 내가 모르는 중독쟁이는 아무도 없어. 그 중에 믿을 놈은 없어. 한 놈도."

* * *

처음에는 처방전을 얻기가 그리 힘들지 않았다. 그러나 몇 주 뒤, 처방전대로 모르핀을 주는 약국들에 처방전이 쌓였고, 이 약국들이 약을 주지 않기 시작했다. 루피타에게 돌아가야 할 것 같았다. 약이 떨어졌을 때 한두 번 우리는 어쩔 수 없이 루피타에게서 약을 샀다. 약국에서 구한 질 좋은 모르핀을 쓰다 보니 약을 더 많이 쓰게 됐다. 만족을 얻으려면 루피타의 15페소짜리 약을 두 개 써야 했다. 한 번 약을 하는 데 30페소면 내가 감당하기에는 너무 비쌌다. 그만두어야 했다. 하루에 루피타의 약 두 개로 만족할 수 있게 약을 줄여야 했다. 아니면 다른 공급원을 찾아야 했다.

처방전을 주는 의사들 중 한 명이 아이크에게 정부 허가증을 신청하라고 제안했다. 아이크가 나에게 설명하기를, 멕시코 정부는 도매가에 매달 일정량의 모르핀을 탈 수 있는 허가증을 발행한다. 의사는 아이크에게 100페소를 내면 신청서를 써 주겠다고 말했다. 나는 "신청해."라고 말하고 아이크에게 돈을 주었다. 잘되리라고 기대도 하지 않았는데 잘됐다. 열흘 뒤, 아이크는 매달 모르핀 15그램을 살 수 있는 정부 허가증을 받았다. 허가증에는 담당 의사와 보건국 의사의 서명이 있어야 했다. 그 허가증을 약국에 가져가면 약을 탈 수 있었다.

약값은 그램당 2달러쯤이었다. 아이크가 처음 약을 타 왔을 때가 생각난다. 상자에 가득 들어 있는 육면체 모르핀. 중독자의 꿈 같았다. 그렇게 많은 모르핀을 한꺼번에 보기는 난생처음이었다. 돈은 내가 내고 약은 둘이 나눴다. 한 달에 7그램이면 하루에 200밀리그램쯤 된다. 미국에서도 그보다 많이 쓴 적은 없었다. 이렇게 미국에서 한 달에 300달러쯤 들 양의 약을 한 달에 30달러로 손에 넣었다.

* * *

당시 나는 멕시코시티의 다른 중독자들과는 친분이 없었다. 중독자 대부분은 도둑질로 약 살 돈을 번다. 늘 경찰의 감시를 받는다. 모두가 끄나풀이다. 모두 약봉지 하나면 배신할 사람뿐이다. 이런 인물들과 친해져서 좋을 일은 전혀 없다.

아이크는 도둑질을 하지 않았다. 은처럼 보이는 팔찌나 펜던트를 팔아서 돈을 벌었다. 이 가짜 은은 몇 시간 지나지 않아서 검게 변했기 때문에 아이크는 자기 물건을 산 사람을 늘 피해 다녀야 했다. 몇 번 체포되어 사기죄로 기소됐지만 늘 내가 보석금을 내고 빼냈다. 나는 완전히 합법적인 일을 구하라고 말했고, 아이크는 십자가를 팔기 시작했다.

아이크는 미국에서 좀도둑이었다. 시카고에서 하루에 100달러를 벌었다고 큰소리쳤다. 많이 넣으면 옆이 확장되는 가방을 써서 정장을 쑤셔 넣었다고 했다. 번 돈은 모두 코카인과 모르핀으로 들어갔다.

그러나 멕시코에서는 도둑질을 하지 않았다. 아이크가 말하기를, 멕시코에서는 아무리 뛰어난 도둑이라도 일생을 거의 감옥에서 보낸다. 도둑으로 알려진 사람은 재판도 받지 않고 트레스마리아스 유형지로 보내질 수 있다. 미국에서 볼 수 있는, 잘사는 중산층 화이트칼라 도둑은 없다. 정계에 연줄이 있는 거물들이 있고, 평생의 절반을 감옥에서 보내는 좀도둑들이 있을 뿐이다. 거물들은 대개 경찰서장이나 고위 관료다. 그게 멕시코 상황이고, 아이크는 연줄이 없었다.

내가 이따금 만나는 중독자가 한 명 있기는 했다. 피부색이 짙은 인디오로, 아이크는 '검정개자식'이라고 불렀다. 검정개자식도 십자가를 팔았다. 사실 아주 독실한 신자로 매년 찰마[28]를 순례했고, 두 사람의 도움을 받아 자갈길 400미터를 기어갔다. 그 뒤로 일 년 동안 약을 끊었다.

루피타의 고객은 누구나 해마다 한 번 성지를 순례한다. '찰마의 여인'[29]은 중독자와 좀도둑들의 수호성인인가 보다. 검정개자식은 교회에 작은 방을 빌려서 갈락토오스를 터무니없이 많이 섞은 약을 밀매매했다.

나는 오가다가 가끔 검정개자식을 보았고, 아이크에게서 이야기를 많이 들었다. 아이크는 검정개자식을 싫어했지만 중독자가 다른 중독자를 싫어하는 정도였다. "검정개자식이 그 약국에서 사기를 쳤어. 거기 가서 내가 보냈다고 말했대. 이제 그 약사는 처방전에 약도 안 주겠어."

나는 한 달을 주기로, 되는 대로 살았다. 월말이면 늘 약이 조금 부족했고, 처방전을 얻어야 했다. 약이 떨어졌을 때에는 어김없이 불안한 마음이 들었고, 7그램을 안전하게 숨겨 두었을 때에는 편안한 기분이 들었다.

한번은 아이크가 '카르멘'이라 불리는 교도소에 십오 일 동안 구금되었다. 부랑자라는 이유였다. 나도 돈이 부족해서 벌금을 낼 수 없었고, 구금된 지 사흘 뒤에나 아이크를 면회할 수 있었다. 아이크의 몸은 오그라들어 있었다. 얼굴에는 뼈가 다 튀어나와 있었다. 갈색 눈이 고통으로 번득였다. 나는 셀로

28　멕시코의 기독교 성지다.
29　찰마에서 발견된 조각상이다.

판지로 싼 약을 입속에 넣어 갔다. 반으로 가른 오렌지에 약을 뱉어서 아이크에게 건넸다. 이십 분 뒤에 아이크는 기운을 차렸다.

나는 주위를 둘러보았다. 운동장 한구석에서 새된 소리를 내며 포즈를 취하고 있는 호모들은 특별한 집단으로 도드라졌다. 중독자들도 그랬다. 중독자들은 한데 모여서 이야기를 나누며, 손바닥을 위로 한 채 팔꿈치를 흔드는 중독자 특유의 몸짓을 주고받고 있었다. 호모의 흐느적거리는 손목처럼 특별한 집단의 남다른 몸짓이었다. 중독자는 모자가 있으면 누구나 모자를 쓴다. 정확히 도식화할 수 없는 묘한 방식으로 동일한 의상을 입고 있는 듯 모두가 비슷해 보인다. 약은 중독자 모두에게 지워지지 않는 낙인으로 표식을 남겼다.

아이크는 수감자들이 신참의 바지를 곧잘 훔친다고 말했다. "여기 아주 끔찍한 사람들만 모여 있어." 정말로 속옷만 입고 돌아다니는 사람이 몇몇 눈에 띄었다. 교도소장은 수감자들에게 약을 가져다주는 아내와 친척들을 잡아서 가진 것을 다 빼앗는다.

남편에게 마약 한 봉지를 가져다준 여자가 교도소장에게 붙잡혔다. 여자는 수중에 5페소밖에 없었다. 교도소장은 여자의 옷을 빼앗아 15페소에 팔았고, 여자는 낡고 더러운 시트로 몸을 가린 채 집으로 갔다.

교도소에는 끄나풀들이 득실댔다. 아이크는 내가 가져간 약을 갖고 있지 않으려고 했다. 다른 수감자들이 약을 빼앗거나 교도소장에게 고자질할까 봐 겁냈다.

＊ ＊ ＊

나는 집에 틀어박힌 채 매일 주사 서너 대를 맞는 일상에 빠졌다. 할 일이 필요해서 멕시코시티 대학교에 입학했다. 학생들의 모습이 인상 깊었다. 몇몇 예외를 빼고 모두 우울한 표정이었다. 다시 생각하니 나는 학생들을 자세히 보지도 않았다.

중독 상태로 일 년을 지낸 뒤 되돌아보면 시간이 존재하지 않은 듯하다. 금단 증상으로 아팠던 시기만 두드러진다. 중독에 빠질 때 맞은 첫 주사들과 금단 증상이 정말 심할 때 맞은 주사들은 기억난다.

(멕시코에서도 일이 전부 어긋나는 날은 늘 있다. 약국이 문을 닫거나, 아는 약사가 휴무거나, 의사가 축제 때문에 시내에 없거나, 그러면 약을 살 수 없다.)

약 자체를 제치고서도 중독 상태 동안 경험하는 것은 밋밋하다. 거의 이차원적이다. 일부러 애쓰면 기억을 살릴 수는 있다. 그러나 약에 빠진 시기에 있었던 일은 간헐적인 금단 증상을 빼고 저절로 떠오르는 법이 없다.

월말. 약이 떨어져서 아팠다. 나는 늙은이 아이크가 모르핀 처방전을 들고 나타나기를 기다렸다. 중독자는 삶의 절반을 기다림으로 보낸다. 집에는 우리가 밥을 주던 고양이가 있었다. 못생긴 회색 고양이였다. 나는 고양이를 집어서 무릎 위에 놓고 쓰다듬었다. 고양이가 뛰어내리려고 하면 꽉 잡았다. 고양이가 탈출할 길을 찾으며 야옹거리기 시작했다.

나는 고개를 숙여서 고양이의 차가운 코에 코를 댔다. 그러자 고양이가 내 얼굴을 할퀴려 했다. 어설픈 공격이고 얼굴에 닿지도 않았다. 그 정도면 충분했다. 나는 한 손으로 고양이를 잡아서 팔을 쭉 뻗었다. 다른 한 손으로 뺨 양쪽을 찰싹찰싹 때렸다. 고양이는 비명을 지르며 발톱을 드러내더니 내 바지에 온통 오줌을 갈겼다. 나는 계속 고양이를 때렸다. 고양이가 할퀴어서 내 손은 피투성이였다. 고양이는 몸을 비틀어 빠져나간 뒤 벽장으로 달아났다. 벽장 안에서 공포에 싸여 가르랑거리고 할딱거리는 소리가 들렸다.

"저놈을 끝장내겠어." 나는 무거운 지팡이를 집으며 말했다. 얼굴로 땀이 흘러내렸다. 흥분으로 몸이 떨렸다. 혀로 입술을 적시며, 고양이가 도망치지 못하게 막으려고 신경을 쓰면서 벽장으로 갔다.

바로 그때 아내가 끼어들었다. 나는 지팡이를 내려놓았다. 고양이는 벽장에서 허겁지겁 나와서 아래층으로 달려갔다.

아내는 빙그레 웃으며 나를 보다가 말했다. "부끄럽지도 않아? 알다가도 모르겠네. 정말 알다가도 모르겠어." 아내가 고개를 절레절레했다.

* * *

아이크는 코카인을 구하면 나에게도 가져왔다. 멕시코에서는 코카인이 귀하다. 그때까지 나는 질 좋은 코카인을 써 보지 못했다. 코카인의 쾌감은 깔끔하다. 사람을 곧바로 일으킨다. 자동적으로, 느끼자마자 떠나가기 시작하는 각성 효과다.

각성제로는 코카인만 한 것이 없지만 그 효과는 십 분 정도만 지속된다. 그다음에는 하나 더 찾게 된다. 코카인 주사는 멈출 수 없다. 남김없이 주사하게 된다. 코카인 주사를 맞는 동안에는 코카인의 쾌감에 균형을 맞추고 날카로운 효과를 부드럽게 만들기 위해서 모르핀을 더 많이 주사하게 된다. 모르핀과 함께 맞지 않으면 코카인 때문에 지나치게 신경이 곤두선다. 모르핀은 코카인 과용을 막는 해독제다. 코카인은 내성이 없으므로 적절한 양과 치명적인 양 사이의 간격이 넓지 않다. 나도 코카인을 너무 많이 주사한 일이 몇 차례 있다. 시야가 온통 깜깜해지고 심장이 뒤집혔다. 다행히 옆에 늘 모르핀이 많이 있어서 모르핀 주사로 회복되었다.

중독 상태에 있을 때는 몸이 약을 필요로 한다. 몸이 곧 보이지 않는 입이다. 주사를 맞으면 진수성찬을 먹은 듯 포만감이 든다. 곧바로 또 주사를 맞고 싶은 생각은 들지 않는다. 그러나 코카인을 할 때는 약효가 사라지자마자 또 주사를 맞고 싶다. 집에 코카인이 있으면 코카인이 다 떨어질 때까지 영화를 보러 가지도 않는다. 아니, 아예 나가지 않는다. 한 번만 주사를 맞아도 약효를 계속 유지하려고 또 급히 맞고 싶다. 그러나 코카인이 몸에서 다 빠져나가면 잊어버린다. 중독되지는 않는다.

*　*　*

마약은 성욕을 단락시킨다. 성애와 상관없는 사교의 욕구도 성욕이 일어나는 곳과 동일한 곳에서 나온다. 그러므로 내가 헤로인이나 모르핀에 중독되었을 때 나는 사교성이 없어진다. 누가 대화를 원하면 그건 괜찮다. 그러나 친해지고 싶은 욕구는 전혀 없다. 약을 끊었을 때에는 사교성이 자제할 수 없이 분출되는 시기를 통과하는 경우가 많다. 이때는 내 말을 듣기만 하면 아무에게나 말한다.

약이 모든 것을 장악한다. 약으로 얻는 것은 금단 증상을 막는 보증뿐이다. 이따금 나는 스스로를 어떤 거래에 빠뜨렸는지 현명하게 깨닫고, 치료하기로 마음먹는다. 약을 많이 할 때는 끊는 게 쉬워 보인다. 스스로에게 말한다. "이제 주사를 맞아도 쾌감을 전혀 못 느껴. 끊을 수 있겠어." 그러나 약을 줄이고 금단 증상이 찾아오면 상황은 달라진다.

멕시코에서 약에 빠져 있는 일 년 남짓 동안 나는 치료를 다섯 번 시도했다. 주사를 줄여 봤다. 아편 용액과 웜폴스를 이용하는 중국식 치료법도 써 봤다. 아편 용액을 조금 마신 뒤 그 병에 웜폴스를 그만큼 넣는다. 이렇게 열흘쯤 지나면 병에는 웜폴스만 남는다. 아편 섭취를 전혀 알아차리도 못하게 아주 서서히 줄일 수 있다.

중국식 치료법의 이론은 그렇다. 현실에서 일반적으로 일어나는 일은 이렇다. 아편 용액을 계획보다 조금 더 마시기 시작한다. 따라서 웜폴스도 더 넣게 되고, 아편은 그만큼 더 빨리 희석된다. 며칠 뒤에는 아편이 얼마나 들어 있는지도 모르는 채 몽땅 마실 게 틀림없다. 결국 중국식 치료를 시작하기 전보다 훨씬 심한 중독에 빠지게 된다.

입으로 마약을 섭취하는 것이 가장 나쁘다. 주사보다 끊기 힘들며 금단 증상도 더 심하다. 마약을 입으로 복용하던 중독자가 감방에 갇혀서 약을 얻지 못하면 죽는 경우도 드물지 않다. 입으로 복용하던 중독자가 약을 끊으면 아주 고통스러운 위경련을 겪는다. 그 증세는 삼 주까지 이어진다. 반면 주사를 맞는 중독자의 증세는 여드레에 그친다.

약을 끊으면 금단 증상이 점점 심해지다가, 사흘째가 되면 '이보다 더한 고통은 있을 수도 없다.'라는 생각이 든다. 그러나 나흘이 되면 더 심해지고 나흘이 지난 뒤에는 크게 호전된다. 닷새가 지나면 금단 증상의 희미한 그림자만 남는다.

그러나 입으로 복용하는 중독자는 끔찍한 고통을 최소한 열흘은 겪어야 한다. 그러므로 마약을 끊는 데에 아편 용액을 이용할 때에는 먹는 습관에 빠지지 않게 조심해야 한다. 계획대로 따를 수 없다면 다시 주사로 약을 맞는 게 좋다.

중국식 치료에 실패한 뒤, 약을 1회분씩 포장해서 아내에게 준 다음 숨겨 두고 스케줄에 맞춰 달라고 했다. 약을 1회분으로 포장할 때 아이크에게도 함께하자고 했지만, 아이크는 제대로 생각하는 사람이 아니므로 애초부터 아주 허황한 계획을 세워서 약을 줄여 나가지 않고 갑자기 아예 그만두었다. 그래서 나는 혼자서 계획을 세웠다. 한동안 그 계획에 맞춰 살았지만 주위에 나를 강제할 무엇이 없었다. 몰래 아이크에게서 약을 얻었으며 핑계를 만들어 주사를 더 맞았다.

나는 약을 계속하고 싶지 않았으며, 그런 내 마음을 스스로도 깨닫고 있었다. 한 가지 결정이 나에게 주어졌다면 다시는 약을 하지 않기로 결심했을 것이다. 그러나 약을 끊는 과정에 들어서니 나에게는 동기가 없었다. 자신의 행동에 아무런

통제력도 없는 듯, 스스로 세운 계획을 모두 무너뜨리는 자신을 지켜보고 있자니 끔찍한 무력감이 들었다.

* * *

4월 어느 아침, 잠에서 깨니 몸이 조금 아팠다. 가만히 누운 채 흰 회벽 천장에 어린 그림자들을 지켜보았다. 침대에 어머니와 나란히 누워서 천장을 가로지르고 벽으로 내려오는 거리의 자동차 불빛을 지켜보던 먼 옛날이 떠올랐다. 기차 경적, 집 아래 시가지에서 들려오는 피아노 음악, 낙엽 등이 뼈에 사무치게 그리웠다.

약한 금단 증상을 겪을 때면 언제나 마법 같은 어린 시절이 떠올랐다. 나는 생각했다. '추억이 떠오르는 것도 마약 주사처럼 늘 실패하는 법이 없네. 중독자들은 누구나 이 멋진 경험 때문에 마약을 찾는 게 아닐까?'

주사를 맞으려고 욕실로 갔다. 혈관을 찾기까지 오래 걸렸다. 주삿바늘이 두 번 막혔다. 팔에 피가 흘렀다. 약이 온몸에 퍼졌다. 죽음의 주사. 꿈은 사라졌다. 팔꿈치에서 손목으로 흐르는 피를 내려다보았다. 유린된 혈관과 세포에게 갑자기 미안했다. 팔의 피를 부드럽게 닦았다.

"끊겠어." 소리를 내서 말했다.

나는 아편 용액을 만든 뒤, 아이크에게 며칠 동안 나타나지 말라고 말했다. 아이크가 말했다. "성공하기 바라. 네가 약을 끊게 되면 좋겠다. 이 말이 진심이 아니면 난 쓰러져서 몸이 마비될 거야."

내 몸에 비축된 모르핀이 사십팔 시간 동안 빠져나갔다. 아편 용액은 금단 증상을 간신히 눌렀다. 넴부탈 두 알과 함께 아편 용액을 다 마신 뒤 몇 시간 동안 잠을 잤다. 깨어났을 때 옷이 땀에 흠뻑 젖어 있었다. 눈이 쓰렸고 눈물이 고였다. 온몸이 가렵고 민감했다. 나는 침대에서 몸을 뒤척였다. 등을 둥글게 굽히고 팔다리를 쭉 뻗었다. 무릎을 위로 당기고, 양손을 허벅지 사이에 넣었다. 금단 증상을 겪는 중에 손의 압박이 가해지자 머리카락이 쭈뼛 서는 오르가슴을 느꼈다. 일어나서 속옷을 갈아입었다.

약병에 아편 용액이 얼마 남지 않았다. 마저 마시고 밖으로 나가서 코데인 알약 넉 줄을 샀다. 뜨거운 홍차로 코데인을 삼키자 기운이 났다.

아이크가 말했다. "아편 용액을 너무 빨리 마시고 있어. 내가 혼합 용액을 만들어 줄게." 아이크가 주방에서 이것저것을 섞으며 읊는 소리가 내 귀에 들렸다. "토하기 시작할 경우를 대비해서 계피를 조금 넣고…… 변을 잘 보라고 세이지도 조금 넣고…… 피를 맑게 만들 정향도 조금 넣고……."

그렇게 끔찍한 맛은 난생처음이었다. 그래도 그 혼합액을 마시자 금단 증상이 견딜 만할 정도로 줄어들었다. 그래서 늘 약간 기분 좋은 상태로 지낼 수 있었다. 아편 때문에 기분이 좋아진 것은 아니었다. 마약을 중단해서 몸이 좋아진 덕분에 기분이 좋아졌다. 마약은 죽음을 접종하는 것이며, 몸을 응급 환자 상태로 만든다. 약을 끊어도 응급 반응은 계속된다. 감각이 날카로워지고, 중독자는 불편할 정도까지 자기 소화 과정을 알게 된다. 장 연동과 배변이 조절되지 않는다. 약을 끊은 중독자는 실제 나이와 상관없이 어린아이나 청소년처럼 감정이 격해지기 쉽다.

아이크의 혼합액을 마신 지 사흘째, 나는 술을 마시기 시작했다. 이전에 약을 할 때나 금단 증상을 겪을 때는 술을 마실 수 없었다. 그러나 아편 용액을 먹는 것은 흰 가루를 주사하는 것과 다르다. 아편 용액은 술과 함께 할 수 있다.

처음에는 오후 5시부터 술을 마시기 시작했다. 일주일 뒤, 아침 8시부터 술을 마시며 낮이나 밤이나 줄곧 술에 취해 있다가 이튿날 아침에도 술에 취한 채 잠에서 깨기 시작했다.

매일 아침 잠에서 깰 때마다 나는 벤제드린과 사니신과 아편을 블랙커피와 데킬라 한 잔으로 삼켰다. 그런 뒤에 누워서 눈을 감고 지난밤과 전날을 한데 맞추려고 애썼다. 정오 이후로는 아무것도 기억나지 않는 날이 많았다. 꿈에서 깨어나 생각한다. '천만다행이네. 실제로 한 일은 아니야!' 끊어진 기억을 복원하다가 생각한다. '세상에, 내가 정말 그런 짓을 했어?' 말과 생각의 경계가 흐릿하다. 그 말을 입밖에 냈을까 아니면 그냥 생각만 했을까?

중독자는 대개 자기 의지로 약을 못 끊는다. 이전에 나는 어떤 형태의 약도 구할 수 없어서 백기를 든 뒤가 아니고서야 약을 끊은 적이 없었다. 마약을 자가 치료하려는 사람은 누구보다 괴롭고 빠르게 실패한다.

치료를 시작한 지 열흘이 지난 뒤, 나는 끔찍하게 나빠졌다. 온몸에 흘린 술 때문에 옷은 얼룩지고 뻣뻣했다. 씻지도 않았다. 체중이 줄고, 손은 떨렸다. 늘 뭘 흘리고, 의자를 쓰러뜨리고, 넘어졌다. 그러나 원기가 끊기지 않고 주량은 전에 없이 늘어난 듯했다. 감정이 곳곳에서 흘러넘쳤다. 주체할 수 없이 사교적이 되었고, 눈에 보이는 사람은 누구라도 붙잡고 말을 걸려고 했다. 생판 모르는 사람에게도 그리 유쾌하지 않은 속내를 마구 쏟아냈다. 전혀 합의하지 않은 사람에게 아주 노골적으로 섹스를 제의한 적도 몇 번이나 된다.

아이크는 며칠에 한 번씩 나타났다. "네가 약을 끊은 걸 보니 반갑네. 이 말이 진심이 아니면 난 쓰러져서 몸이 마비될 거야. 그렇지만 금단 증상이 너무 심해서 토하기 시작하면……자, 모르핀 50밀리그램이야."

아이크는 내가 마신 엄청난 술을 보았다. "술을 마시고 있군. 술을 마시고 미쳐 가고 있어. 꼴이 형편없네. 얼굴이 형편없어. 이렇게 술을 마시느니 다시 약을 하는 게 낫겠다."

* * *

멕시코시티 돌로레스가의 싸구려 술집이었다. 술을 계속 마신 지 이 주가 지났다. 나는 멕시코인 세 명과 칸막이 자리에 앉아서 데킬라를 마시고 있었다. 세 멕시코인들은 옷을 꽤 잘 차려입었다. 한 사람은 영어를 할 줄 알았다. 중년의 뚱뚱한 멕시코인이 애처롭고 다정한 얼굴로 기타를 뜯으며 구슬픈 노래를 불렀다. 그 멕시코인은 칸막이 자리 끝 의자에 앉아 있었다. 노래 때문에 대화가 불가능해서 다행이었다.

경관 다섯 명이 들어왔다. 나는 몸수색을 당할지도 모른다고 생각하고, 권총과 권총집을 허리띠에서 뺀 뒤, 담뱃갑 안에 숨겨 둔 아편과 함께 테이블 아래로 떨어뜨렸다. 경관들은 급히 맥주를 마시고 나갔다.

테이블 밑으로 손을 뻗으니 총은 없고 총집만 남아 있었다.

나는 영어를 할 줄 아는 멕시코인과 다른 술집에 앉아 있었다. 노래를 부르던 멕시코인과 다른 두 멕시코인은 가고 없었다. 술집은 희미한 노란 불빛에 잠겨 있었다. 곰팡이 슨 듯한 소 대가리 장식품이 마호가니 바 위에 걸려 있었다. 투우사가 사인한 것들도 있는 투우사 사진들이 벽을 장식했다. 서리유리 회전문에 '술집'이라는 단어가 새겨져 있었다. 나도 모르게 술집이라는 단어를 읽고 또 읽었다. 대화 중간에 끼어드는 기분이 들었다.

다른 남자의 표정을 보니, 내가 말을 중간에서 멈추었나 보다. 그러나 내가 앞에 무슨 말을 했는지, 무슨 말을 할 생각이었는지, 그 대화가 무슨 내용이었는지 알 수 없었다. 총 이야기를 나눈 게 틀림없다고 생각했다. "아마도 다시 사려고 애쓰겠지." 나는 남자가 손에 아편을 들고 있는 것을 알아차렸다. 남자는 나에게 아편을 다시 건넸다.

"내가 중독자로 보여?" 남자가 물었다.

나는 그 남자를 보았다. 여윈 얼굴에는 광대뼈가 튀어나와 있었다. 눈동자 색은 인디언과 유럽인이 섞인 혈통에서 종종 보이는 회갈색이었다. 옅은 회색 슈트를 입고 넥타이를 맸다. 얇은 입술은 양 끝이 처져 있었다. 확실히 중독자의 입술이었다. 중독자로 보이지만 중독자가 아닌 사람들이 있다. 마찬가지로 퀴어로 보이지만 퀴어가 아닌 사람들도 있다. 문제를 일으키는 유형이다.

남자는 기둥에 붙은 전화기로 가면서 말했다. "경찰에 신고하겠어."

나는 남자의 손에서 전화기를 홱 낚아챈 뒤 남자를 세게 바에 밀었다. 남자는 바에 부딪힌 뒤 나를 보고 씩 웃었다. 갈색으로 변색된 치아가 드러났다. 남자는 등을 돌리고 바텐더를 불러서 아편을 내보였다. 나는 밖으로 나가서 택시를 잡았다.

아파트로 돌아가서 다른 권총, 대구경 리볼버를 꺼낸 것은 기억난다. 나는 히스테릭한 분노에 휩싸였다. 되돌아보니 그 이유도 이해되지 않는다.

택시에서 내려서 거리를 걸어 술집으로 들어갔다. 그 남자는 바에 기대서서, 회색 코트가 여윈 등과 어깨에 팽팽하게 당겨져 있었다. 남자가 고개를 돌려 나를 보았다. 무표정한 얼굴이었다.

내가 말했다. "내 앞에 서서 밖으로 나가."

남자가 물었다. "빌, 왜 그래?"

"어서. 걸어."

나는 허리띠에서 대구경 리볼버를 홱 꺼내서 위로 들며 그 남자의 배에 총구를 딱 붙였다. 왼손으로는 남자의 코트 라펠을 잡아서 바에 밀어붙였다. 남자가 내 이름을 정확히 불렀고 바텐더도 내 이름을 아는 것 같았다. 그러나 그 생각은 나중에야 들었다.

남자는 완전히 넋이 나갔다. 두려움을 참느라 얼굴이 멍했다. 나는 오른쪽 뒤에서 누가 다가오는 낌새를 채고 고개를 반쯤 돌렸다. 바텐더가 경관과 함께 다가오고 있었다. 나는 몸을 돌렸다. 훼방꾼 때문에 짜증이 났다. 경관의 배에 권총을 들이밀었다.

내가 영어로 물었다. "누가 뇌물로 2센트를 주겠다고 했어?" 나는 현실의 경관에게 말하고 있지 않았다. 내 꿈에 계속 등장하는 경관, 꿈속에서 내가 마약을 주사하거나 청년과 동침하려 할 때 마구 끼어드는, 막연하고 어둑어둑하며 짜증스러운 경관에게 말하고 있었다.

바텐더가 내 팔을 잡아서 옆으로, 경관 배에서 멀리 꺾었다. 경관은 무심히 낡은 45구경 자동소총을 꺼내서 내 몸에 딱 댔다. 내 얇은 면 셔츠 사이로 차가운 총구가 느껴졌다. 경관의 배는 튀어나와 있었다. 경관은 배에 힘을 주지도 않았고 몸을 숙이지도 않았다. 나는 권총을 잡은 손의 힘을 풀었다. 권총이 내 손에서 빠져나갔다. 나는 항복의 표시로 손바닥을 밖으로 펴 보이며 양손을 반쯤 들어 올렸다.

내가 말했다. "알았어요, 알았어." 그러고는 덧붙였다. "좋아요.(bueno.)"

경관이 45구경을 치웠다. 바텐더는 바에 기대서서 총을 살펴보고 있었다. 회색 슈트를 입은 남자는 표정이 전혀 없이 가만히 서 있었다.

바텐더가 총에서 눈을 떼지 않고 말했다. "장전이 돼 있어요.(Esta cargado.)"

나는 말하려고 했다. '당연하지. 장전을 안 한 총이 무슨 소용이야?' 그러나 아무 말도 하지 않았다. 그 광경은 비현실적이고 평면적이며 요령부득했다. 마치 내가 다른 사람의 꿈에 억지로 끌려든 것 같았다. 무대에서 헤매는 취객.

다른 사람들에게는 내가 비현실적이기도 했다. 다른 나라에서 온 이방인. 바텐더는 호기심 어린 눈으로 나를 본 뒤, 자신이 이해할 수 없는 일에서 느끼는 혐오로 어깨를 으쓱하고 자기 허리춤에 총을 꽂았다. 술집 안에 증오는 없었다. 그 사람들이 나와 더 친했다면 나를 증오했으리라.

경관이 내 팔을 꽉 잡고 말했다. "가자, 양키.(Vámanos gringo.)"

나는 경관과 밖으로 나갔다. 기운이 없고 다리를 주체하기 어려웠다. 내가 한 번 비틀대자, 경관이 나를 붙잡았다. 나는 경관에게 내 수중에는 돈이 전혀 없지만 '친구들(de amigos)'에게서 좀 빌릴 수 있다는 뜻을 전하려고 했다. 뇌가 마비됐다. 스페인어와 영어가 섞이고, 머릿속 파일 시스템에 숨어 있는 '빌리다'라는 단어를 꺼내 쓰려고 해도 술로 마비된 신경 연결 메커니즘이 장벽이 되어 쓸 수 없었다. 경관이 고개를 절레절레 흔들었다. 나는 생각을 재정리하려고 애쓰고 있었다. 갑자기 경관이 걸음을 멈췄다.

경관은 내 어깨를 슬쩍 밀며 말했다. "빨리 가, 양키.(Ándale, gringo.)" 경관은 잠시 가만히 선 채로 내가 길을 걸어가는 모습을 지켜보았다. 나는 손을 흔들었다. 경관은 답하지 않고 몸을 돌려서 왔던 길로 돌아갔다.

수중에는 1페소밖에 남지 않았다. 어느 술집에 들어가서 맥주를 시켰다. 생맥주는 없고, 병맥주 한 병이 1페소였다. 바끝 쪽에 멕시코 젊은이들이 모여 있었고, 나는 이 젊은이들과 이야기를 나누게 됐다. 한 젊은이가 비밀정보부 배지를 나에게 내보였다. 나는 생각했다. 가짜겠지. 어느 멕시코 술집에나 가짜 경찰이 있다. 나는 나도 모르는 새 테킬라를 마시고 있었다. 마지막으로 기억나는 것은 테킬라를 마시며 빤 레몬의 강렬한 맛이었다.

이튿날 아침, 잠에서 깨니 낯선 방이었다. 주위를 둘러보았다. 싸구려 하숙집. 5페소짜리. 옷장 하나, 의자 하나, 탁자 하나. 커튼 너머로 밖에서 지나다니는 사람들이 보였다. 1층. 내 옷가지가 의자 위에 아무렇게나 쌓여 있었다. 코트와 셔츠는 탁자 위에 놓여 있었다.

다리를 침대 밖으로 돌리고 가만히 앉은 채 마지막 테킬라를 마신 뒤 무슨 일이 있었는지 떠올리려고 애썼다. 텅 빈 기억뿐이었다. 침대에서 나와서 소지품들을 확인했다. '만년필이 없어졌군. 어쨌거나 잉크가 샜으니까…… 내 만년필 중에 안 새는 게 없었지…… 주머니칼이 없어졌고…… 그것 역시 손실은 전혀 아니고…….' 나는 옷을 입기 시작했다. 몸이 몹시 떨렸다. '얼른 맥주를 마셔야 해…… 지금 롤린스 집으로 가면 롤린스를 만날 수 있을지도 몰라.'

한참을 걸었다. 롤린스는 아파트 앞에서 노르웨이엘크하운드[30]를 산책시키고 있었다. 롤린스는 나와 동년배로 체격이 단단했다. 강인하고 잘생긴 생김새에, 굵은 머리카락은 검정색이지만 관자놀이 부근에 흰머리가 조금 있었다. 값비싼 캐주얼 웨어 셔츠와 코듀로이 바지, 스웨이드 재킷을 입었다. 우리는 서른 해 동안 알고 지낸 사이였다.

롤린스는 나의 전날 밤 이야기에 귀를 기울였다. "그 총을 갖고 다니다가는 네 머리통이 박살 나. 총은 왜 갖고 다녀? 뭘

---

30   스피츠 계통의 견종으로 노르웨이의 국견이며, 키 50센티미터, 몸무게 20킬로그램 정도의 중형견이다. 털은 흰색과 검은색이 섞여 있다.

쏘는지도 모르면서. 너, 인수르헨테스 대로에서 두 번이나 가로수에 부딪혔어. 차 앞으로 곧장 걸어가기도 하더라. 내가 잡아당기니까 나한테 으르렁댔어. 알아서 집에 가겠거니 하고 그냥 두고 왔어. 네가 어떻게 집에 갔는지 모르겠다. 요즘 네가 하는 짓에 사람들 다 손들었어. 내가 가까이하고 싶지 않은 게 딱 하나 있어. 아무도 가까이하고 싶지 않을걸. 그건 바로 총을 가진 취객이야."

내가 말했다. "그래, 맞는 말이야."

"뭐, 나야 힘닿는 대로 널 돕고 싶지. 그렇지만 넌 우선 술을 줄이고 건강을 찾아야 해. 꼴이 엉망이야. 그다음에 돈 벌 생각을 하는 게 좋겠어. 돈 얘기를 하자면, 넌 지금 파산했을 것 같아. 늘 그렇지만." 롤린스가 지갑을 꺼냈다. "자, 50페소야. 너한테 줄 수 있는 최선이야."

나는 그 50페소로 술을 마셨다. 밤 9시쯤, 돈이 떨어져서 내 아파트로 갔다. 누워서 잠을 청했다. 눈을 감자 동양인의 얼굴이 보였다. 입술과 코가 병으로 사라진 얼굴. 병이 퍼지면서 얼굴은 다 녹아 아메바 같은 덩어리가 되고 눈만 동동 떠 있었다. 둔한 갑각류의 눈. 눈 주위로 서서히 새로운 얼굴이 빚어졌다. 인간의 길이 끝나는 곳, 인간의 모습이 그 안에서 자란 갑각류의 공포를 더 이상 품을 수 없는 곳, 그 최종 장소로 이끄는, 일그러진 일련의 얼굴들, 상형 문자들.

나는 이상한 듯이 지켜보았다. '망상이 생겼구나.' 진심으로 생각했다.

엄습하는 공포를 안고 깨어났다. 그대로 누워 있었다. 심장이 빨리 뛰었다. 내가 무엇에 겁먹었는지 찾아내려고 애썼다.

아래층에서 약한 소음이 들린 듯했다. 나는 소리 내서 말했다. "아파트에 누가 있군." 그러고는 곧장 정말 누가 있다고 믿었다.

벽장에서 30-30 카빈을 꺼냈다. 손이 떨려서 총을 장전하기도 힘들었다. 바닥에 총알 예닐곱 발을 떨어뜨린 뒤에야 두 발을 탄창에 넣었다. 자꾸만 주저앉았다. 아래층으로 내려가서 불을 모두 켰다. 아무도 없었다. 아무것도 없었다.

몸이 심하게 떨렸고, 무엇보다 금단 증상이 나타났다! 스스로에게 물었다. '주사를 맞은 지 얼마나 됐지?' 기억나지 않았다. 약을 찾아내려고 아파트를 샅샅이 뒤지기 시작했다. 언젠가 방 한구석 틈새에 아편을 숨겨 두었다. 아편은 마루판 밑으로 들어가서 손에 닿지 않았다. 꺼내려고 여러 번 애썼지만 헛수고였다.

나는 단호하게 말했다. "이번에는 꺼내겠어." 떨리는 손으로 옷걸이를 구부려 고리처럼 만들고 아편을 낚기 시작했다. 콧잔등으로 땀이 흘러내렸다. 나무 틈의 날카로운 가장자리에 손이 까졌다. 나는 단호하게 말했다. "이 방법이 안 통하면 다른 방법을 써야지." 톱을 찾기 시작했다.

톱은 보이지 않았다. 이 방 저 방 뛰어다니면서 물건들을 내던지고, 점점 미쳐 날뛰며 서랍에 든 것들을 바닥에 쏟았다. 분노로 오열하면서 손으로 마룻바닥을 뜯으려 했다. 결국 포기하고 바닥에 누워서 숨을 헐떡이며 흐느꼈다.

약장에 있는 다이오닌[31]이 떠올랐다. 일어나서 확인하러

---

31 코데인과 같은 성분의 기침약이다.

갔다. 딱 한 알 남았다. 알약을 녹이자 우유처럼 됐다. 혈관에 주사하자니 겁이 났다. 손에 나도 모르게 갑자기 경련이 일어서, 팔에서 주삿바늘이 빠지고 살갗 위에 약이 흘어졌다. 나는 가만히 앉은 채 팔만 바라보았다.

마침내 조금 잠을 잤다. 이튿날 아침, 끔찍한 알코올성 우울을 안고 깨어났다. 코데인과 아편으로 미뤄지고 몇 주 동안 계속 마신 술로 둔해졌던 금단 증상이 최대치로 돌아왔다. 나는 생각했다. '코데인을 마셔야 해.'

옷을 뒤졌다. 아무것도 없었다. 담배 한 개비도, 동전 한 닢도 없었다. 거실로 가서 소파 등받이와 시트가 만나는 곳에 손을 넣고 쭉 훑었다. 빗, 분필, 부러진 연필, 10센타보[32]짜리 동전, 5센타보짜리 동전. 끔찍한 통증에 놀라서 손을 뺐다. 깊이 베인 손가락에서 피가 흘렀다. 면도칼이 틀림없었다. 나는 수건을 찢어서 손가락에 감았다. 피는 수건을 다 적시고 바닥에 뚝뚝 떨어졌다. 아내에게 나가서 돈을 빌려오라고 시켰다. 아내가 말했다. "손을 안 벌렸던 사람이 없어. 어쨌거나 한번 빌려 볼게." 나는 침대로 돌아갔다. 잠을 잘 수 없었다. 책을 읽을 수도 없었다. 마약이 중독자의 세포에 수여한 금욕주의에 따라서, 가만히 누운 채 천장만 바라보았다.

성냥갑이 문을 지나서 욕실로 날아갔다. 나는 윗몸을 일으켰다. 심장이 쿵쾅거렸다. '늙은이 아이크다! 마약상이다!' 아이크는 종종 우리 집에 몰래 들어와서 물건을 던지거나 벽을 똑

<hr>

184

똑 두드려서 폴터가이스트[33]처럼 자신의 존재를 알리곤 했다. 늙은이 아이크가 문가에 나타났다.

아이크가 물었다. "어떻게 지내?"

"별로 좋지 않아. 몸이 떨려. 주사를 맞아야 해."

아이크가 고개를 끄덕였다. "그래. 몸이 떨릴 때는 모르핀이 제격이지. 내가 미네아폴리스에 있을 때……."

"미네아폴리스 얘기는 됐어. 약 있어?"

"있긴 한데, 지금 갖고 있지는 않아. 이십 분이면 가져올 수 있어." 늙은이 아이크는 잡지를 뒤적이며 의자에 앉아 있었다. 나를 올려다보았다. "왜? 필요해?"

"그래."

"금방 가져올게." 아이크는 두 시간 동안 나타나지 않았다.

"호텔 금고를 열어야 하는데 직원이 점심을 먹으러 갔어. 기다릴 수밖에. 아무한테도 걸리지 않도록 금고에 약을 두거든. 호텔 사람들에게는 금가루라고 말하……."

"어쨌든 가져왔지?"

"그래, 가져왔어. 도구들은 어디 있어?"

"욕실."

아이크가 욕실에서 도구를 가져온 다음 약을 녹이기 시작했다. 아이크는 입을 쉬지 않았다. "넌 술을 마시고 미쳐 가고 있어. 네가 약을 끊고 더 나쁜 것에 빠지는 게 보기 싫어. 약을 끊은 사람은 나도 많이 알지. 대부분은 루피타한테서 약을 못

33   이상한 소리를 내거나 물체를 움직이는 유령을 말한다.

사서 끊어. 봉지 하나에 15페소인데 세 봉지는 써야 효과를 봐.
약을 끊자마자 술을 마시기 시작하지. 그러면 두세 해도 못 넘
기고 죽어.”

내가 말했다. “주사나 놓자.”

“그래, 잠깐만. 바늘이 막혔어.” 아이크는 코트 라펠 가장
자리를 손가락으로 더듬으며 바늘구멍을 뚫을 말총을 찾기 시
작했다. 아이크가 말을 계속했다. “메리아일랜드 근처로 나간
적이 있어. 배에 있었는데 대령이 취해서 물에 빠졌어. 권총 두
자루랑 같이 물에 빠져 죽기 직전이었어. 물에서 건지느라 다
들 죽을힘을 썼어.” 아이크가 바늘을 입으로 불었다. “이제 깨
끗해졌네. 루피타 가게 근처에서 약을 하던 놈이 있어. 별명이
‘엘 솜브레로(El Sombrero)’[34]였어. 사람들 모자를 날치기해서
붙은 별명이야. 전차가 출발하기 직전에 전차 옆에 나타나 손
을 뻗어서 모자를 잡고, 휙 사라져. 지금 그놈 꼴을 봐야 해. 다
리가 퉁퉁 부어서 고름이랑 흙으로 뒤덮여 있어. 사람들이 그
놈 옆을 지나가면서 이래. 세상에 맙소사!” 아이크는 한 손에
점안기를, 다른 한 손에 주삿바늘을 들고 서 있었다.

내가 말했다. “주사는 어떻게 됐어?”

“알았어. 얼마나 원해? 50밀리그램쯤? 50이 좋겠다.”

주사 효과가 발휘되기까지는 한참이 걸렸다. 처음에는 서
서히 느껴졌다가 점점 강해졌다. 나는 따뜻한 욕조 안에 있는
듯 침대에 누웠다.

34　‘El Sombrero’는 ‘그 모자’라는 의미다.

* * *

계속 술을 마셨다. 며칠 뒤, 십아호이에서 여덟 시간 동안 계속 테킬라를 마신 후 정신을 잃었다. 친구들에게 실려서 집으로 왔다. 이튿날 아침, 평생 겪어 보지 못한 심한 숙취에 시달렸다. 십 분 간격으로 토하기 시작해서 녹색 담즙이 나올 때까지 토했다.

그때 늙은이 아이크가 나타났다. "빌, 술을 끊어야 해. 넌 미쳐 가고 있어."

그렇게 아픈 적은 처음이었다. 구역질이 발작처럼 내 몸을 괴롭혔다. 내가 얼마 나오지 않는 담즙을 변기에 토하는 동안 아이크가 나를 부축했다. 내 어깨에 팔을 두르고 나를 안아서 침대에 데려갔다. 오후 5시쯤, 구토가 멈췄다. 간신히 포도 주스 한 병과 우유 한 잔을 넘길 수 있었다.

내가 말했다. "지린내 같은 악취가 진동하네. 틀림없이 고양이가 침대 아래에 오줌을 눴어."

아이크가 침대 주변에서 쿵쿵대며 냄새를 맡기 시작했다. "아니, 아무것도 없어." 아이크는 내가 베개를 베고 누운 침대 머리맡 근처에서 코를 쿵쿵댔다. "빌, 지린내가 나는 건 너야!"

"뭐?" 나는 내 손의 냄새를 맡기 시작했다. 마치 나병을 발견한 듯 두려움이 점점 커졌다. 내가 말했다. "세상에!" 두려움에 간담이 서늘했다. "요독증에 걸렸어! 아이크, 나가서 의사 좀 데려와."

"알았어. 곧장 데려올게."

"5페소에 처방전을 쓰는 돌팔이는 안 돼!"

“알았어.”

가만히 누워서 두려움을 다스리려고 애썼다. 요독증에 대해서는 아는 바가 별로 없었다. 텍사스에서 대충 알고 지내던 여자가 맥주를 이 주 동안 낮이나 밤이나 한 시간에 한 병씩 마신 뒤에 요독증으로 죽었다. 롤린스에게서 그 얘기를 들었다. “온몸이 붓고, 꺼멓게 변했다고나 할까. 그러더니 경련을 일으키다가 죽었어. 집 안이 온통 오줌 냄새였어!”

마음을 편히 먹고, 내장에 주의를 기울이며 무엇이 문제인지 알아내려고 애썼다. 죽음이나 심각한 병의 징후는 느껴지지 않았다. 지치고, 피곤하고, 나른했다. 어두워지는 방 안에서 눈을 감고 가만히 누워 있었다.

늙은이 아이크가 의사와 함께 들어와서 불을 켰다. 아이크에게 처방전을 주는 중국 의사였다. 소변을 볼 수도 있고 두통도 없으니 요독증일 리는 없다고 말했다.

내가 물었다. “몸에서 왜 이렇게 악취가 나요?”

의사가 어깨를 으쓱했다. 아이크가 말했다. “전혀 심각한 일이 아니래. 술을 끊어야 한대. 이렇게 술을 마시느니 다른 걸로 돌아가는 게 낫대.” 의사가 고개를 끄덕였다. 거실로 나간 아이크가 의사에게 모르핀 처방전을 사는 소리가 들렸다.

“아이크, 저 의사는 아는 게 하나도 없는 것 같아. 부탁할 게 있어. 내 친구 롤린스를 찾아가. 주소는 내가 줄게. 가서 우리 집으로 좋은 의사를 보내라고 말해. 롤린스는 아내가 계속 아프니까 좋은 의사를 알겠지.”

아이크가 말했다. “그래, 알았어. 그렇지만 돈 낭비 같아. 아까 그 의사도 꽤 실력 있어.”

“그래, 처방전을 아주 잘 쓰지.”

아이크가 웃으며 어깨를 으쓱했다. “알았어.”

한 시간 뒤, 아이크가 돌아왔다. 롤린스와 새로운 의사도 함께 왔다. 의사는 아파트로 들어서면서 냄새를 맡고 미소를 지은 뒤, 롤린스를 보며 고개를 끄덕였다. 미소를 띤 둥근 동양인 얼굴이었다. 나를 간단히 진찰하고 소변을 볼 수 있는지 물었다. 그러고는 아이크를 보며, 내가 발작을 잘 일으키는지 물었다.

아이크가 나에게 말했다. “네가 완전히 미쳤는지 물어보네. 내가 대답했지. 아니, 가끔 고양이랑 노는 게 전부라고.”

롤린스는 단어 하나하나를 확인하면서 더듬더듬 스페인어로 말했다. “이 사람에게 아주 나쁜 냄새가 나서 그 이유가 알고 싶답니다.(Esto señor huele muy malo and quiere saber por qué.)”

의사는 요독증 초기지만 고비는 넘겼다고 설명했다. 한 달 동안 술을 끊어야 한다고 했다. 의사는 빈 테킬라 병을 집었다. “한 병만 더 마시면 죽습니다.” 의사는 도구를 정리하고 있었다. 몇 시간마다 먹으라면서 제산제 처방전을 주고, 나와 아이크와 악수를 나눈 뒤 나갔다.

이튿날, 쇠고기를 먹었다. 눈에 보이는 것은 뭐든 먹었다. 사흘 동안 침대에 머물렀다. 알코올에 맞춰진 신진대사는 활동을 멈췄다. 다시 술을 마시기 시작했을 때는 정상적으로 마시고, 어두워지기 전에는 절대 마시지 않았다. 나는 약에서 벗어났다.

당시 미군 대학생들은 낮에는 롤라스에서, 밤에는 십아호이에서 술값을 썼다. 롤라스는 엄밀히 말하자면 술집이 아니었다. 맥주와 소다수를 파는 작은 상점이었다. 안으로 들어가면 문 왼쪽에 맥주와 소다수와 얼음이 가득 든 상자가 있었다. 한쪽에 놓인 카운터는 주크박스가 있는 곳까지 길게 이어져 있고, 번드르르한 노란색 인조 가죽을 씌운 철제 스툴이 카운터를 따라 쭉 놓여 있었다. 테이블은 카운터 반대편 벽에 줄지어 있었다. 스툴 의자 다리 밑에 씌운 고무가 닳은 지 오래여서 종업원이 청소하려고 스툴을 밀면 바닥을 긁는 끔찍한 소리가 났다. 안쪽에 있는 주방에서는 무성의한 요리사가 산패한 기름에 무엇이든 튀겼다. 롤라스에는 과거도 없고 미래도 없었다. 그곳은 대합실이었다.

나는 롤라스에 앉아서 신문을 읽고 있었다. 잠시 후 신문을 내려놓고 주위를 둘러보았다. 옆 테이블에서 누가 전두엽 절제술에 대해서 이야기하고 있었다. "신경을 절단해." 다른 테이블에서는 두 젊은이가 멕시코 여자들에게 시시덕거리려고 했다. "내 친구는 정말, 정말…….(Mi amigo es muy, muy…….)" 젊은이는 단어를 떠올리고 있었다. 여자들이 낄낄거렸다. 대화들은 악몽처럼 밋밋했다. 금속 파이프 의자들에 던져진 말하는 주사위. 산산이 흩어져서 무한한 공허가 되는 인간 군상. 병치 외에 어떤 관계도 불가능하며 모든 것이 보이는 그대로일 뿐인 죽어 가는 우주에서 벌어지는 임의의 사건들.

약을 멀리한 지 두 달이 지났다. 약을 끊으면 모든 것이 납작하게 느껴진다. 그러나 기억난다. 주사 일정, 약으로 자신이 정지되는 공포, 하루 세 번 팔로 빠져나가는 삶. 매번 딱 그만큼 이다.

나는 옆 테이블에서 신문 만화 면을 집었다. 이틀 전 신문이었다. 내려놓았다. 할 일이 없었다. 갈 곳도 없었다. 아내는 아이들과 아카풀코에 있었다. 아파트로 돌아가다가 한 블록 떨어진 곳에 있는 늙은이 아이크를 발견했다.

시야에만 들어오면 아무리 멀리 있어도 알아볼 수 있는 사람이 있고, 손 닿을 만큼 가까이 와야 확실히 알아볼 수 있는 사람이 있다. 늙은이 아이크가 보이면 기뻐서 혈압이 올라갈 때도 있었다. 약에 빠져 있을 때에는 마약상이 연인처럼 느껴진다. 복도에 울리는 그 사람 특유의 발소리를, 그 사람 특유의 노크를 기다린다. 거리에서도 다가오는 얼굴들을 면밀히 살핀다. 환각 속에서 마약상의 모습이 생생하게 나타나기도 한다. 지금 문간에 서서 '실망시켜서 미안한데 약을 못 구했어.'라는 오래된 마약상의 농담을 던지고 있는 듯하다. 타인의 얼굴에서 희망과 불안의 춤을 지켜보며, 시혜의 권력, 주거나 주지 않는 권력의 기분을 음미하기. 그 뻔한 짓을 뉴올리언스의 팻은 늘 했다. 뉴욕의 빌 게인스도 그랬다. 늙은이 아이크는 아무것도 없다고 맹세하다가 내 주머니에 약봉지를 넣으며 "봐, 넌 조금이라도 없을 때가 없네."라고 말하곤 했다.

그러나 이제 나는 마약에서 벗어났다. 그래도 모르핀 한 방은 나중에 잠들기 전에 해도 좋지 않을까. 아니, 더 좋게는 코카인 반, 모르핀 반, 스피드볼. 아파트 문에서 아이크를 따라잡

왔다. 아이크의 어깨에 손을 얹자 아이크가 몸을 돌렸다. 아이크는 나를 알아보고 이 빠진, 노파 같은, 중독자 얼굴에 함박웃음을 지었다.

아이크가 말했다. "안녕."

"정말 오랜만이네. 어디 있었어?"

아이크가 웃었다. "빵깐에 있었어. 어쨌든 너는 약을 끊었는데 내가 찾아갈 수는 없지. 완전히 끊었어?"

"그래. 끊었어."

늙은이 아이크가 씩 웃었다. "그럼 주사는 안 찾겠네?"

"글쎄……." 동침하던 사람을 만났는데 갑자기 흥분되고 둘 다 다시 동침하게 되리라고 느끼는 것 같은, 누구나 알 만한 흥분을 살짝 느꼈다.

아이크는 변명하는 듯한 몸짓을 지었다. "지금 100밀리그램쯤 있어. 내가 효과를 느끼기엔 어림없이 적지. 코카인도 조금 있어."

내가 말했다. "들어와."

나는 문을 열었다. 아파트는 어둡고 곰팡내가 났다. 옷, 책, 신문, 더러운 그릇과 잔들이 의자와 탁자들과 더러운 바닥에 흩어져 있었다. 나는 추레한 소파에서 잡지 더미를 치웠다.

내가 말했다. "앉아. 약은 지금 갖고 있어?"

"당연하지. 내가 몰래 숨겼지." 아이크가 바지 단추를 끄르고 사각형 봉지를 꺼냈다. 마약 봉지는 한쪽 끝을 다른 쪽 끝에 딱 맞춰 접는다. 봉지 안에는 더 작은 봉지가 역시 같은 방식으로 접혀 있다. 아이크는 탁자 위에 봉지들을 놓은 뒤, 그 옅은 갈색 눈으로 나를 지켜보았다. 치아가 없는 입을 굳게 다물고 있어서 입술을 꿰매 놓은 듯했다.

나는 욕실로 가서 도구를 가져왔다. 바늘, 점안기, 솜. 주방 개수대에 쌓인 더러운 그릇더미에서 티스푼 하나를 빼냈다. 늙은이 아이크는 종이를 길고 가늘게 찢어서 침을 적신 뒤 점안기 끝에 감고, 그렇게 종이로 만든 관에 바늘을 끼웠다. 봉지 하나를 열었다. 파라핀지의 탄성 때문에 내용물이 날리지 않도록 조심했다.

아이크가 말했다. "코카인이야. 조심해. 약효가 세니까."

나는 모르핀이 든 봉지를 티스푼에 비우고 물을 조금 넣었다. 모르핀은 100밀리그램보다 40밀리그램에 가까웠다. 스푼 밑에 성냥불을 켜서 모르핀을 다 녹였다. 코카인은 녹이지 않는다. 나는 칼날 끝에 코카인을 조금 더했다. 코카인은 물에 닿은 눈송이처럼 금세 녹았다. 해진 넥타이를 팔에 동여맸다. 흥분으로 숨이 가빴다. 손이 떨렸다.

"아이크, 나한테 주사 놔 줘."

늙은이 아이크는 엄지와 다른 손가락들로 점안기를 잡은 채 손가락 하나로 내 혈관을 살살 눌렀다. 아이크는 능숙했다. 나는 바늘이 혈관으로 들어오는지도 잘 몰랐다. 검붉은 피가 점안기로 솟구쳤다.

아이크가 말했다. "됐어. 풀어."

나는 넥타이를 풀었다. 점안기가 내 혈관으로 비워졌다. 코카인이 머리를 때렸다. 쾌락의 어지러움과 긴장. 한편 모르핀의 나른한 물결도 온몸에 퍼졌다.

아이크가 씩 웃으며 물었다. "괜찮았어?"

내가 말했다. "신이 더 좋은 걸 만들었다면 신 혼자만 즐겼을걸.”

아이크가 바늘에 물을 통과시켜 뿜어서 바늘을 씻었다. 아이크가 실없이 말했다. “자, 저 위에서 이름이 불리면 우리는 그곳에 가리라.”[35]

나는 소파에 앉아서 담배에 불을 붙였다. 늙은이 아이크는 차를 만들려고 주방에 갔다. 아이크는 끝없는 검정개자식 이야기를 또 늘어놓기 시작했다. “검정개자식이 이제 세 놈한테 약을 팔고 있어. 세 놈 모두 소매치기고, 시장에서 꽤 수입을 올리고 있어. 경찰한테 뇌물도 줘. 검정개자식은 40밀리그램쯤 되는 약을 15페소에 팔아. 이제 돈을 잘 버니까 나한테 말도 안 걸어. 더러운 개자식. 두고 봐, 한 달도 못 갈걸. 그놈한테 약을 사는 누구라도 일단 경찰에 잡히기만 하면 그 자리에서 불어! 탁!” 아이크가 주방 문으로 나와서 손가락을 튕겼다. “한 달도 못 가.” 치아가 없는 아이크의 입이 증오로 일그러졌다.

* * *

내가 보석으로 풀려나서 미국을 떠났을 때, 이미 마약 단속의 열기는 새롭고 특별해 보였다. 국가적인 집단 히스테리의

35　한국어 제목은 대개 ‘하나님의 나팔 소리’로 통하는 찬송가 「When the Roll Is Called Up Yonder」의 가사. 이 곡의 가사는 「데살로니가전서」 4장 16절을 참조했으며, 원래 가사는 “나는 그곳에 가리라.”이지만 아이크가 ‘나는’을 ‘우리는’으로 바꿨다.

증세가 분명히 드러났다. 루이지애나주에서는 마약 중독을 범죄로 취급하는 법률이 통과됐다. 장소와 시각이 명시되지 않고 '중독'이라는 용어도 명확히 정의되지 않았으므로, 그렇게 만들어진 법 아래에서는 증거가 필요 없고 증거가 있어야 할 의미도 없다. 증거가 없으니 따라서 재판도 없다. 개인의 인권을 침해하는 공안 정국의 규제다. 다른 주들도 루이지애나주를 따라 하고 있었다. 마약에 대한 악감정이 편집증 같은 집착으로 치솟았다. 마치 나치 치하의 반유대주의 같았다. 내가 유죄 판결에서 벗어날 확률은 날마다 줄어들었다. 그래서 나는 보석 중에 달아나서 영원히 미국을 떠나서 살기로 마음먹었다.

나는 안전한 멕시코에서 미국의 마약 반대 캠페인을 지켜보았다. 아동 중독자들이 있으며 상원 의원들은 마약상들에게 사형을 요구한다는 기사를 읽었다. 앞뒤가 맞지 않았다. 어린 아이들을 고객으로 삼을 사람이 있을까? 아이들은 돈이 충분할 리 없고, 경찰의 심문에 술술 분다. 자기 아이가 마약을 하면 부모는 경찰에 달려간다. 미국에 있는 마약상들이 바보가 된 게 아니라면, 아동 중독자들이 생겼다는 이야기는 마약 반대 정서를 휘저어 새로운 법을 통과시키려는 프로파간다 계략이다.

법을 피해서 도망치는 중독쟁이들이 멕시코로 흘러들었다. '캘리포니아의 부랑자와 중독자 법령 아래에서 바늘 자국으로 6월 형', '워싱턴에서 점안기 사용으로 8년 형', '뉴욕에서 약을 밀매매한 혐의로 2년 10월 형'. 젊은 중독자들이 매일 우리 집에 들러서 대마초를 피웠다.

트럼펫을 연주하는 음악가 캐시도 있었다. 전형적인 미국 청년 포스터의 모델을 해도 될 만한 다부진 체격의 말쑥한 금발 청년 피트도 있었다. 아내와 세 아이가 있는, 보통 미국 젊은이로 보이는 조니 화이트도 있었다. 이탈리아 혈통의 피부색 짙고 잘생긴 청년 마틴도 있었다. 주트 슈트를 입은 사람[36]은 없었다. 중독자들은 지하로 숨었다.

　나는 새 마약 은어를 배웠다. '팟(pot)'은 대마초를, '트위스티드(twisted)'는 가택 수색을 뜻하며, '쿨(cool)'은 다용도 단어로, 마음에 드는 물건이나 법에 걸리지 않을 상황이라면 뭐든 가리킨다. 반대로 마음에 들지 않는 것은 뭐든 '언쿨(uncool)'이다. 나는 이 사람들의 이야기를 들은 뒤 미국의 상황을 머릿속에 그릴 수 있었다. 누가 누구인지 혹은 자신이 어디에 있는지 전혀 알 수 없는, 완전히 대혼란에 빠진 나라. 오래된 중독자들은 나에게 말했다. "팔에 주사를 맞는 사람은 일단 연방 요원은 아니야."

　그 말은 이제 사실과 달랐다. 마틴이 나에게 말했다. "어떤 놈이 갑자기 나타나더니 금단 증상으로 아프대요. 그놈은 샌프란시스코에 있는 우리 친구들 이름도 알고 있었어요. 그래서 다른 두 친구가 헤로인을 줬고, 셋이 일주일 동안 헤로인을 했어요. 그다음에 다 붙잡혔어요. 저는 안 걸렸어요. 그놈이랑 안 친했고 그때는 헤로인을 안 했거든요. 붙잡힌 두 친구의 변호사가 알아냈는데 그놈이 마약반 연방 수사관이었대요. 수사관요. *끄나풀*이 아니라. 그놈 이름도 알아냈어요."

<hr>

36　주트 슈트는 1940~1950년대에 멕시코계 미국인 젊은이들 사이에서 유행한, 황마 소재에 어깨를 강조한 긴 상의며, 멕시코계 미국 청년들의 하위문화를 상징하기도 한다.

캐시는 둘이 같이 약을 하다가 한 사람이 배지를 꺼낸 일을 들려주었다.

캐시가 말했다. "그걸 어떻게 이겨요? 그놈들이 중독쟁이라니까요. 아저씨나 저 같은 사람들인데 작은 차이가 하나 있는 거예요. 미국 정부를 위해서 일하는 거."

이제 마약 수사국은 미국에 있는 중독자를 모두 감금하려고 혈안이 됐고, 그 일에 수사관이 더 필요했다. 수사관이 더 필요한 것은 물론이고 다른 유형의 수사관이 필요했다. 금주법 시대에 국세청에는 부랑자와 건달 들이 넘쳤던 것처럼, 이제 중독자인 수사관들이 공짜 약과 면책을 얻으려고 마약반에 들어갔다. 중독을 가짜로 연기하기는 어렵다. 중독자는 중독자를 알아본다. 중독자인 수사관들은 자신의 중독 사실을 감추는 데 성공했는지도, 아니 어쩌면 성과가 있으니 위에서 눈감아 주는지도 모른다. 마약상을 찾지 않으면 금단 증상을 겪을 수사관이라면 자기 일에 유별난 열의를 보일 수밖에 없다.

트럼펫 주자 캐시는 반년째 부랑자이자 중독자로 살고 있었다. 비죽비죽한 염소수염을 기르고 짙은 선글라스를 낀, 키가 크고 마른 젊은이였다. 두꺼운 크레이프 가죽 창을 댄 신발을 신고, 값비싼 낙타털 셔츠와 앞을 벨트로 묶는 가죽 재킷을 입었다. 입고 있는 옷만 해도 100달러는 족히 나갔다. 어머니에게 재산이 좀 있어서 캐시는 그 돈을 쓰고 있었다. 내가 캐시를 만났을 때는 돈이 다 떨어져 갈 즈음이었다. 캐시는 나에게 말했다. "여자들이 나한테 붙어요. 나는 여자들은 신경 안 써요. 정말 나를 흥분시키는 건 트럼펫 연주뿐이죠."

캐시는 약에 있어서는 확실히 빈대였다. 캐시가 부탁하면 거절하기 힘들었다. 나에게 돈을 조금, 가져간 약값에 훨씬 못 미치는 액수로 빌려준 뒤, 가진 돈을 전부 나에게 줘서 코데인을 살 돈도 없다고 말하곤 했다. 캐시는 약을 끊는 중이라고 말했다. 캐시가 멕시코에 도착했을 때 내가 준 모르핀 30밀리그램에 의식을 잃기도 했다. 요즘 미국에서는 한 번 사용할 양을 줄여서 파는 것 같다.

그 뒤로 캐시는 매일 들러서 '반만' 달라고 했다. 아니면 늙은이 아이크에게 약을 구걸했다. 아이크는 금단 증상에 시달리는 사람이면 누구라도 거절하지 못했다. 나는 늙은이 아이크에게 캐시를 모른체하라고 말하고, 캐시에게는 내가 마약 거래를 하는 사람이 아니라고 말했다. 시내를 떠난 친구들이 금단 증상에 빠진 때 같은 비상시를 대비해서 약간 갖추고 있는 것뿐이며 늙은이 아이크도 마약 거래를 하는 사람이 아니라고 했다. 돈을 받지 못하니 거래를 하는 건 확실히 아니다. 간단히 말해서 우리는 중독자 자선 단체가 아니었다. 그 뒤로 캐시는 눈에 띄지 않았다.

* * *

페요테가 미국에서 새롭게 인기를 끌고 있다. 해리슨 법[37]에 규정되지 않아서 허브 상인에게서 우편 주문으로 구입할 수

---

37   마약을 규제하는 미국의 연방 법이다.

있다. 나는 페요테를 먹어 본 적이 없어서, 조니 화이트에게 멕시코에서 페요테를 구할 수 없냐고 물었다.

조니 화이트가 말했다. "구할 수 있죠. 여기 허브 상인이 페요테를 팔아요. 우리더러 다 와서 같이 페요테를 먹자고 했어요. 같이 가고 싶으면 가요. 저는 그 허브 상인이 파는 것들 중에 미국으로 가져가서 팔 만한 게 있는지 알아보려고요."

"페요테를 가져가지?"

"보관이 안 돼요. 며칠만 지나도 썩거나 바싹 말라서 약효가 없어져요." 우리는 허브 상인 집으로 갔다. 허브 상인은 페요테와 강판과 찻주전자를 내왔다.

페요테는 작은 선인장으로, 땅 위에 솟은 윗부분만 먹는다. 그 윗부분을 버튼이라고 부른다. 버튼은 껍질과 잔털을 벗긴 뒤 강판에 갈아 아보카도 샐러드 같은 형태로 만든다. 초보자는 대개 버튼 네 개를 먹으면 된다.

우리는 홍차로 페요테를 삼켰다. 나는 대여섯 번 목이 멜 뻔했다. 마침내 다 넘긴 뒤 가만히 앉아서 약효가 나타나기를 기다렸다. 허브 상인이 나무껍질을 가져와서 아편과 비슷하다고 말했다. 조니가 나무껍질을 종이에 말아 궐련처럼 만든 뒤 쭉 돌렸다. 피트와 조니가 말했다. "죽이네! 최고야."

나도 조금 피웠는데, 약간 어지럽고 목이 아팠다. 그러나 조니는 약이 절실한 미국 중독자들에게 판매할 요량으로 그 냄새 고약한 나무껍질을 샀다.

십 분이 지나자 페요테 때문에 메스껍기 시작했다. 모두가 나에게 말했다. "꾹 눌러 참아요." 십 분을 더 참았다가 백기를 들고 화장실로 갔다. 그러나 토할 수도 없었다. 격렬한 경련이 일어서 온몸이 뒤틀렸지만 페요테는 나오지 않았다. 그렇다고 몸에 그대로 들어 있지도 않았다.

마침내 페요테가 털 뭉치처럼 굳어서 나왔다. 딱딱하게 굳은 채 거꾸로 올라와서 목이 꽉 막혔다. 평생 못 느껴 본 끔찍한 경험이었다. 그 뒤로 약효가 서서히 나타났다.

페요테는 벤제드린과 약효가 비슷하다. 잠이 오지 않고, 동공이 팽창된다. 모든 것이 페요테 선인장처럼 보인다. 나는 화이트 형제와 캐시와 피트와 함께 차에 타고 있었다. 로마스에 있는 캐시의 집으로 가는 길이었다. 조니가 말했다. "길가에 있는 저 은행을 봐. 페요테 선인장처럼 보여."

나는 '무슨 빌어먹을 소리야. 사람들은 뭐든 맘대로 믿는다니까.'라고 생각하며 고개를 돌려서 은행을 보았다. 그런데 은행이 정말 페요테 선인장 같았다. 눈에 보이는 것 전부 페요테 선인장 같았다.

내분비선에 미친 약의 영향으로, 눈 아래쪽으로 얼굴이 붓고 입술이 부풀었다. 정말이지 인디언 모습이었다. 같이 있는 사람들은 원시적으로 변해서 풀밭에 누워 있는 기분이라고 말하며, 자기들 딴에는 인디언이 할 법하다고 생각한 행동을 했다. 나는 벤제드린을 했을 때와 비슷하게 취한 것을 빼면 평소와 다를 바 없었다.

우리는 밤새 캐시의 음반들을 들었다. 캐시는 페요테로 약을 끊은 샌프란시스코 사람들 이야기를 나에게 들려주었다. "페요테를 시작한 뒤부터 약을 찾지 않은 것 같아요." 샌프란시스코에서 멕시코로 온 어느 중독자가 인디언들과 페요테를 먹기 시작했다. 늘 한 번에 많은 양을 먹었고, 열두 개를 먹은 때도 있었다. 그 중독자는 병으로 죽었는데, 의사는 소아마비라고 진단했다. 페요테 중독과 소아마비의 증세가 똑같은 것은 나도 동감한다.

이튿날 동이 틀 때까지 잠을 잘 수 없었다. 그다음에는 잠깐씩 졸았는데, 그때마다 악몽을 꿨다. 어느 꿈에서는 내가 광견병에 걸렸다. 거울을 보자 얼굴이 변하고 울부짖기 시작했다. 다른 꿈에서는 엽록소 중독에 빠졌다. 나를 비롯한 대여섯 명이 엽록소 중독자가 되어 싸구려 멕시코 호텔 앞 계단에서 마약상이 오기를 기다리고 있다. 우리는 녹색으로 변하고, 아무도 엽록소 중독에서 벗어나지 못한다. 단 한 번 주사로 삶을 모두 내맡기게 된다. 우리는 식물로 변하고 있다.

* * *

중독된 젊은이들은 기력이, 삶의 자연스러운 즐거움이 결여돼 보인다. 대마초나 마약 이야기만 코카인 주사처럼 이 젊은이들에게 활력을 준다. 이들은 폴짝폴짝 뛰면서 말한다. "굉장해! 죽이네! 야, 얼른 들어! 취하자." 그러나 주사를 맞은 뒤에는 다시 젖병을 가져다줄 삶을 기다리며 체념한 아기처럼 의자에 널부러졌다.

이 젊은이들의 관심사는 아주 한정돼 있었다. 특히 섹스에는 우리 세대보다 관심이 덜한 듯했다. 섹스에서는 전혀 쾌감을 얻을 수 없다고 말하는 이들도 있다. 나는 어떤 젊은이를 쭉 지켜보면서 여자에게 무관심한 것을 보고 그 젊은이가 퀴어라고 믿었으나, 나중에 보니 동성애자가 전혀 아니며 섹스라는 주제 자체에 아예 관심이 없을 뿐임을 발견한 적도 많다.

* * *

빌 게인스가 백기를 들고 멕시코로 왔다. 나는 공항에서 게인스를 만났다. 게인스는 헤로인과 넴부탈에 잔뜩 취해 있었다. 바지가 핏자국으로 얼룩졌다. 비행기에서 옷핀으로 약을 맞은 자리에 생긴 핏자국이었다. 핀으로 몸에 구멍을 낸 뒤, 점안기를 구멍 위(안이 아니라)에 대면, 용액이 몸으로 들어간다. 이 방법을 쓰면 바늘이 필요 없다. 하지만 오래된 중독자라야 제대로 할 수 있다. 용액을 넣을 때 정확히 알맞은 압력을 가해야 한다. 나도 시도한 적이 있는데, 약이 온통 옆으로 튀어서 다 없어졌다. 그러나 게인스가 자기 살갗에 구멍을 냈을 때, 그 구멍은 약을 기다리며 벌어져 있었다.

빌 게인스는 오래된 중독자였다. 그 세계 사람들을 다 알고 있었다. 평판이 좋았고, 파는 사람만 있으면 언제까지나 약을 살 수 있었다. 이런 빌이 짐을 싸서 미국을 떠났으니 상황이 절박한 게 분명했다.

빌이 나에게 말했다. "나야 약은 당연히 살 수 있지. 그렇지만 미국에 있다가는 10년 형을 받을 판이야."

나는 빌과 함께 주사를 맞았다. 그리고 '누구에게 무슨 일이 있었나' 하는 장광설이 시작되었다.

"늙은이 바트는 롱아일랜드에서 죽었어. 벨보이 루이는

감옥에 갔어. 토니와 닉도 감옥에 갔고. 허먼은 가석방이 안 됐어. 절름발이는 5년 10월 형을 받았어. 웨이터 마빈은 약물 과용으로 죽었어.”

마빈이 주사를 맞을 때마다 기절했던 일이 떠올랐다. 싸구려 호텔 침대 위에 누운 마빈, 피로 가득한 채 유리 거머리처럼 혈관에 매달린 점안기, 입술 주위가 파랗게 질린 얼굴. 이런 광경이 눈에 선했다.

내가 물었다. “로이는 어떻게 됐어?”

“소식 못 들었어? 체포됐는데 맨해튼 교도소에서 목을 매고 자살했어.”

경찰이 로이에게 세 가지 혐의를 씌운 것 같다. 절도 두 건과 마약 사범 한 건. 경찰은 로이에게 오래된 마약상 에디 크럼프의 함정 수사를 도우면 혐의를 모두 취하하겠다고 약속했다. 에디는 잘 아는 사람하고만 거래했고, 에디와 로이는 잘 아는 사이였다. 경찰은 에디를 잡은 뒤 로이를 배신했다. 마약 혐의는 취하했지만 절도 혐의 두 건은 취하하지 않았다. 그래서 로이는 에디의 뒤를 이어 라이커스아일랜드에 수감될 처지였다. 에디는 이미 최대 형량인 무기 징역을 살고 있었다. 3년 하고도 5개월 6일. 로이는 라이커스아일랜드로 이감되기를 기다리던 맨해튼 교도소에서 목을 매고 자살했다.

로이는 늘 밀고꾼을 용납할 수 없다는 엄격한 입장을 취했다. 나에게 이렇게 말한 적도 있다. “밀고꾼이 어떻게 고개를 들고 살 수 있는지 모르겠어.”

나는 빌에게 어린이 중독자에 대해서 물었다. 빌은 고개를 끄덕이며 미소를 지었다. 음흉하고 심술궂은 미소였다. “그래,

렉싱턴은 이제 애들로 가득해."

* * *

나는 멕시코시티 오페라바에 있다가 내가 아는 어느 정치가와 우연히 마주쳤다. 정치가는 칼라에 냅킨을 끼우고 바에 서서 스테이크를 먹고 있었다. 입안 가득 음식을 문 채, 나에게 헤로인 28그램을 사는 데 관심을 보일 사람이 없느냐고 물었다.

내가 말했다. "있을지도 모르지. 값은?"

정치가가 말했다. "500달러를 받고 싶대."

빌 게인스에게 이야기하자 빌이 말했다. "좋아. 순수 헤로인에 가깝기만 하면 내가 사지. 그렇지만 보지 않고는 안 되지. 먼저 내가 그 약을 시험해 봐야 해."

그래서 나는 정치가와 약 시험 자리를 만들었고, 우리는 정치가의 사무실에 모였다. 정치가는 서랍에서 골무에 든 약을 꺼내서 책상 위, 45구경 권총 옆에 놓았다.

정치가가 말했다. "나는 이 약에 대해서 아무것도 몰라. 나는 코카인만 해."

나는 종이 위에 약을 조금 부었다. 내가 보기에는 좋은 헤로인이 아니었다. 잿빛이었다. 누가 주방 스토브 위에서 녹인 듯했다.

게인스가 주사를 맞았지만 이미 넴부탈과 모르핀에 많이 취한 상태여서 좋은지 나쁜지 판단할 수 없었다. 그래서 내가 주사를 맞고 게인스에게 말했다. "헤로인이 맞기는 해. 그런데 딱 제대로가 아니야."

그사이에 사람들이 사무실에 들락날락했다. 우리가 소매를 걷어붙이고 소파에 앉은 채 바늘로 혈관을 찾고 있어도 아무도 우리에게 신경을 쓰지 않았다. 멕시코 정치가의 사무실에서는 어떤 일이라도 일어날 수 있다.

어쨌든 빌은 헤로인을 샀고, 나는 다른 데로 가서 이튿날까지 빌을 만나지 않았다. 멕시코의 밝은 아침 11시, 빌은 내 침대 옆에 서 있었다. 암청색 오버코트를 걸친 빌은 시체처럼 창백했다. 빌의 어두운 남색 눈은 내가 본 어느 때보다 밝았고, 커튼을 친 방의 어둠 속에서 빛났다. 빌은 꼼짝 않고 서 있었다. 서툴게 정제한 헤로인 불순물이 빌의 머릿속에 나선균처럼 박혀 있었다.

빌이 물었다. "그냥 그렇게 침대에 누워 있을 셈이야? 화물이 이렇게 오고 있는데?"

내가 짜증스레 말했다. "뭐 어때? 여기는 빌어먹을 농장도 아냐…… 무슨 화물?"

빌이 말했다. "질 좋은 순수 모르핀." 그런 뒤에 신발, 코트, 모두 다 벗고 침대 위 내 옆으로 들어왔다.

내가 말했다. "이게 무슨 짓이야? 미쳤어?" 빌의 밝고 공허한 눈을 들여다본 뒤, 나는 빌이 정말 미쳤음을 깨달았다.

나는 빌을 제 방으로 데려간 뒤 남은 헤로인을 다 빼앗았다.

늙은이 아이크가 나타났다. 우리는 빌의 목구멍에 아편 팅크 10센티미터를 부었다. 그러자 빌은 '질 좋은 순수 모르핀 화물' 헛소리를 멈추고 잠들었다.

늙은이 아이크가 말했다. "죽을지도 모르겠군. 그러면 내가 죄를 뒤집어쓸지도 몰라."

내가 말했다. "만약에 죽으면 시체는 네가 치워. 잘 들어. 빌의 지갑에 현찰로 600달러가 있어. 그걸 멕시코 경관 놈이 가져가게 그냥 둘 수는 없지."

우리는 빌의 방을 온통 헤집으면서 지갑을 찾았지만 발견할 수 없었다. 빌이 누워 있는 매트리스 밑을 빼고 찾아보지 않은 곳이 없었다.

이튿날 빌은 새사람처럼 생생해졌지만 돈은 못 찾았다.

내가 말했다. "틀림없이 네가 숨겼어. 매트리스 아래를 봐."

빌이 매트리스를 뒤집자 지갑이 튀어나왔다. 빳빳한 지폐로 가득 차 있었다.

* * *

당시 나는 약에 빠져 있지 않았지만 완전히 약을 끊었다고는 결코 말할 수 없었다. 뜻밖의 순간들 때문이었다. 주위에 늘 대마초가 있었으며, 사람들은 내 집을 약을 하는 장소로 쓰고 있었다. 나는 기회를 이용하고 있었고 돈을 받지는 않았다. 이 상황에서 벗어나 남쪽으로 가야 할 때라고 결정했다.

약을 포기하는 것은 하나의 생활 방식을 포기하는 것이다. 나는 중독자들이 약을 끊고 술에 빠져서 몇 년 안에 결국 죽는 모습을 목격해 왔다. 한때 중독자였던 사람들 사이에서는 자살이 흔한 일이다. 중독자가 자기 의지로 약을 끊는 이유는 무엇일까? 그 질문의 답은 아무도 모른다. 약이 주는 피해와 공포를 신중하게 도표로 만들더라도 약을 끊겠다는 감정을 일으키지는 않는다. 약을 끊겠다는 결심은 세포의 결심이며, 일단 끊기로 결심하면 이전에 약을 멀리할 수 없는 것과 마찬가지로 약으로 영영 돌아갈 수 없다. 중독에서 돌아오면 오랫동안 멀리 떠나 있었던 사람처럼 세상이 다르게 보인다.

나는 아마존 상류에서 인디언들이 쓰는 '야헤'라는 약에 대해서 읽었다. 야헤는 텔레파시 감도를 높인다고 알려졌다. 어느 콜럼비아 과학자가 야헤에서 약을 추출하고 '텔레파신'이라고 명명했다.

나는 텔레파시가 진짜 존재한다는 사실을 경험을 통해 알고 있다. 그것을 다른 사람에게 증명할 생각은 없다. 텔레파시든 뭐든 마찬가지다. 나는 텔레파시에 대한 실용적인 지식을 원한다. 나는 어떤 관계에서나, 언어를 통하지 않고 직감과 감정의 차원에서 이루어지는 만남을 원한다. 다시 말해 텔레파시 만남을 원한다.

야헤에 관심을 가진 사람은 나뿐 아니다. 러시아인들은 노예 노동을 시험하는 데에 이 약을 사용하고 있다. 말 그대로 사고를 조종하고 자동 복종을 일으키기를 원한다. 근본적인 사기. 조작도 없고 거짓말도 없이, 그저 타인의 마음에 들어가서 명령을 내리기. 분명히 역효과를 부를 것이다. 텔레파시는 그 본성상 결코 일방적인 구조가 아니며 발신자와 수신자가 정해진 구조도 아니기 때문이다.

나는 콜럼비아로 내려가서 야헤를 구하기로 마음먹었다. 빌 게인스는 늙은이 아이크와 자리를 잡았다. 아내와 나는 결별했다. 나는 마약처럼 나를 좁히기보다 활짝 열어 줄, 다듬어지지 않은 약의 효과를 찾아서 남쪽으로 내려갈 준비가 됐다.

약의 효과는 특별한 각도에서 세상을 보는 것이다. 노화하고, 조심스러우며, 걱정 많고, 겁먹은 육신의 주장에서 일시적으로 벗어나는 자유다. 어쩌면 나는 내가 마약과 대마초와 코카인에서 찾고 있었던 것을 야헤에서 찾을지도 모른다. 야헤가 마지막 약이 될지도 모른다.

부록

부록

『정크』 최초 원고 28장

이 시기에 나는 빌헬름 라이히가 쓴『암 바이오파시』를 읽었다. 라이히는 생명을 전하(電荷)라고 말한다. 그리고 생명이 의지하는 충전된 입자를 '오르곤'이라고 부른다. 오르곤의 전하가 꺼지면 죽는다. 오르곤은 대기 어디에나 존재한다. 생물에도 무생물에도 있다. 오르곤 막이 지구를 둘러싸고, 오르곤이 햇빛을 충전한다. 오르곤은 푸른빛을 발산한다.

철학자들은 예전부터 '생명력'과 '우주 에너지'를 이야기해 왔다. 그러나 라이히의 오르곤은 측정할 수도, 농축할 수도, 사용할 수도 있는 무한 에너지다. 라이히는 오르곤 요법으로 암을 비롯한 '바이오파시'를 치료한 임상 결과가 있다고 주장한다. '암 바이오파시'란 암 증세가 나타나기 훨씬 전부터 고정된 암 환경을 뜻한다. 라이히는 실험을 통해 오르곤이 유기물에 흡수되고 보존되지만 금속은 자유롭게 통과하는 것을 발견했고, 그 발견을 기초로 오르곤을 농축하는 방법을 고안했다. 라이히는 바깥쪽에 유기물을 쓰고 안쪽은 철을 덧댄 상자를 만들었다. 바깥쪽 유기물층에 잡혀서 흡수된 오르곤은 철제층을 자유롭게 통과해서 상자 안으로 들어간다. 상자 안의 오르곤은 금속층 뒤에 있는 유기물층 때문에 밖으로 나가는 게 더디다.

오르곤들이 상자 안으로 들어오는 속도보다 밖으로 나가는 속도가 느리기 때문에 상자 안에는 오르곤이 농축된다. 라이히는 이 상자를 축적 장치라고 부른다. 오르곤 요법을 위해 고안된 축적 장치는 오르곤을 더 농축할 수 있도록 금속을 덧댄 유기물을 여러 층 더해서 만든다. 사우나 캐비닛처럼 생겨서 환자가 상자 안에 앉을 수 있다.

암은 살아 있는 인체에서 상한 세포다. 마약 금단 증상은 마약에 의존하는 세포들이 죽고 대체될 때 나타난다. 암은 때이른 사망 과정이다. 암 환자는 몸이 줄어든다. 금단 증상을 앓는 중독자도 몸이 줄어든다. 나는 사흘에 7킬로그램이 줄었다. 그래서 나는 축적 장치로 암을 치료한다면 마약 금단 증상의 후유증도 치료할 수 있겠다고 생각했다.

축적 장치는 뉴욕에 있는 오르곤 연구소에서 만든다. 축적 장치를 판매하거나 대여하지는 않는다. 오르곤 연구소에 매달 10달러를 기부하면 사용할 수 있다. 나는 석 달 치 기부금을 선납하고 축적 장치를 빨리 이용하게 해 달라고 요구했다. 연구소에서 세 가지 서류 양식이 왔다. 내용을 기입하고 서명해야 했다. 하나는 어떤 일이 벌어져도 연구소에 아무 책임도 묻지 않는다는 서약서다. 내 축적 장치 이용권을 다른 사람에게 양도하지 않을 것이며, 다른 누가 축적 장치를 만드는 것을 보면 연구소에 신고하겠다고 약속하는 증서도 있었다. 내가 어떤 병을 앓고 있으며 왜 축적 장치가 필요한지 의사의 소견을 적는 칸도 있었고, 그 내용은 의문스러웠다. 나는 의사에게 오르곤에 대해서 설명하고 싶지 않았다. 그랬다가는 의사가 나를 미치광이로 여길 것이다. 게다가 오르곤 사람들의 표현도 못마땅했다. 장치를 대여하면서 왜 '기부'라고 말하나? 서약서도 어이 없었다. 그래서 나는 내 돈을 반환하라는 편지와 함께 양식을 돌려보냈다.

나는 금속판과 목재와 암면을 샀다. 조그만 야외 화장실 같은 모양과 크기로 축적 장치를 만들었다. 오르곤을 모두 모을 수 있게 바깥에 지었다.(이동식은 아니었다.) 몇 년 동안 계속 마약을 써 왔기 때문에 나는 안으로 숨어드는 습성을 지니게 됐다. 축적 장치 안으로 들어가서 앉자 특이한 정적을 느꼈다. 때로 깊은 숲속에서 때로 도시 거리에서 느끼는, 소리라기보다 리듬 있는 떨림에 가까운 윙 소리. 피부가 따끔거렸다. 질 좋고 약효 센 대마초와 비슷한 최음제 효과를 경험했다. 오르곤이 전기 같은, 어떤 힘인 것은 의심의 여지 없이 확실했다. 축적 장치를 일주일쯤 사용한 뒤 기운이 정상으로 돌아왔다. 음식을 먹기 시작했고, 여덟 시간 이상은 잘 수 없었다. 중독 치료 후의 피로에서 벗어났다. 알레르기, 쇼크, 항히스타민 약물에 대해 내가 할 수 있는 바를 알아보려고 약학 책을 몇 권 샀다.

금단 증상은 알레르기 증상이다. 재채기, 기침, 눈물과 콧물, 구토, 설사, 두드러기. 심한 금단 증상은 쇼크 증상이다. 저혈압, 체액 감소, 사망 과정처럼 줄어드는 신체, 쇠약, 불수의적 오르가슴, 순환계 붕괴로 말미암은 사망. 중독자가 마약 금단 증상으로 죽으면 알레르기 쇼크로 죽은 것이다.

모든 쇼크 증상은 히스타민 과다로 야기될 수 있다. 히스타민은 몸에 상처가 생기면 그 자리의 세포에서 만들어진다. 히스타민은 혈관을 확장해서 상처 입은 곳에 혈액이 더 공급되게 만든다. 혈관이 확장되면 혈관 벽이 늘어나서 얇아지고 구멍이 많아진다. 그래서 체액이 빠져나간다. 혈액 손실은 저혈압을 낳는다. 히스타민 과다는 심한 부상을 당했을 때처럼 저혈압과 쇼크를 낳는다. 아드레날린은 히스타민 과다에 대항한 신체 방어다. 항히스타민제가 나오기 전까지 아드레날린은 유일한 히스타민 해독제였다.

대부분의 동물이 실험 환경 속에서 마약에 중독되어 왔다. 열흘쯤 주사를 맞은 뒤, 주사기를 보면 음식을 보듯 반응한다. 주사를 맞으려고 달려오는 것이다. 투약을 멈추면 동물은 금단 증상을 보인다. 동물에게 이런 증세를 만드는 약물, 즉 동물이 음식을 찾듯 기꺼이 반기는 약물은 마약 외에는 전혀 없다. 그 약물 투약이 중단되면 동물은 확실한 물리적 증상을 보인다. 마약은 유일한 습관성 약물인 듯하다. 고양이는 모르핀에 중독되지 않는다. 모르핀을 주사하면 광분한다. 고양이 혈액에는 히스타민이 상대적으로 적다. 히스타민이 모르핀 방어물 같다. 고양이는 이 방어물이 부족해서 모르핀을 견디지 못한다. 어쩌면 마약 중단의 메커니즘은 이렇겠다. 중독 기간 동안 모르핀에 대항해서 체내에 히스타민이 생성된다. 마약을 중단했을 때에도 체내에 계속 히스타민이 생성된다.

히스타민으로 야기된 증상이 없으면 항히스타민제는 아무 영향도 미치지 않는다. 나는 항히스타민제 주사약을 사서 사용량의 두 배를 주사했다. 약간 우울해진 것을 빼고 아무 변화가 없었다.(우울은 몇몇 항히스타민제의 '부작용'으로, 화학자들은 이를 없애려고 한다.) 금단 증상을 겪을 때에는 모르핀 같았던 주사가 이제 거의 아무 느낌이 없다. 마약을 사용하는 사람이 마약에서 얻는 것은 실제적 쾌감이 아닌 것 같다. 금단 증상에서 벗어나는 효과다. 어쩌면 쾌감이란 기본적으로 무엇이 필요하거나 긴장된 상태에서 벗어나는 것인지 모른다. 마약은 마약에 의존하는 세포들이 살아가는 수단이다. 마약이 끊기면 마약 세포들은 죽는다. 그리고 히스타민이 더 생성돼서 죽은 세포들을 내보낸다. 재채기, 콧물과 눈물, 구토와 설사 등 알레르기 증상은 무엇을 체내에서 내보내는 기능을 한다. 중독된 동안에는 마약이 음식이나 섹스처럼 신체의 필수품이다. 이처럼 신체 리듬의 일부분이 되는 약물은 마약뿐이다. 금단 증상을 겪는 사람은 꿈에도 마약을 본다. 마약 꿈을 꿀 때 신기하게도 주사를 방해하는 일이 늘 벌어진다. 경찰이 들이닥치고, 바늘이 막히고, 점안기가 부서진다. 어쨌든 꿈에서 절대로 마약을 못 맞는다. 다른 중독자들과 대화해 봤는데, 꿈에서 마약을 맞은 사람은 아무도 없었다. 마약은 성욕도 대체하는 것 같다. 마약에 중독돼 있을 때에는 성욕이 사라진다. 마약을 멀리하기 시작하면 청소년 때 같은 강도로 성감을 느끼고, 때로 불수의적 오르가슴도 경험한다.

중독자는 오래 산다. 나이보다 젊어 보일 때가 많다. 사람은 성장이 멈추면 죽기 시작한다. 중독자는 성장이 멈추지 않는다. 마약 사용자 대부분은 정기적으로 마약을 끊는다. 이때 내장은 줄어들고, 마약에 의존하는 세포들이 교체된다. 최근 과학자들은 애벌레에게 먹이를 적게 주어서 애벌레의 몸을 줄이는 실험을 했다. 정기적으로 애벌레의 몸을 줄여서 애벌레가 계속 성장 단계에 있게 함으로써 애벌레의 수명을 끝없이 연장시키는 실험이다. 마약 사용자는 매일 마약 주사를 필요로 하는 주기 속에서 살고 있으므로 끊임없이 줄어들고 성장하는 상태다.

미국 비즈니스맨이 단명하는 이유는 줄어들고 성장하는 주기를 전혀 경험하지 못하기 때문일지도 모른다. 운동도 하지 않고, 배고픈 때도 없다. 삶이 한 방향으로만 진행된다. 신체가 일단 다 성숙하면 죽음으로 가는 길밖에 없다.

아편은 양귀비의 덜 익은 꼬투리에서 만들어진다. 꼬투리는 씨가 다 자라고 양귀비가 죽을 준비가 될 때까지 씨가 마르지 않게 보호하는 역할을 한다. 마약은 양귀비에서 꼬투리가 하듯 인간 신체에서 계속 기능한다. 마약은 성숙한 체내에서 죽음이 자라는 동안 따뜻한 담요처럼 몸을 보호하고 감싼다. 중독자가 정말로 마약에 꽉 차 있을 때에는 죽은 것처럼 보인다. 마약은 사용자를 식물로 만든다. 식물은 통증을 느끼지 않는다. 움직이지 않는 유기물에는 통증이 아무 기능도 하지 않기 때문이다. 마약은 진통제다. 인간이나 동물의 개념에서 성욕은 식물에게 없다. 마약은 성욕을 대체한다. 씨를 뿌리는 것이 식물의 섹스고, 아편의 기능은 씨 뿌리기를 늦추는 것이다.

마약을 중단했을 때 느끼는 심각한 불편은 식물에서 동물로, 통증 없고, 성욕 없고, 시간이 존재하지 않는 상태에서 섹스와 통증과 시간으로, 죽음에서 삶으로 다시 전환하는 것이다.

『정크』 원래 원고의 '서문'

이 책에서 나는 마약과 마약을 사용하는 사람들에 대해 내가 알고 있는 바를 썼다. 이야기는 허구지만 내가 경험한 사실에 기초한다.

여기서 말하는 마약은 아편이나 아편 파생물들이다. 모르핀, 헤로인, 판토폰, 딜로디드, 코데인 등이 미국에서 널리 쓰이는 아편 파생물이다.

마약이라는 주제에 대해, 아직 이야기되지 않았지만 특별히 말할 만한 것이 없었다면 나는 이 책을 쓰지 않았을 것이다. 마약이 사용자에게 미치는 영향은 다른 어떤 약의 영향과 총체적으로 다르다. 나는 마약이 유기물과 무기물, 동물과 식물 사이의 전환이라고 생각한다. 우리는 마약이 살아 있는 생명체라는 기분을 떨칠 수 없다.

나는 낯선 도시를 돌아다니며 '여기가 마약 동네군.'이라고 말할 수 있다. 마약상을 기다리는 중독자들을 보지 않아도 마약 구역을 확인할 수 있다. 마약을 주고받는 장소를 지나가면 내 세포들에 있는 마약이 가이거 계수기처럼 타닥거린다. 내 마약 계수기는 대개 정확하지만 때로 예전에 마약 구역이었지만 더 이상은 아닌 곳을 발견하기도 한다. 계수기는 '여기 마약이 있다.'라고 알리지만 시기는 알리지 않는다. 약국을 지나 갈 때에는 왜 계수기가 타닥거리지 않는가? 마약이 그 특별한 자질을 발휘하려면 숙주가 있어야 한다. 마약은 사용자의 피에서만 살 수 있는 기생물이기 때문이다.

마약에 의존하는 사람은 중독자뿐이 아니다. 마약 담당 수사관과 마약을 쓰지 않는 마약상들도 중독자만큼 마약에 의존한다. 이 사람들은 마약을 사용하지 않는지 몰라도 마약을 필요로 한다. 생계 때문만은 아니다. 몇몇 수사관의 열정은 마약에 특별히 연결되었기 때문이다. 이들은 간접적인 중독자들이다. 이런 증상에는 치료법이 없다.

한 번이라도 중독된 적이 있는 사람은 마약을 알아볼 수 있는 사람의 눈에 영원히 중독자로 보인다. 십 년 동안 마약을 하지 않아도 마약은 여전히 거기 있다.

정부의 프로파간다는 마약에 대한 모든 사실에 적대적이다. 그러므로 그 주제에 대한 정확한 글은 전혀 없다고 말할 수 있다. 신문과 잡지, 영화에서 마약을 다룰 때 정부에서 공식적으로 뿌린 미신에서 벗어나지 않는다. 나는 이 미신의 요점들을 살펴보겠다.

1 약물은 다 비슷하고 모두 의존성을 유발한다. 이 미신은 코카인과 마리화나와 아편 계통의 마약을 하나로 묶어 버린다. 마리화나는 의존성이 전혀 없다. 그리고 그 효과는 마약의 효과와 거의 정반대다. 코카인도 의존성이 없다. 코카인을 몹시 원하게 될 수는 있지만 코카인을 구하지 못해도 금단 증상을 겪지는 않는다. 반면 아편 마약에 의존하게 되면 그 마약만이 특

별한 해독제가 되는 중독 상태에서 살게 된다. 해독제를 여덟 시간 간격으로, 또 충분한 양으로 얻지 못하면 알레르기 증상이 생긴다. 하품, 재채기, 눈물과 콧물, 경련, 구토와 설사, 오한과 열, 식욕 감퇴, 불면증, 불안과 무력감. 경우에 따라서는 알레르기 쇼크로 순환계가 무너지고 죽음에 이른다.

당뇨 환자에게 인슐린이 필요하듯 중독자에게는 마약이 필요하다. 마약으로 인해 새로운 결핍 상태가 생기고, 일정한 간격으로 마약을 더 투여하지 않으면 몸이 기능할 수 없게 된다. 마약은 인체 화학 물질의 기능을 넘겨받는 것 같다. 그리고 중독된 동안에는 우리 몸이 이 화학 물질을 생성하지 않는 것 같다. 마약을 중단하면 마약이 대신한 화학 물질을 우리 몸이 다시 생성할 때까지 신체 내 결핍 상태가 지속된다. 내가 '의존성 약물'이라고 부르는 것은, 우리 몸이 기능하기 위해서는 그 약물이 필요하도록 몸의 균형을 변화시키는 약물을 말한다. 이 정의에 부합하는 의존성 약물로는, 내가 아는 한, 마약이 유일하다.

2 약 의존성은 곧장, 첫 사용에서, 많아도 서너 번 주사한 뒤에는 형성된다. 이 생각에서 '친절한 낯선 사람'이 준 '두통약'을 사용한 뒤 중독자가 된 사람들의 이야기가 나온다. 사실 마약을 사용하지 않던 사람이 약에 어떤 식으로든 의존하게 되려면 적어도 한 달 동안 매일 주사를 맞아야 한다. '낯선 사람'은 샘플을 주다가 파산할 것이다. 그

러나 치료된 중독자는 몇 년 동안 마약을 쓰지 않았다 해도, 며칠도 안 돼서 다시 약에 의존하게 된다. 중독자는 마약에

알레르기 체질이 된다.

3 한번 의존성이 형성되면 벗어나기는 거의 불가능하다. 사실 의존성 자체는 쉽게 치료된다. 치료 기간은 대개 열흘에서 삼 주 정도다. '의지력'은 필요 없다. 제대로 치료되면 불편은 거의 없다.

4 중독은 건강을 해치고 죽음을 앞당긴다. 내가 읽은 잡지 기사에는 이런 문장이 있었다. '모르핀 중독자는 살날이 정해져 있다.' 살날이 무궁한 인간도 있나?

중독자는 평균만큼, 아니 평균보다 오래 살고 평범한 건강 상태를 즐긴다. 마약은 호흡기 이상에 면역력을 준다. 1918년 독감 대유행 때, 중독자들은 독감에 면역력이 있다고 확인됐고, 감옥에서 풀려나 환자 치료를 도운 중독자들도 있었다. 한편 중독자들은 모두 어느 정도 변비로 고생하고 식욕을 잃는다. 대부분은 체중이 빠진다. 중독 시기 동안에는 정상 체중에서 5킬로그램에서 10킬로그램쯤 적게 나가는 경우가 많다.

5 중독자들은 절대 만족하지 않는다. 사용량을 계속 늘려야 한다. 더 많이, 더 많이 원한다. 마지막으로, 「끄나풀 조니」라는 최근 영화의 대사를 인용하겠다. "그 사람들은 (약을 더 얻으려고) 옷을 찢어서 깡마른 몸을 드러내고 죽어라 비명을 질러."

터무니없다. 약을 충분히 한 중독자는 양을 늘릴 필요가 없다. 나는 오랫동안 같은 양만 써 온 중독자들을 알고 있다. 물론 중독자들도 종종 죽는다. 약을 전혀 공급받지 못해서 죽는

다. 더 많이, 더 많이 원해서 죽지는 않는다. 전혀 얻지 못해서
죽는다.

6 중독자들은 다른 사람도 마약에 빠뜨리려고 한다. 이 어리석은 생각이 널리 퍼져 있는 듯하다. 내가 체포될 때마다 수사관들은 내 아내에게 말한다. "부인한테는 마약을 권하지 않은 게 신기하네요." 도대체 왜 내가 아내에게 마약을 하게 만들겠는가. 내 약을 챙기기에도 충분히 버겁다. 물론 마약상은 고객을 늘리려고 다른 사람이 약에 빠지기를 바란다.

7 중독자와 마약상 사이에는 분명한 선이 있다. 정부 기관에서는 중독자를 피해자로 보며 마약상만 체포하려 한다.
나는 마약을 팔지 않는 중독자나 마약을 하지 않는 마약상을 본 적이 없다. 그 둘 사이에는 경계가 전혀 없다. 정부 기관에서도 그 둘을 구분하지 않는다. 판매한 사람이나 소지한 사람이나 똑같은 형량을 받는다.

8 마약상은 고등학생도 중독자로 만들려고 한다. 최근 잡지 기사에서는 청소년이 마시는 코카콜라에 아편 팅크를 넣는 마약상을 묘사한다.
완전히 억지다. 아이들을 고객으로 삼을 사람이 있을까? 아이들은 돈이 충분할 리 없고, 말이 많으며, 경찰의 심문을 견디지 못한다. 최고의 고객은 오래된 중독자다. 오래된 중독자들은 쓴맛 단맛 다 봤고, 대개는 수입이 있다.

9 마약은 광증과 관련 있다. 중독자는 마약을 구하지 못하면 광증으로 발작한다.

나는 제정신이 아닌 중독자를 본 적이 없다. 모종의 이유로, 마약 중독과 정신병은 양립하지 않는다.

10 중독은 범죄와 관련 있다. 특히 마리화나는 범죄를 유발한다고 추정된다.

내가 듣거나 본 바로는 약물 중독과 범죄 사이에 직접적인 연관은 없다. 약물이 범죄를 유발한다고 말하는 사람들은 술 때문에 벌어지는 수많은 범죄를 전혀 고려하지 않는 것 같다. 술은 다른 모든 것을 뛰어넘는 범죄 유발 약물이다. 물론 많은 중독자가 약을 구하려고 도둑질을 한다. 미국에서 하루치 약을 구하려면 중독자가 지불해야 하는 약값은 10달러에서 15달러고, 그 돈을 매일 구하기란 쉽지 않다.

대중은 마약 금지 법안을 좋은 것으로 생각한다. 이런 이유로 마약 금지법은, 이 나라에서는 새롭지만 경찰 국가에서는 친숙한 유형의 법을 시험하는 장이 되어 왔다. 루이지애나주와 켄터키주에서는 새로 제정된 법에 따라 중독자라는 이유만으로도 구속형(루이지애나주는 2년에서 5년, 켄터키주는 1년)을 선고할 수 있다. 이것은 개인의 존재 상태를 벌하는 경찰 국가의 법이다. 루이지애나주 법에서는 시간이나 장소가 정해지지도 않았고 '중독'이라는 용어도 정의되지 않았다.

이제 중독 치료에 항히스타민제를 쓸 수 있다. 금단 증상은 알레르기와 같고, 알레르기에 대응하는 신약들이 금단 증상을 완화한다. 약을 차츰 줄이는 구식 치료법은 모두 의존성 약물을 사용하기 때문에 마침내 약을 다 줄인 뒤에도 금단 증상이 돌아온다. 그러나 항히스타민제는 의존성이 없어서 금단 증상이 돌아오지 않는다. 항히스타민제 치료는 지금 일반적으로 쓰이지는 않고 있다. 의학 연구 발행물에서도 언급된 것을 보지 못했다.

이 치료법이 고의적으로 대중에게 공개되지 않는 것 같다. 연방 정부와 주 정부의 마약 담당 부서는 치료를 원하는 중독자를 온갖 방법으로 방해한다. 시나 주 시설에서는 약을 차츰 줄이는 치료법도 제공되지 않는다. 사설 재활원은 열흘 치료에 최소한 200달러가 든다. 병원은 중독자에게 어떤 약물도 주지 못하게 법으로 정해져 있다. 내가 아는 어떤 중독자는 위암 수술을 받아야 했는데, 병원에서는 환자에게 약물을 전혀 줄 수 없었다. 수술에 갑작스러운 금단 증상까지 더해지면 죽을 수도 있다. 그래서 그 환자는 수술을 포기했다. 미국에서 약물을 차츰 줄이는 치료법을 실시하는 공공 시설은 렉싱턴과 포트워스, 두 곳뿐이다. 두 곳 모두 거의 늘 꽉 찬다. 관료주의 규제에 따라, 이 두 병원에 들어가려는 사람은 워싱턴으로 지원서(효력을 갖도록 세 통이나 작성해야 하는 것은 당연하다.)를 보내야 한다. 승인이 나기까지는 예닐곱 달을 기다려야 한다. 그리고 실제 입원까지는 또 최소한 반년을 대기해야 한다. 루이지애나주에서는 중독자가 치료 신청을 하면 체포될 수 있다.

나는 마약을 제대로 알고 있는 사람이라면 누구라도 알 만한 사실을 공개해서, 마약에 대해 널리 퍼진 오해를 바로잡으려는 게 아니다. 알려진 사실을 출발점으로 삼아서 알려지지 않은 사실에 도달하려 했을 뿐이다.

않은 사실에 도달하려 했을 뿐이다.

A. A. 윈에게 쓴 윌리엄 버로스의 편지(1959)

뉴욕시

웨스트 47 스트리트 23

윈 출판사

출간된 『정키』를 여러 차례 읽고, 변경된 부분과 누락된 부분들을 발견했습니다. 제가 보기에 저의 의도와 다른, 원래 의미가 흐려졌거나 완전히 가려진 부분들을 지적하겠습니다. 이 부분들은 제 책의 가치를 훼손하는 만큼 재판을 인쇄하기 전에 바로잡을 것을 강력히 주장합니다.

저는 이 원고에 일 년을 쏟았습니다. 단어 하나하나를 여러 번 확인했습니다. 제가 드린 원고는 좋건 나쁘건 제 의도 그대로 쓰였습니다. 변경해야 할 필요성을 느낀 곳은 전혀 없지만, 몇몇 삭제한 부분은 그냥 넘어가겠습니다. 아래에 적은 사항이 전부는 아니지만, 일단 더 극악하게 훼손된 곳들만 지적하겠습니다.

서문. 8쪽 8줄. '나를 완전히 사기로 놓았다.' 원래 문장은 그 사람들이 '완전히 사기를 쳤다.'입니다. 즉 그 사람들이 나를 사기 치려(속이려) 했다는 뜻입니다. 사람을 가리키는 명사로 '사기'를 쓰지 않습니다. '사기꾼'과 '사기'는 다릅니다. 문장을 쓸 줄 모르는 편집자가 그 문장을 의미가 없다고 여기고 잘못된 지식으로 문장을 고쳤는데, 그렇다고 정당화될 수 없습니다.

21쪽 1줄. '얼굴색이 희미했다.' 원래는 '희미해졌다'입니다. 얼굴색이 갈색이었는데 이제 누렇게 흐려지고 있다는 뜻으로 썼습니다.

85쪽 22줄. '나를 일상으로 밀어넣었다.' 이 문장은 쓴 적도 없습니다. 원래 '일상을 방기했다.'입니다. 그렇게 말해야 하기 때문에 그렇게 적었습니다.

93쪽 5줄. '우리는 언젠가 그를 만날 것이다.' 원래는 '우리는 언젠가 그를 만나야 했다.'입니다. '만나야 했다'는 의무를 뜻합니다. '만날 것이다'와 '만나야 했다'는 전혀 다릅니다.

120쪽 마지막 줄. '처방전에 따라 약을 얻을 다섯이 더 있었다.' 원래는 '처방전에 따라 약을 얻으려면 다섯이 더 있어야 했다.'입니다. 여기서 다섯은 5페소를 뜻합니다. 의사가 아닙니다. 멕시코에서 약을 주는 사람은 의사가 아닙니다.

이 목록이 전부가 아닙니다. 가장 요령부득한 사항만 열거했습니다. 삭제한 부분에 대해 말하자면, 원래 원고의 150쪽, 내가 늙은이 아이크를 처음 만난 때를 묘사한 부분을 삭제한 것은 아주 큰 손실입니다. 이것은 제 견해만이 아닙니다. 원래 원고와 발간된 책을 다 읽은 사람은 모두가 그렇게 말합니다.

『정키』 해설(1952)

　이 책을 슬쩍 보기만 해도 저자가 평범한 중독자는 아님을 발견할 것이다. 저자는 많은 독자가 깜짝 놀랄 만한 배경을 갖춘 사람이라는 사실도 애써 감추고 있는 듯하다.

　미국 중서부 어느 대도시, 19세기 선조의 발명과 상업으로 유명한 미국 명문가 중산층 집안에서 1920년대 직전에 태어난 저자는 사립 학교에서 수준 높은 교육을 받았다. 학창 시절에는 발군의 학업 능력과 자연에 대한 깊은 애정을 갖춘, 조용하고 초연한 귀족으로 알려졌다. 그의 첫 문학적 시도는 열다섯 살 때 로마의 역사로, 라틴어 자료를 바탕 삼아 완성했다. 그는 장학금을 받고 하버드 대학교에 영문학 전공으로 입학했다. 기숙사 방에 족제비를 키우고 벽에 가족 사진을 걸어 둔 것을 빼고 대학 생활은 별로 알려진 게 없다. 가족 사진에 대한 질문을 받으면 그는 늘 손을 내저으며 대답했다. “끔찍하지 않나요?” 대학 시절의 문학 창작물은 하나만 남아 있다. 대서양 한가운데에 가라앉는 배를 배경으로 한 스무 쪽짜리 촌극으로, 지인 예닐곱 명이 히스테리, 공포, 악의, 죽기 직전의 비열한 행위를 보이는 다양한 역할을 맡았다.

　삼십 대 초반, 문학적으로 해야 할 말은 앞에 언급한 촌극에서 다 말했다고 생각하며 영문학과를 졸업하고, 다시 하버드에서 인류학, 특히 아스텍과 마야 고고학을 연구했다. 고향 도시로 돌아온 그는 마음에 드는 직업을 찾지 못했다. 술을 마시고, 동년배들과 강 유역에서 놀고, 요가를 배웠다. 공식적인 요가 강습을 받은 것은 아니고, 그 효과를 증명하라는 사람들 앞에서 그는 자신이 통증을 느끼지 않는다고 선언하고 손가락 하나를 잘라 이를 증명하려고 했다. 이 소동으로 그는 사설 병원에 감금됐다. 병원에서는 안정을 찾고 자기 상황을 잘 인식하고 있는 듯해서 곧 풀려났다.

그의 다음 행보는 진짜 미국 스타일로, 유럽 그랜드 투어였다. 삼십 대 초에 파리에서 일 년을 보냈고,(이셔우드 오든 그룹에서 동년배인 영국인들이 그랬듯) 독일과 오스트리아에서도 지냈다. 마지막으로 선택한 카이로에서 고고학 전공자의 숙련된 눈으로 피라미드를 보았다. 이전과 나중에 지드와 폴 볼스가 지낸 아프리카 북부 해안의 도시들에서 지낸 뒤 미국으로 돌아왔다.

이 시기에 그는 책 여남은 권을 즐겨 읽었고, 이 책들이 이후로도 쭉 그의 책장을 차지했다. 여행지에도 늘 가지고 다녔다. 파레토, 슈펭글러, 콕토의 『아편』, 보들레르, 셰익스피어 비극, 예이츠의 『비전』 등이다.

미국으로 돌아오며, 그는 신부를 데려왔다. 유럽 중부에서 일 년 동안 의대를 다닐 때에 만난 여자다. 신랑과 신부는 뉴욕에 도착하자마자 헤어졌다. 그 결혼의 목적은 귀족이라고 알려진 유대인 여자의 시민권이었다.

그다음은 미국 도시들을 여행했다. 호텔에서 호텔로. 뉴욕에서 출발하여 남쪽과 중서부를 지나며 1940년대 초 시카고와 뉴욕에서 조금 오래 머물렀다. 이 여행은 집안에서 들어오는 약간의 수입으로 이루어졌다.

저자가 자기 안의 어둠과 자기 바깥을 처음 탐험하기 시작한 곳은 시카고였다. 당시 그는 시카고의 슬럼가에서 해충을 박멸하는 일을 했다. 그러나 이 책 뒤쪽에서 다뤄지는, 범죄까지는 아니지만 어두운 세계의 부도덕 행위는 이미 저자의 젊은 시절, 미국에서, 또 북아프리카와 유럽 여행 중에 발견되었다.

그 부도덕 행위와 그에 연관된 감정적 원인에 대해 저자는 오래전에 정신 분석의 도움을 구했다. 이 방법은 전혀 소용없었다. 범죄에 가까운 행위로 말하자면, 저자가 방문한 도시 인구의 범죄 요소와 그가 겪은 갖가지 약물 사용과 연관 있다. 저자는 여기에서 이야기를 얻었다.

저자의 배경에서 중요한 순간을 하나 더 언급하겠다. 책의 뉴올리언스 부분에 잠깐 등장하는 저자의 아내다. 1940년대 후반부터 시작된 법적인 결혼 생활은, 지금부터 예닐곱 해 전 남미에서 벌어진 음주 사고로 아내가 때아니게 사망함으로써 끝났다. 자녀는 한 명으로, 현재 베네수엘라에서 아버지인 저자와 살고 있는 것으로 추정된다.

이 사실을 통해 이 책의 중요한 면이 드러난다. 이 책은 제목이 『정크』고, 소재도 마약과 마약 세계며, 주된 소재와 연관되어 화자의 세세한 면들이 책에 포함되어 있지만 어떤 면에서도 완전히 자전적이지는 않다. 저자의 삶에서 한 가지 측면만 보면 이 소설은 자전적이다. 그러나 그 사람 전체를 드러내는 것은 분명히 아니다. 이제 마지막으로 그 점을 살펴보겠다.

저자는 계획하에 작업을 완성했다. 마약 세계와 그것에 연관된 전부를 꽤 현실적이고 정확히 그리는 일. 최근 아주 공공연해진 드넓은 암흑가 생활을 진짜로 그리는 일로, 미국에서는 처음으로 시도됐다. 특기할 만한 성취다. 여기에는 감상적인 면이 없다. 죄를 피하려는 변명도 없다. 더없이 솔직하며, 상황을 전혀 낭만화하지 않는다. 단지 생생한 마약 생활의 음울함, 공포, 기계적 비트와 악만 있을 뿐이다. 이것은 그 쾌락을 있는 그대로 그린 진실한 설명이다. 이 문화의 평균이라고 알려진 것과 비슷한 면과 다른 면을 갖춘, 마약 세계에서 살아가는 인물들에 대한 냉혹하고 명민한 설명. 중독과 갈망, 구금, 밤의 볼일, 낮의 권태 등의 사건들을 체계적으로 정리한 역사다.

평범한 만족이라는 어두운 벽의 반대편에 아무리 자리를 굳게 잡아 왔어도, 직설적이고, 개인적이고, 개성 넘치며, 아주 사실적이고, 엄선되고, 치열하고, 간결하게 형상화하는 문체에서 원숙한 문학성이 드러나는 글쓰기로 이런 사실들을 우리에게 전달할 수 있는 사람, 이런 역사가가 우리에게 존재한다는 것은 우리의 행운이다. 마약의 세계 같은 국지적 공포의 세계를 단테의 보편적 지옥과 비교하는 것은 너무 뻔뻔한 일일 것이다. 그러나 비어 있다고 말할 만한 문체와 사실적인 직유법 때문에, 숙달된 독자의 머릿속에서는 그런 비교가 기꺼이 떠오를 수 있다.

마지막으로 남은 말이 있다. 출판사에서 이 책을 대중에 내놓은 것은 그 독창적인 문체와 논란의 여지가 아주 많은 소재를 다룬 내용 때문이다. 이 소재에 대해서 얻을 수 있는 진짜 정보는 거의 없고, 정보 대부분은 상업적인 목적에서 낭만화되고

과장되거나 왜곡되었다. 이 책은 사실적이고 읽기 쉬운 것이
장점이다. 이 책은 중요한 문서다. 암흑가에 대한 기록이며, 악
의 진짜 공포에 대한 진짜 역사다. 가장 어리석은 사람조차 이
해할 만한 것을 명확히 보여 준다.

1952년

앨런 긴즈버그

칼 솔로몬이 쓴 발행인의 글
『정키』(1953)

이 잔인하게 솔직한 고백을 쓴 저자는 이렇게 적었다. "마약은 단순히 습관이 아니다. 생활 방식이다." 전도된 가치와 압도적인 허기와 갑자기 번득이는 폭력의 어두운 세계에서 약에 지배돼서 굶주린 채 떠도는 사람들이 살아가는 곳의 '쾌감'이 최고인 생활 방식이다.

드퀸시의 『어느 영국인 아편쟁이의 고백』이 빛의 손가락으로 마약 중독자의 황무지에 광휘를 비춘 이후로 이런 글은 없었다. 드퀸시가 꿈 같은 공상의 기분으로 썼다면, 『정키』는 가차 없이 사실적이고 하드보일드 문체다. 첫 줄부터 『정키』는 중독자를 수치심이나 자기 연민 없이 있는 그대로 발가벗긴다.

이 책은 마약 중독자의 이야기에 그치지 않는다. 익명의 지하 세계가 페이지를 채운다. 부랑자, 호모, 사기꾼, 경찰 끄나풀, 도둑들. 우리는 그들이 어두침침한 간이식당과 누추한 술집에서 '만남'을 찾아가는 은밀한 움직임을 뒤쫓는다. 우리는 그들의 숨은 몸짓을 지켜본다. 그들이 '약을 사는' 것을 본다. 주삿바늘에 움츠러드는 혈관을, 마약이 들어오는 충격을, 금단 증상의 이루 말할 수 없는 공포를 본다. 우리는 그들 삶의 틈새마다 낀 더러움을 전부 목격한다. 이 갈 곳 없는 떠돌이들에게는 과거도 미래도 없는 듯하다. 스릴에 목마른 청소년들의 모방을 막도록 이보다 잘 계산된 범죄 고백은 지금껏 없었다. 이 글은 중독자의 삶을 솔직하게, 화려한 치장도, 극적인 재미도 넣지 않고 그렸다.

윌리엄 리(저자의 이름을 비롯해 이 책에 등장하는 모든 인물의 이름은 가명이다.)는 몰염치하고 반성하지 않은 중독자다. 그는 자기 입으로 자기가 법으로부터 도망친 도망자라고 말한다. 자신이 정신 분열과 망상증 진단을 받았다고도 말한다. 도덕적인 가치를 아예 무시하는 사람이다. 그러나 그는 기묘한 매력의 산성 용액에 담근 펜으로 글을 적었고, 그가 적은 단어들이 그리는 그림은 매력적이고 예술적인 삽화가 되기도 한다.

마약의 위험을 다룬 글들은 이전에도 출간됐다. 그러나 대중에게 경각심을 불러일으키기에 이보다 효과적인 글은 없었다. 이 글에서 묘사되는 더러운 암흑가의 모습은 그 언어와 관점이 사실적이어서 더욱 소름이 끼친다.

독자를 보호하기 위해서, 우리는 곳곳에 편집자 주를 넣었다. 저자가 공인된 의학적 사실에 명백히 어긋나는 내용을 적었을 때, 혹은 자신의 행동을 정당화하려고 근거 없는 진술을 할 때다.

1964년
칼 솔로몬

『정키』(1964) 서문

윌리엄 S. 버로스가 쓴『정키』는 원래 '정크(Junk)'라는 제목이었고, 저자 이름은 윌리엄 리라는 필명이었다. 1950년대 초에 처음으로 출간됐다. 하드 커버 출판사들에서 조금 관심을 보이긴 했지만, 새롭게 떠오르는 에이스북스의 초기 페이퍼백 시리즈 중 한 권으로 나왔다.

이후 버로스는 본명으로 글을 쓰는 아방가르드 소설가로 미국과 해외에서 유명해졌다.『네이키드 런치』는 그로브프레스에서 출간됐다. '정신을 확장하는' 약인 '야헤'를 찾아서 인간 사냥꾼들이 득실대는 아마존강 유역을 모험하는『야헤를 찾아서』는 시티라이츠에서 나왔다.『소프트 머신』과『폭발한 티켓』은 파리에 있는 올림피아프레스에서 출간됐고, 큰 화제가 됐다. 그리고 새 소설『노바 익스프레스』가 곧 그로브 출판사에서 나온다.

노먼 메일러는「나 자신을 위한 광고」에서 버로스를 미국의 장 주네라 일컫는다. 버로스의 두 번째 소설『퀴어』는 아직 미국이나 외국에서 공개되지 않았다.

20세기 중반 미국에서 '비트 제너레이션'은 어떤 이들에게는 감수성에 충격을 주고, 어떤 이들에게는 새로운 발상을 선사하며 전성기를 누렸지만, 윌리엄 버로스는 그 뒤에서 모습을 거의 드러내지 않았다. 그러나 이제 전설적인 인물이 됐다. 1964년에는 1950년과 다르게, 수많은 사람들이 버로스를 모방하거나 버로스처럼 되기를 꿈꾼다. 이전에 그는 마약에 대한 욕구를 생활 양식이라고 말했고, 이것은 오늘날 젊은이들에게 깊이 스며 국가적 문제가 될 정도다.

『정키』에서 버로스는 사실적이다. 버로스의 초기 방식이다. 최근 작품에서는 초현실과 상상으로 나아간다. 「뉴욕포스트」에는 버로스 작품의 소재와 호모에로틱한 환상, 실험적 테크닉을 다룬 글이 실렸는데, 이 글에 따르면 버로스는 유아기로 퇴행하는 증상이나 정신 분열 직전까지 갈 때가 있다고 한다.

실생활에서 버로스는 별난 모험가다. 우리 생활 양식이나 감성에서는 특별하거나 낯선 것을 찾아다닌다. 점점 찾기 힘든 것, 미지의 것을 추구하면서도 버로스는 아직 부족하다고 여기며, 아직도 지치지 않는 호기심을 갖추고 있다. 이런 면에서 그는 다른 많은 아방가르드 예술가나 시인들과 다르다. 이들은 한때 실험적이었지만 나중에 소파에 몸을 기댄 채 태양 아래 새로운 것은 없다고 후회하며 인정한다.

버로스의 마약 습관으로 말하자면, 끊었다가 돌아가기를 반복하며 다양한 치료법을 시도하고 성공의 정도도 각기 달랐다. 덴트 박사의 지도로 영국에서 이루어진 치료의 결과는 버로스가 글로 써서 과학 계간지에 게재되기도 했다.

버로스는 하버드 대학교를 졸업했고, 다양한 직업을 경험했다. 두 아이의 아버지며, 부유한 집안 출신이다.

과거의 비극적 사건도 있다. 윌리엄 텔 같은 시도로 아내를 죽게 한 사건으로, 버로스가 아내의 머리에 샴페인 잔을 올려놓고 총을 쏘아 사격 실력을 증명하려다가 아내가 사망했다. 1950년경 멕시코시티에서 벌어진 이 사고에 대해 버로스는 무죄 판결을 받았다.

버로스의 후배 잭 케루악의 작품에는, 어떤 형식으로든, 어떤 가면으로든, 버로스의 성격과 개성을 반영한 등장인물이 나온다. 케루악의 첫 소설 『마을과 도시』에 등장하는 데니슨에서 특히 두드러지며, 『닥터 색스』의 불 벌룬도 그렇다.

버로스의 정치적 입장은 조금 모호하다. 버로스가 음모론과 맞서지만 그것이 진짜 음모론인지 상상의 음모론인지 구분하기는 어렵다. 『야헤를 찾아서』에서 그는 리버럴한 면을 여러 차례, 급진적인 면까지 드러낸다. 파리에서 근래에 얻은 명성은 그를 어느 정도 좌파에 위치시키는 듯하다. 그러나 대부분의 경우 버로스는 자기 자신에게 너무 집착하여 어떤 정치적 입장에도 관심을 크게 드러내지 못하는 듯하다.

1964년

칼 솔로몬

『정키』(1977) 서문

　　버로스와 나는 1944년 크리스마스에 처음 알았다. 그리고 1950년대가 시작될 즈음에는 아주 친해진 사이였다. 나보다 연상이고 현명한 사람이어서 늘 존경했다. 그리고 알게 된 초기, 그도 나를 존중하며 대해서 놀라웠다. 세월이 흐르며 우리의 행운도 바뀌었다. 나는 한동안 정신 병원에 고립됐다. 그는 비극들과 여행으로 멀어졌다. 나는 그의 성격을 내성적이라고 판단하고 글을 쓰도록 점점 더 과감히 채찍질했다. 당시 케루악과 나는 자신을 타고난 시인이자 작가로 생각했고, 버로스는 자신을 그렇게 과장되게 과시하기에는 너무 신중했다. 어쨌든 그는 내 편지에 『정키』의 부분들로 답했다. 처음에 나는 그가 호기심 어린 스케치를 하는 줄 알았다. 그러나 곧 놀랍게도 그는 하나의 주제에 대한 이야기, 한 권의 책의 부분을 계속해서 장인의 솜씨로 만들어 갔다. 그렇게 원고 더미가 계속 우편으로 뉴저지주 패터슨에 도착했다. 나는 내가 그를 격려한다고 생각했지만 그가 나를 격려했는지도 모르겠다. 당시 나는 히피 생활로 법을 어긴 사건의 결과로 여덟 달 동안 정신 병원에 있은 뒤 고향 집에서 은둔하고 있었고, 그는 그런 내가 세상과 계속 이어지도록 격려한 게 아닐까.

이것도 이미 사반세기 전의 일이다. 그래서 나는 우리 서신의 연락 내용도 기억나지 않는다. 이 서신은 대륙에서 대륙으로, 미국 동쪽에서 서쪽으로 여러 해 동안 이어졌고,『정키』뿐 아니라『야헤 편지들』,『퀴어』(아직 미출간),『네이키드 런치』의 많은 부분이 만들어진 방법이기도 했다. 아쉽게도 버로스는 1950년대 편지의 상당량을 없앴다. 그가 대중에게 드러내는 것보다 훨씬 다정다감한 성격임을 증명하는 편지들이다. 그래서 보이지 않는 조사관 리의 매력적인 면은 아름다운 문장의 커튼 뒤에 영원히 숨어 보이지 않게 됐다.

원고가 완성되면 나는 대학 동기나 정신 병원 동기로서 출판계에서 성공한 여러 사람들에게 원고를 돌리기 시작했다. 나도 그렇게 성공하고 싶은 야심을 품었지만 좌절했고, 세속적인 면에서 무능한 나는 비밀 문학 에이전시를 자처했다.

제이슨 엡스타인은 버로스의『정키』원고를 두 번 읽었다.(엡스타인은 버로스의 콜럼비아 시절 전설을 통해 버로스를 알고 있었다.) 그리고 그 원고를 윈스턴 처칠이 썼다면 흥미롭겠지만, 버로스의 산문이 '특징이 없기' 때문에 (이것 때문에 나는 엡스타인의 더블데이 사무실에서 있는 힘껏 싸웠다. 그러나 너무 많은 '현실'…… 사악하게 지적인 편집자들의 이페리트, 뉴욕 업무용 빌딩들의 거대한 멍청함에 대한 나의 미숙함이나 편집증…… 에 포위돼서 기절할 것 같았다.) 출간할 만한 원고가 아니라고 결론지었다.

그즈음에 나는 케루악의『코디의 비전』에서 프루스트풍 부분들도 가지고 다녔다. 나중에『길 위에서』에서 비전으로 발전되는 부분이다. 그리고『길 위에서』도 이 출판사 저 출판사로 가지고 다녔다. 자신도 신경 쇠약에 걸렸다가 회복한 밥스메릴의 루이스 심슨도 원고에서 예술적인 장점을 전혀 발견할 수 없다고 했다.

아주 우연히, 뉴욕주 정신 병원의 내 동료인 칼 솔로몬이 숙부인 A. A. 윈이 운영하는 에이스북스 출판사에 자리를 얻었다. 솔로몬은 이 원고들이 문학적 취향이 있고 유머러스하다고 보았다. 물론 그의 다다이즘과 탐미주의, 편집증적인 화려한 문학 성향의 반동에서 비롯되긴 했고, 솔로몬도 심슨처럼 버로스와 케루악의 범죄적인 혹은 떠돌이 같은 낭만주의를 신뢰하지 않았다.(나로 말하자면, 당시 나는 중산층 글쓰기, 조심스레 변경한 운율의 형이상학적 운문에 한 발을 담근, 그다지 성공하지는 못한, 착실한 유대인 청년이었다.) 확실히 이 책들은 우리가 전체 미국에게는 신경 쇠약을 예시하는 정체성 위기의 한가운데에 있음을 드러냈다. 한편 에이스북스의 페이퍼백들은 대부분 상업적 쓰레기였다. 삼촌이 눈살을 찌푸릴 때 칼 솔로몬이 조심스레 밀어 넣은 프랑스 로맨스나 하드보일드 소설이 가끔 있었다.

편집자 솔로몬에게는 가족과 정신과 의사, 출판사의 윤리, 자기 숙부의 눈에는 정신병으로 보이는 소심함 등이 출판의 진짜 문제였고, 그것을 자신은 신경 쓰지만 우리는(빌, 잭, 나는) 신경 쓰지 않는다고 느꼈다. 그러나 그것은 솔로몬의 상황이지 우리의 상황은 아니었다. '이런 유형의 것', 즉 마약에 관한 책을 펴내고 케루악의 소설에 250달러의 선금을 주는 것이 솔로몬의 입장에서는 큰 용기를 낸 일이다. '그 빌어먹을 것 때문에 신경 쇠약에 걸릴 지경이다. 그 원고로 작업하려면 두려움과 공포가 쌓인다.'

당시에는 버스나 지하철에서 (마약도 아닌) '차'를 소리 내서 말하기만 해도, 그 법의 변화를 논의하기만 해도 체포될 수 있다는 게 아주 절대적인 사고방식, 혹은 가정이었다. 마약국에 의해 배양된 경찰국가 편집증의 남은 여진임을 지금도 사람들이 모르지 않는다. 마약을 이야기하는 것만으로도 법에 저촉됐다. 일 년이 지난 뒤에도, 전국 공영 텔레비전 방송에서 마약 관련 법을 토론하기만 해도 몇 주 뒤에 마약국과 FCC에서는 저장된 영상 클립으로 그 논쟁을 비난했다. 그런 역사다. 그러나 솔로몬이 언급한 두려움과 공포는 상업적 출판 산업에서 내면화될 만큼 현실이었다. 책이 출간되기도 전에, 출판인이 작가와 함께 범죄자로 몰리지 않도록, '공인된 의료 기관'과 어긋나는 작가의 자의적 견해에 대중이 오도되지 않도록, 온갖 수정 사항이 원고에 끼워져야 했다. 공인된 의료 기관도 당시에는 마약국이 좌지우지했다.(1935년부터 1953년까지, 의사 2만 명이 중독자를 치료하려 했다는 이유로 재판을 받았고, 수천 명이 벌금형이나 금고형에 처해졌다. 뉴욕 카운티 의료 협회에서는 '의사를 향한 전쟁'이라고 불렀다.)

단순하고 기본적인 사실은, 마약국이 조직 범죄와 공모하여 마약 밀매매 암시장에 관여했고, 그래서 의학적 치료보다 중독자를 범죄자로 만드는 미신을 지어내는 데 치중했다는 것이다. 동기는 투명하고 단순하다. 돈에 대한 탐욕, 급여, 협박과 불법 이익이다. 이를 위해 언론과 경찰에 의해 '중독자'로 분류된 시민들을 희생양으로 삼았다. 경찰과 범죄 조직의 협력 관계는 1970년대 초까지 여러 보고서와 책에 기록됐다.(뉴욕의 1972년 냅 위원회 보고서와 알 매코이가 쓴『인도차이나 아편 정치학(The Politics of Opium in Indochina)』[38]이 특기할 만하다.)

　거두절미하고, 주제가 상궤를 벗어난 것으로 간주되기 때문에, 버로스는 서문을 쓰라는 요구를 받았다. 그 서문에서는 윌리엄 리라는 필명을 쓰면서도 명문가 출신이라고 설명해야 하고, 평범한 시민이 어떻게 마약 중독자가 될 수 있는지 그 과정을 슬쩍 언급해야 했다. 독자, 검열관, 평론가, 경찰, 벽에, 또 출판사들의 줄에 있는 비판적 눈, 하늘이나 알 만한 누구의 공격을 누그러뜨리기 위해서였다. 그래도 걱정된 칼 솔로몬은 발행인의 입장에서 책을 소개하는 건전한 목소리인 척하며 서문을 썼다. 아마 솔로몬은 정말 걱정했을 것이다. 텍사스 농업 사회를 기술한 명백히 문학적인 서술은 삭제됐다. 야하고 자극적인 비문학적 주제에 적절하지 않기 때문이다. 다시 언급하지만 윌리엄 리가 쓴 중요한 의학적, 정치적 사실 기술이나 의견은 그 자리에서 (괄호에 묶여) 거부된다.(편집자에 의해서)

　나는 에이전시로서 이 모든 삭제에 찬성하는 계약을 협상했다. 그리고 버로스에게 선금 800달러를 전달했다. 전직 마약 수사관이 쓴 또 다른 약에 대한 책과 앞뒤로 붙인, 이른바 '69'로 불리는 책으로 10만 부를 발간하는 계약이었다. 확실히 볼품없는 판본이었다. 그러나 한편 우리 상황을 고려하면, 그 글이 실제로 인쇄되어 이후 십 년 동안, 광대한 사회학적 이해, 관료주의와 법에 대한 문화혁명적 관점, 차가운 유머로 범죄를 바라보는 금욕적인 시선은 물론이고 이성적인 사실, 명확한 통

38　앨프리드 매코이의 『동남아시아 헤로인 정치학(The Politics of Heroin in Southeast Asia)』을 가리키는 듯하다.

찰력, 간결한 날것의 언어, 직접적인 문장과 심상에 대한 감식
안을 갖춘 100만 독자에게 읽힌 것은 대단한 기적이라고 말할
만하다.

1976년 9월 19일,
뉴욕시에서
앨런 긴즈버그

감사의 말

이 프로젝트뿐 아니라 오랜 세월에 걸쳐, 학문적 지원과 실제적인 도움을 아끼지 않은 제임스 그라우어홀츠에게 감사드린다. 오하이오 주립대학교 존 베넷, 스탠퍼드 대학교 그린 라이브러리와 콜럼비아 대학교 버틀러 라이브러리의 스태프들에게도 감사드린다.

이전에 미발간된 재료들을 인용할 수 있도록 허락한 앨런 긴즈버그 재단의 밥 로젠탈에게 감사드린다. 피터 맷슨에게도 감사드린다.

이전에 미발간된 재료들을 책에 넣을 수 있도록 허락한 하퍼콜린스 출판사에 감사드린다.

마지막으로, 이 결정판을 버로스의 아주 뛰어난 독자인 이언 맥패디언에게 바친다.

작품 해설

'보이는 그대로 얻는다'

　　마약 중독에 관한 책을 찾는 사람이라면 지금은 그 어느 때보다 자료가 풍부하다. 사회 역사, 공중 보건 문제, 마약과의 전쟁에 관한 정치 비평 등이 있는가 하면, 사회 연구와 윤리 분석도 있다. 마약 규제에 관한 연구, 중독 심리학, 약학, 치료법에 관한 책도 있고, 자전 소설, 대중 소설, 고전 문학도 있다. 마약은 현대의 상징이며, 헤로인은 화학식뿐 아니라 역사와 신화도 갖췄다. 윌리엄 S. 버로스의 책을 찾는 사람이라면 이십여 권이 더 있고, 전부는 아니더라도 대부분에 마약과 중독이 언급되어 있다. 마약과 버로스는 떨어뜨려 생각할 수 없다. 버로스는 '20세기 중독자 예술가'지만, 버로스가 지은 책들 중에 이 첫 책과 조금이라도 비슷한 것은 전혀 없다.

　　인터넷 서점의 독자 서평에는 "솔직하고 현실적인 산문", "보이는 그대로 알 수 있다.", "중독의 악순환에 대한 솔직한 회고" 등으로 언급된다. 『노바 익스프레스』, 『와일드 보이스』, 『웨스턴 랜드』 등에는 전혀 쓰이지 않을 표현이다. 그러나 버로스의 어느 책에도 공통되게 말할 수 있는 한 가지는, 정확히 이해했다고 생각할 때마다 그 이해가 손가락 사이로 빠져나간다는 사실이다. 지금 손에 쥔 이 책도 마찬가지다. 비록 버로스의 모든 작품 가운데 이 책이 유일하게 앞표지부터 뒤표지까지 내리 읽을 수 있는 책으로 여겨지고, 『네이키드 런치』에는 목이 막혀 죽겠다고 인정한 독자라도 맛있게 먹으며, 버로스의 전 작품을 다 읽기보다 이 책만 따로 읽는 일이 더 많지만.

헤로인에 빠졌던 버로스의 초기 기록인 이 책은 또한 범죄와 마약에 관한 고전 『하층 생활』을 쓴 룩 상트의 표현을 빌리자면, "많은 왕관을 썼다." 아편과 그 파생 약물뿐 아니라 마리화나, 코카인, 벤제드린, 넴부탈, 페요테, 야헤, 항히스타민제 등도 언급되어 있으니 어느 정도는 '약물 백과'라고 일컬을 수 있다. 인류학을 공부한 버로스의 학력(처음에는 하버드, 다음에는 멕시코시티 대학교)을 반영하듯, 이 책은 민족지 연구 보고서를 모방한다. 미국 도시의 다양한 하위 문화의 영역과 습관에 대한 상세한 묘사이자, 전쟁 직후 시기에 등장하고 쇠퇴한 하위 문화의 기록이기도 하다. 중독자 세계에서 쓰인 언어와 범죄 은어에 주목한, 암흑가의 언어학 연구기도 하다. 마약반 경찰과 변호사, 의사, 연방 병원의 정신과 의사 등의 관행을 자세히 서술할 뿐만 아니라 농업 경제에 대한 정보, 행운의 역학에 관한 조언, 충성과 배신, 실존적 고독, 우리 육신의 비참한 공포 등도 놀랄 만큼 많이 담겨 있다. 르포르타주 작품이기도 하고, 고백적 자서전으로 볼 수도 있으며, 어니스트 헤밍웨이, 대실 해밋, 존 오하라, 피츠제럴드 등의 작가와 할리우드 B급 영화의 대사에 영향을 받은 소설이기도 하다. 이 책은 버로스의 작품들 중에는 하나뿐인 직선적인 이야기고, 평범하고 건조한 문체로 쓰인, 간단하고 뜻이 간결한 이야기로 여겨지기도 한다. 그러나 다시 읽으면, 작게 빛나는 산문과 기묘하고 유령 같은 이

미지, 순수한 악의에 찬 이상한 순간들이나 간결하고 여과 없는 리얼리즘적 서술을 거짓으로 만드는 절대적 모호성과 마주치고, 처음 읽을 때에는 이런 요소들이 없었던 것 같기에 더욱 마음이 불편해진다. 세 번째 읽으면, 결코 지루하거나 평범하지 않고, 이제 글은 활기차면서도 미묘해 보인다. 또한 신랄한 희극적 기법과 죄의식 때문에 에둘러 표현한 술수도 보인다. 트롱프뢰유처럼 보는 각도를 달리할 때마다 눈앞에서 바뀐다.

이 기묘한 이중적 논리는 여러 모습으로 드러난다. 한 가지 예를 들자. 윌리엄 리가 말한다. "의사는 섹스 상대를 다루듯 잘 다루어야 한다. 아니면 아무것도 얻을 수 없다." 처음에는 이것이 의사에 대한 농담으로, '열심히 일하는 도둑'처럼 아이러니한 유머로, 또한 대개의 문화에서는 긍정적인 개념을 교묘하게 전복적으로 비트는 듯이 보인다. 그러나 다시 보면 이 문장에서 주요한 역할을 하는 것이 '섹스 상대'와 '의사' 같은 단어가 아니라, 읽는 이에게 명령하는 말투에 있음을 알 수 있다. 갑자기 리의 말투는 의사에 대해서 서술하는 것이 아니라 독자에게 의사를 등치는 법을 알려 주는 것이 된다. 이처럼 독자를 범죄 세계에 서서히 연루시키고 독자 스스로 관음증을 드러내게 만드는 전략적인 함정이 책 속에 계속 등장하며, 이것이 이 책에서 두드러지는 버로스의 스타일이다. 그와 가장 가까운 예로 들 만한 것은 대실 해밋의 『붉은 수확』이다. "손가락에 자신감이 많지 않은 한 감히 이 남자를 소매치기하려고 시도하지 않으리라." 이 문장을 읽으면, 우리는 손가락에 얼마나 자신이 있는지, 과연 내가 그 남자를 소매치기할까 못 할까를 생각하게 된다. 달리 말하면 자신에게 정말 범죄자 성향이 있는지, 그 선을 어디에 둘지 생각하게 된다.

버로스의 이 오싹거리게 차갑고 매혹적인 책이 복잡하고 아이러니하다고 결론짓고, 겉으로 드러난 단순함은 독자를 속이려고 세심하게 고안된 계략이라고 말하고 싶기도 하다. 그러나 그러면 너무 단순하며 아무 도움도 되지 않는다. 사실 버로스의 첫 소설은, 버로스가 이후 쓸 모든 것과 확연히 구분되며, 그러면서도 구절구절 읽을 때마다 이후 글들에 미친 유령 같은 흔적을 마주하게 된다. 마치 두 권의 책을 동시에 읽는 것 같다. 하나는 작가의 정형에 맞지 않게 직설적인 책이며, 다른 하나는 그 개성에 맞게 뒤틀린 책이다. 이것이 위대한 독창적 미국 작가의 독창적 작품인 이 책의 역설적인 상황, 이 책의 운명이다.

'나로서는 알 수 없는 이유로…….'

애당초 이 데뷔 소설이 어떻게 해서 쓰이게 됐는지, 버로스가 어떻게, 또 왜 이 소설로 작가 경력을 시작했는지, 우리는 그 미스터리에 흥미를 품을 수밖에 없다. 그러나 확실한 정보에 대한 우리의 식욕은 그런 출발점에 대한 미스터리를 온전히 보존해야 한다는 직감과 늘 균형을 이룬다. 이것은 아마도 작가가 계속 글을 쓰려면 작가 자체가 어느 정도 미스터리로 남아 있어야 하기 때문이며, 우리는 그 사실을 깨뜨리고 싶은 만큼 존중하기도 한다. 어쨌든 이 책에도 버로스 소설의 핵심이라 할 '모순'이 존재한다. 그 모순은 가장 특징적인 다음 두 문장으로 드러난다. 하나는 "사실은 이렇다."로, 우리가 알고 싶은 모두를 제공하겠다고 약속한다. 그러나 다른 한 문장, "타인에게서 받을 수 있는 열쇠는, 비밀은 없다."라는 그 약속을 다시 모조리 거두어들인다.

이 책을 제대로 보기 위해, 이 새로운 50주년 기념판이 작품의 감상을 도우려고 어떻게 애썼는가를 알아보기 위해 가장 쉽게 시작할 수 있는 출발점은 바로 그 제목이다. 이 책의 제목은 내가 지금껏 피하려 한, 중요하지만 뜻밖의 미스터리다. 물론 책의 제목은 으레 미스터리가 아니다. 제목은 작품을 못 박고, 작품에 분명한 정체성을 부여하고, 작가의 의도를 미니어처로 축소한다. 그러나 이 작품의 제목은 그렇지 않다. 이 제목은 작지만 중대한 변화를 겪는 역사를 겪었고, 그 역사는 이 소설이 겪은 기묘한 수정의 운명을 축소해서 드러낸다.

버로스는 '마약에 관한 책'을 20세기 한가운데에서 쓰기 시작했다. 1949년 늦가을, 가족과 함께 멕시코시티로 이사한 지 두 달밖에 지나지 않은 때였다. 마약으로 몇 차례 체포된 뒤 냉전 시대의 가혹한 미국 체제에서 도피하며, 버로스는 결국 사반세기 동안 이어질 '망명 작가' 생활을 시작하고 있었다. 버로스는 1950년 3월 10일, 그 소식을 잭 케루악에게 편지로 전했고, 흥미로운 소식이었음이 틀림없다. 그보다 오 년 전, 버로스와 케루악은 실제로 소설 한 편을 공저했으며, 이제 케루악은 첫 소설 『마을과 도시』를 막 출간하고 문학에 어느 때보다 열정적이었던 반면 버로스는 글쓰기를 포기한 터였다. 나중에 버로스는 자신을 작가라고 계속 일깨운 사람은 케루악이라고 말하곤 했지만, 1950년 3월의 편지에는 그런 언급이 전혀 없었다. 버로스는 자기 소설을 그저 '정크(Junk)'라고 불렀으며, 그해 연말, 버로스가 초고 제목을 적을 곳에 입력한 것 역시 '정크'

였다. 초고에는 그 제목 아래에 필명을 윌리엄 데니슨(케루악의 소설에서 버로스를 모델로 한 등장인물 이름이다.)이라고 적었다. 1953년에 소설이 등장했을 때, '『정크』, 윌리엄 데니슨 지음'은 '『정키: 마약 중독자의 고백』, 윌리엄 리 지음'으로 제목과 필명 모두 바뀌었다.

새 필명은 버로스 자신이 고른 것이다. 사실 아주 수상한 선택이었다. 버로스는 집안에 드러나지 않아야 하므로 필명이 필요하다고 말했지만, 누구나 쉬 알아볼 수 있는 외가의 성인 '리'를 골라 자신의 입으로 숨기고 싶다고 말한 자기 정체를 밝혔다. 어쨌든 제목과 부제는 둘 다 버로스의 뜻과 달리 출판사인 에이스북스가 고른 것이었다. 에이스북스는 버로스의 소설 여러 곳에 삭제와 변경을 요구했고, 제목과 부제도 마찬가지였다. 당시 버로스의 에이전시 역할을 맡은 앨런 긴즈버그는 에이스북스와 계약을 맺은 1952년 7월 이전에 제목을 두고 한 차례 맞섰으나 뜻을 관철하지 못했다. 그해 4월에 긴즈버그가 발행인 A. A. 윈에게 보낸 편지에는 이렇게 적혀 있다. "제 생각에는 『정크』가 정말 빼어난 제목입니다. 재미있고, 직접적이고, 독창적이면서도, 중독자 언어로는 아주 전형적이며, 작가의 특징을 드러내기도 합니다. 그 제목을 바꾼다면 정말 아쉬운 실수입니다. 바꾸지 않는 것이 좋겠습니다.'[39] 긴즈버그의 조언과 버로스의 선택이 왜 무시됐을까? 버로스의 소설을 에이스북스에 소개한 칼 솔로몬의 말에 따르면, 에이스북스에서는 '정크'

39   콜럼비아 대학교 긴즈버그 컬렉션, 긴즈버그가 A. A. 윈에게 보낸 1952년 4월 12일 자 편지에 수록되어 있다.

라는 제목을 보면 독자가 책 자체를 쓰레기로 여길지도 모른다고 생각했기 때문이라고 한다.[40]

이런 비화는 데뷔 소설가로서 버로스의 상황에 대해 많은 것을 시사하며, 그 특정 시기의 글쓰기와 출판에 대해 더 큰 것을 암시한다. 그러나 제목의 흥미로운 면은 거기서 멈추지 않는다. 이십오 년 가까이 흐른 뒤, 제목은 한 번 더 변한다. 이번에는 '정키'다. 원본을 되살리고 확장시킨 펭귄 개정판으로, 1977년부터 쭉 판매됐다. 펭귄 개정판에서 이루어진 수정 사항들은 버로스가 직접 확인했다. 그러나 여전히 한 가지 결정은 버로스의 손을 벗어났다. 1976년 8월, 버로스는 에이전시인 피터 맷슨에게 편지를 썼다. "나는 이 새 판본의 제목이 '정키'가 아닌 '정크'가 되었으면 좋겠소. 내가 책에 처음 붙인 제목은 '정크'인데, A. A. 윈이 나도 알 수 없는 이유로 바꾼 것이오." 다음 달에 맷슨이 펭귄 편집자의 결정을 알렸다. "딕 시버는 '정키'가 좋다고 합니다. '정크'가 되면, 외람된 말씀이지만 '쓰레기'로 들린답니다."[41]

제목을 둘러싸고 똑같이 막후에서 진행된 이 비화들을 통틀어 보면 무슨 결론을 내릴 수 있을까? 편집자의 관점에서는, 버로스 소설의 순수한 '우발성'이 눈에 보인다. 우연한 사건들이나 다른 사람들의 결정들로 작용되고 일부 사람에게만 알려

40 '정크(Junk)'의 가장 널리 쓰이는 뜻은 '쓰레기'며, '마약'이라는 뜻은 은어로 쓰인다.
41 콜럼비아 대학교 맷슨 컬렉션, 버로스가 피터 맷슨에게 쓴 1976년 8월 25일 자 편지와 맷슨이 버로스에게 쓴 1976년 9월 10일 자 편지에 수록되어 있다.

진 비화기 때문이다. 비평가의 관점에서는 '사실'에 관한 조금 다른 경고를 얻을 수 있다. 흔히 문학 작품의 해석은 무언의 가정에 기초하는데 그 가정은 나중에 잘못된 것으로 밝혀질 수 있다. 긴즈버그와 A. A. 윈, 리처드 시버는 모두 각기 다른 방식으로 '정크'라고 불리는 책과 '정키'라고 불리는 책이 크게 다를 것임을 알고 있었다. 더 폭넓게 보자면 이 비화는 우리가 같은 소설을 두 번 읽더라도 똑같지 않다는 자명한 이치에 근거를 제공한다. 시간이 지나면서, 또 환경이 바뀌면서 책은 모두 어느 정도 변한다. 그러나 버로스의 첫 소설은 제목과 내용이 말 그대로 계속 변했다. 이제는 비록 작가 사후라도 작가의 바람을 마침내 존중해야 한다고, 따라서 이 개정판의 제목은 '정크'로 정해야 한다고 생각하는 사람도 있을 것이다. 그러나 출판계는 오늘날에도 이십오 년이나 오십 년 전과 마찬가지로 실제적 이익을 생각하지 않을 수 없으며, 결국 사실은 영업부가 옳다. 서점에서 사람들은 계속 『정키』를 찾을 테니까. 학계에서도 제목이 또 바뀌면 혼란만 하나 더할 뿐이다. 왜냐하면 세월이 흘러서 친숙해진 제목은 의미의 덩어리, 어떤 무게, 특정 지위를 지니기 때문이다. 나쁘든 좋든 '정키'는 이제 확고한 제목이 됐다. 오십 년 역사에서 마지막 단계를 대표하는 원고임을 나타내기 위해 부제가 붙었다. '정크의 결정판'이다. 이 개정판의 목적은 이 작품의 역사를 명확히 밝히고 확실히 안정시키는 것이다. 그 목적을 달성하기 위해, 제목은 비록 버로스가 본래 선택한 제목으로 돌리지 않았지만, 원래 원고를 완전히 되살리고 버로스가 처음 쓴 대로 되돌렸다.

'미국 소년'

『정키』는 얼마나 자전적일까? 아니, 달리 말하면 윌리엄 버로스와 윌리엄 리의 관계는 무엇일까? 이 질문은 답을 찾아볼 가치가 있다. 1988년 테드 코건의 전기가 출간되기 전까지 삼십오 년 가까이 버로스의 생애에 관한 가장 큰 정보원은 이 첫 소설이었기 때문이다. 화자의 알려지지 않은 배경으로 채운 프롤로그는 특히 버로스의 자전적인 자료로 완전히 믿을 만한 것이라고 여겨져 왔다. 세부 대부분은 가장 비현실적인 것(가령 페인휘트니 정신 병원의 진료 기록을 보면, 버로스 담당 의사들이 정말 '고흐를 전혀 모른다.'라고 말했음을 확인할 수 있다.)까지 정확하다고 밝혀졌지만, 최근 버로스 비평은 프롤로그가 속성상 예술적일 수 없는 사실성보다 예술성에 치중했다고 주장한다. 그렇다면 프롤로그 외 나머지 부분은 어떨까? 긴즈버그는 1952년에 쓴 '해설'에서 처음으로 그 점을 명확히 밝혔다. "저자의 삶에서 한 가지 측면만 보면 이 소설은 자전적이다. 그러나 그 사람 전체를 드러내는 것은 분명히 아니다." 이제 버로스의 전기는 두 권(다른 한 권은 베리 마일스가 썼다.)이다. 생애에 걸친 편지들, 인터뷰, 기사, 비평 등도 많이 소개됐다. 따라서 이 소설을 작가 전체로 보는 것이 얼마나 편파적인지 확인할 수 있다.

세부 사실이 얼마나 정확한지 혹은 선택적인지 확인하는 것보다, 내 생각에는, 그 안에 있는 구멍들에 집중하는 것이 훨씬 유익하다. 그 구멍들이 너무 커서 간과되기 쉽기 때문이다. 예를 들어, 허버트 헌크와 필 화이트에 관한 묘사가 그것이다. 허버트 헌크는 타임스스퀘어에서 지내는 남창으로, 케루악에게 '비트'라는 단어를 전했다. 『정키』에서는 허먼으로 등장한다. 버로스는 이 소설에 로이로 등장하는 인물에게 애당초 이 소설을 바친다는 헌사를 쓰려고 했는데, 로이는 실제로 '뱃사람'이라는 별명으로 불렸던 필 화이트다. 그러나 당시 버로스가 친하게 지낸 두 중요한 인물, 긴즈버그와 케루악에 대해서는 한마디 언급도 없다. 이렇게 두 인물이 확실하게 빠진 것은 케루악의 작품과 대조를 이룬다. 버로스는 첫 소설을 쓰기 시작한 지 몇 주 지나지 않아 『마을과 도시』를 읽었지만, 『정키』는 비트 제너레이션의 글을 특징짓는 자전적 소설의 길, 신화를 만드는 집단의 길을 따르지 않았다.

아내 조앤 볼머 애덤스도 거의 등장하지 않는다. 버로스가 집중한 바를 생각하면, 아내의 이야기가 절대 많을 수 없겠지만, 아내를 죽음으로 몬 1951년 9월의 총기 사고 후, 버로스는 에이스북스에서 그 이야기를 더 쓰라는 압력을 받고 곤혹스러웠다. 버로스는 1952년 4월, 긴즈버그에게 편지를 썼다. "조앤의 죽음에 대해서 쓰라니. 어떻게 그런 생각을 할 수 있는지 모르겠어. 『정크』에는 가족 이야기를 넣지 않았어. 그건 샘 존스의 말처럼 '목적에 전혀 맞지 않는 것'이기 때문이야."[42] 이후 같은 달에 버로스는 에이스북스의 요구 때문에 자신이 "우유부단한 마귀에게 반으로 잘린" 사람 같다고 불평했다. 그러나 이어진 편지에서는 그 우유부단이 마귀의 것뿐 아니라 버로스 자

42   윌리엄 버로스, 올리버 해리스 편저 『윌리엄 버로스의 편지: 1945~1959』(펭귄 출판사, 1933). 각주에 별도로 표시한 것을 제외하고 모든 버로스의 편지글은 이 책에서 인용한 것이다.

신의 것임이 분명히 드러난다. "그 사람들이 바라면 써야지. 아니면 그 사람들이 조앤에 대한 언급을 모조리 삭제할 수도 있을 테니." 결국 아내가 등장하는 것도 등장하지 않는 것도 아닌, 일관성 없는 상태가 되었다. 아내의 존재가 어쩌다 언급되어, 독자는 그 이야기를 더 바라거나 아니면 아예 없기를 바라는 불편한 효과를 낳는다.

버로스의 우유부단을 통해, 작품 속 자아와 일관적인 관계를 유지하는 데 계속 어려움을 겪었으리라고 짐작할 수 있다. 한 가지 글 스타일을 유지하기도 어려웠을 것이다.

우선 경험을 연대순으로 기술함으로써 '플롯'이라고 부를 수도 없는 극히 단순한 구조가 가능했다. 그러나 이 때문에 문제가 점점 늘어났다. 어떤 면에서는, 버로스가 기교에서나 성격에서나 리얼리즘 서술 구조를 유지하기 어려웠기 때문이기도 하며, 버로스는 기성 문학 장치에 약한 것을 나중에 실험성이라는 장점으로 돌린다. 사실 버로스는 이야기를 '직선적으로' 유지하기 위해 주된 서술 구조에서 탈선했다고 여겨지면 더없이 흥미로운 부분들도 자르기로 마음먹었다. 그러나 버로스가 과거로 안전하게 가둬 놓은 사건들에 관해 쓰기를 멈추고 더 가까운 현재에서 온 경험을 다루기 시작하자 문제는 나빠질 수밖에 없었다. 스스로가 야기한 비극의 트라우마를 짊어진 채 그 비극에 대해 쓸 수도, 그 영향을 무시할 수도 없이 살아가며, 버로스는 점점 더 힘겨워지는 시기에 『정키』를 완성했고, 소설의 마지막 4분의 1에는 그런 모습이 드러난다.

동료 작가 긴즈버그와 케루악을 제외한 데에 논리가 있다면, 또 다른 중요한 결정 하나는 설명이 되지 않는다. 즉 버로스가 자신의 분신을 왜 그렇게 '비문학적'으로 만들었는가 하는 문제다. 리가 대중문화에 대해 슬쩍 언급하는 것(조지 래프트, 지미 두런트, 루이 암스트롱이라는 흥미로운 삼인조)은, 버로스가 『정키』를 마무리하면서 집필한 소설 『퀴어』에서 언급하는 바 (프랭크 해리스와 장 콕토)와 짙은 대조를 이룬다. 버로스가 편지에서는 콕토의 『아편: 치료 일기』를 인용하여 아편을 "콕토의 약"이라고 부르기도 했지만, 그 프랑스 작가를 『정키』의 리가 언급하면 완전히 이상한 일이 된다. 사실 프롤로그에 유럽 문학이 언급된다.(오스카 와일드, 아나톨 프랑스, 보들레르, 지드) 그러나 이는 '그 시기 그 장소의 보통 미국 소년'과 어린 버로스/리를 차별화하기 위해서다. 프롤로그에서 버로스는 "어느 도둑의 자서전에 큰 감명을 받았다. 『이길 수 없어』라는 책이었다."라고 말하기도 한다. 이 언급은 여러 면에서 중요한데, 『정키』에 대해, 『정키』가 문학과 삶 사이에서 빚어내는 특별한 관계에 대해 아주 많은 것을 시사한다.

버로스는 『이길 수 없어』를 처음 읽은 지 육십 년이 지난 뒤, 잭 블랙이라는 가명의 그 저자에게 보답할 기회를 얻었다. 재발간된 『이길 수 없어』(뉴욕 아모크 출판사, 1988)에 서문을 쓰게 된 것이다. 여기서 버로스는 "허름한 하숙집, 당구장, 매음굴, 아편굴로 이루어진, 또 강도와 부랑자의 정글과 유치장으로 이루어진 암흑가의 모습에 매혹되었다."라고 회상한다. 여기에서는 두 가지를 지적할 수 있다. 하나는 쉬 드러나지만, 다른 하나는 놓치기 쉽다. 전자는 잭 블랙이 보여 준 거친 현장 용어에서 버로스가 순수한 쾌감을 느끼고 그 문장을 마음껏 즐긴 점이다. 버로스는 그 글을 통해서 잃어버린 세계, 노스탤지

어의 광택이 흐르는 밤의 저승 세계를 선명하게 떠올렸다. 버로스는 데이먼 러니언[43]이 그린 색색의 도시 세계, 범죄의 환경과 그 생생한 은어에 동시에 매혹되었고, 그 점은 『정키』 전체에 드러나 있다. 버로스는 이를 『이길 수 없어』(잭 블랙은 "암흑가는 기묘한 말들을 쉽게 붙잡는다."라고 적었다.)에서 발견했으며, 그보다 조금 뒤에, 1920년대 초로 올라가서 미국 경제 황금기의 사기꾼이 쓴 수법과 은어를 정리한 고전인 데이비드 모러의 『빅콘 게임』(1940)[44]에서도 발견했을 것이다. 모러가 사기꾼들을 풍부하게 묘사한, 사라졌지만 생생한 세계는 버로스가 어린 시절을 보낸 중서부의 안락한 교외 지대와는 동떨어진 곳이었다. 버로스는 『정키』에서 그런 면을 살렸다. 지하철 마이크, 그리스인 조지, 판토폰 로즈, 벨보이 루이, 호모 에릭, 검정 개자식. 이들은 모러의 책에 나온 '간이식당 아이'와 '침흘리개 밥'이나, 잭 블랙의 책에 나온 '사이비 신자 놈', '싱글벙글', '소금 덩어리 메리'와 한 핏줄이다.

　이런 참고 자료들에 자극을 받은 버로스는 『정키』에서 특별한 은어에 또 다른 역할을 부여한다. 우리는 은어가 도둑이나 중독자의 비밀스러운 삶을 어떻게 그리는지, 그 삶을 어떻게 완전히 다른 세계로 만드는지 확인할 수 있다. "중독자의 삶은 약 한 번과 그다음 약을 간절히 바라기, 은닉, 처방전, 주삿바늘, 점안기로 압축된다." 중독자에게는 은어가 사회적 존재 자

43　Damon Runyon(1880-1946). 금주령 시기의 뉴욕 모습을 그린 소설로 유명한 미국 작가로 뮤지컬 「아가씨와 건달들」의 원작 소설을 쓰기도 했다.

44　데이비드 모러, 고수미 옮김 『빅콘 게임』(마고북스, 2004).

체의 역할을 한다. 위대한 비밥 중독자였던 찰리 파커와 한때 어울렸던 로드니 킹은 말한다. "헤로인은 우리 배지였다. 헤로인은 '우리는 알고, 너희는 몰라.'라고 말하는 것이었다. 우리만의 클럽에 들어갈 수 있는 회원증이었으며, 그 회원증을 위해서 우리는 세상 모두를 포기했다."[45] 버로스는 옛 하위 문화의 쇠퇴와 새로운 하위 문화의 등장을 각성하고, 『정키』 후반부에서 자신이 나중에 뉴욕에 갔을 때 달라진 그곳 모습을 그대로 전달한다. 여기에서 우리는 은어의 변화가 존재 자체를 규정하며, 그 세계에 들어가는 암호 같은 역할을 한다는 사실을 알 수 있다. "'팟'은 대마초를, '트위스티드'는 가택 수색을 뜻하며, '쿨'은 다용도 단어."

『재즈 애호가를 위한 사전』에서 캡 캘러웨이[46]는 '힙(Hip)'이라는 단어가 '똑똑한, 세련된, 부츠를 신은 사람'이라고 말했다.(마지막 뜻풀이는 거리에서 사는 사람을 의미하기도 한다.) 버로스는 이런 느낌, 주류 문화에서 온 외부인이 다른 문화의 내부 지식을 알게 되고 은어를 알게 되는 것에 끌렸음이 틀림없다. 버로스 자신은 '힙'을 이렇게 정의한다. "이 말은 딱히 정의될 수 없다. 실제로 깊이 써 보지 않으면 그 의미를 전혀 알 수 없는 말이기 때문이다."[47] 이로써 버로스는 독자도 이런 논리

---

45   질 존스 『재즈 연주가와 마약과 환각: 미국이 불법 마약과 나눈 로맨스의 역사』 (스크리브너 출판사, 1996).

46   Cab Calloway(1907~1994). 재즈 가수인 캘러웨이는 재즈 가사 속의 은어를 팬들에게 이해시키기 위해서 속어를 모은 사전을 펴냈다.

47   영문판 뒤에는 저자 자신이 쓴 용어집이 있지만 이 번역판에서는 역주로 처리했다.

대로 직접 느끼기를 슬며시 권한다.『네이키드 런치』시작 부분에 등장하는 '힙하고자 하는' 샌님이라는 구절은 더없이 확실한 표현이다. 직접 경험하는 위험 없이 간접적인 지식으로 얻는 스릴만 추구하는 독자에게『정키』는 모러의 사기극 같은 함정에 직접 들어가는 것이 가장 좋다고 경고한다.

『이길 수 없어』의 앞부분에서 잭 블랙은 자신이 어릴 적, 1880년대 초쯤 제시 제임스에 매료되었다고 말하며 이렇게 결론짓는다. "지금 뒤돌아보니, 제시 제임스 일당과 그 비슷한 인물들이 차례로 내 머릿속에 영향을 미쳐서, 모험을 하고 나중에는 범죄를 하게 만들었음을 분명하게 알 수 있다." 모험과 범죄. 버로스도『정키』의 프롤로그에서, 집안의 돈 때문에 세인트루이스 부르주아 교외에 갇히고 도시 생활과 단절되어 모험과 범죄를 동의어로 만들었다. 분명 버로스는『이길 수 없어』를 읽은 뒤 모험과 범죄로, 또 나중에는 글쓰기로 생각을 돌렸을 것이다. 그러나 프롤로그에 드러나지 않은 것이 하나 있다. 그리고 그것은 버로스가 쓴『이길 수 없어』의 서문에서 '아편굴'이라는 말로만 스치듯 드러난다. 전적으로 정확한 자전적 사실을 상세히 드러내면서도 중요한 면은 빠뜨리는 것이『정키』에서 아주 전형적이기는 하지만, 그래도 의문을 떨칠 수 없다. 어린 버로스가 잭 블랙의 책에 끌린 데에는 블랙이 중독자라는 사실도 분명 한몫했을 것이며, 그래서 그 책이『정키』와 아주 직접 연관됐는데, 왜 버로스는 잭 블랙이 중독자라는 사실을 언급하지 않았을까?

가장 그럴싸한 해석은 버로스가 자신의 경험이나 글에서 '학식 있는 척'하는 것, 즉 경험이나 글이 독서의 영향에서 나왔다고 암시하는 것을 피하려 했다는 추측이다. 이는 버로스가 아주 잘 알고 있던 콜리지와 드퀸시의 낭만주의 전통의 흔적을 『정키』에서 전혀 찾아볼 수 없는 것으로 확인할 수 있다. 버로스가 자신의 문학적 지식과 야망을 리에게서 완전히 없애고, 낭만주의 시인이나 유럽 모더니즘 작가들이 아닌 미국 범죄자가 필명으로 쓴 고백을 우선시했다면, 이는 분명 버로스 스스로가 '부츠를 신은 사람'으로 보이고 싶었기 때문이다.

'지금은 소재가 핫하다'

반세기가 지난 시점에서 뒤돌아보면, 버로스 자신이 『이길 수 없어』에 보낸 "이제 영원히 사라진 특정한 미국 생활의 한 면을 기록했다."라는 헌사는 지금 『정키』에도 그대로 보낼 수 있다. 어쨌든 1952년 여름, 버로스는 A. A. 윈과 마무리할 협상을 걱정하면서도 아주 동시대적인 작품을 구상하고 있었다. 그해 6월, 버로스가 긴즈버그에게 쓴 편지를 보자. "윈이 『정크』를 출판할까 안 할까? 그 소재를 놓고 벌써 책이 두 권 나왔어. 『당신의 거리를 모두 떠나서』와 『H는 헤로인의 머리글자』야. 이제 홍수가 나기 시작한 것 같아. '지금' 출간하지 않으면, 뒤로 묻혀서 시기적절하다는 장점을 잃고 말아. ……지금은 소재가 핫하지만, 오래 핫하지는 않을 거야.'[48] 마약이라는 소재는 늘 핫하므로, 버로스의 결론은 옳지 않았지만, 어쨌든 버로

---

48 콜럼비아 대학교 긴즈버그 컬렉션, 버로스가 긴즈버그에게 쓴 1952년 6월 15일
   자 편지에 수록되어 있다.

스가 예로 든 두 책은 시사하는 바가 크다.

　레너드 비숍의 『당신의 거리를 모두 떠나서』는 뉴욕의 범죄와 마약에 관한 첫 장편 소설로, 1952년 다이얼프레스 출판사에서 출간되었으며, 평단에서도 어느 정도 찬사를 받았고 판매에서도 호조를 보였다. 데이비드 헐버드의 『H는 헤로인의 머리글자』('미성년 소녀 중독자가 털어놓는 자기 이야기')는 파퓰러라이브러리 출판사에서 나온 25센트짜리 문고본이다. 이 점에서 버로스는 '펄프픽션'[49] 출판계에서 비교적 신생에 속하는 중간급 출판사인 에이스북스가 『정키』를 내기에 적절한 곳이라고 판단했다. 그러나 처음에는 제임스 래플린이 혼자 운영하는 출판사 뉴디렉션을 염두에 두었다. 제임스 래플린은 유망한 신인을 발굴하고 특이한 모더니즘 문학 서적을 발간하는 것으로 이름나 있었다.

　긴즈버그와 케루악은 래플린에게 『정키』를 출간하라고 일 년 이상 청했다. 1952년 2월, 케루악은 래플린에게 보내는 편지 말미에 긴즈버그에게서 들은 말을 적었다. "골드메달이나 소네트 출판사에서 나온 『나, 조직 폭력배』같은 25센트짜리 싸구려 문고본으로 나오면 정말 안 될 일이야."[50] 결국 『정키』는 에이스북스의 '더블북' 시리즈 중 하나로 나왔다.(모리스 헬브런트의 자전 소설 『마약 수사관』의 재판과 한데 묶여 35센트에 팔

49　싸구려 통속 소설을 가리키는 말로, 갱지에 인쇄했다고 해서 '펄프'라는 이름이 붙었다.

50　잭 케루악, 앤 차터스 편저 『잭 케루악: 편지 선집, 1940~1956』(뉴욕: 바이킹 출판사, 1995).

렸다. 버로스는 진지한 하드커버들이 놓인 서점 선반이 아닌, 상점과 신문 가판대의 펄프픽션 시장에 나오게 된 것이다. 버로스의 첫 소설이 에이스북스가 아닌 뉴디렉션에서 출간되었으면, 책의 평가(에이스북스에서 출간된『정키』는 첫해에 10만 부가 팔렸지만, 문학 평론가는 아무도 평을 하지 않았다.)뿐 아니라 실제 내용까지 어떻게 달라졌을지 상상하는 것도 완전히 부질없는 일은 아니다.) 아래에서 더 상세히 살피겠지만,『정키』의 최종 형태와 내용은 출판사에 의해 직접적으로 또 간접적으로 다듬어졌고, 이런 변화는 여러 면에서 중요하다.

버로스가 들어가게 된 출판 시장에는 버로스도 분명 알았을 훨씬 유명한 소설이 있었다. 넬슨 알그렌의『황금 팔을 가진 사나이』며, 이 책은『정키』와 큰 대조를 이룬다.『황금 팔을 가진 사나이』는 퓰리처상 후보작에 올랐으며, 알그렌은 1950년 하루아침에 유명해졌다. 제목이기도 한 주인공 프랭키 머신은 암흑가 포커 딜러인 중독자로, 알그렌이 주인공을 묘사한 방식 또한 큰 화제를 낳았다. 데이비드 커트라이트가 미국 아편 중독의 역사를 다루며 지적했듯, 알그렌의 주인공은 중독자의 문화적 스테레오타입에서 중대한 세대 변화를 보여 준다. 길거리의 범죄자 이미지가 세계 대전 전후 대중의 머릿속에 굳어진 것이다.[51] 그러나 아이러니는 알그렌의 문학적 야심과 마약 경험은 실제 길거리와는 거리가 멀다는 점이다. 사실 알그렌은 시

---

51 데이비드 커트라이트『어두운 천국: 미국 아편 중독의 역사』(캠브리지, 하버드 대학교 출판부, 2001).

몬 드 보부아르와 편지를 주고받고[52] 문학 장학금을 받는 인물로서, 실제 중독자는 거의 몰랐다. 소설이 돋보이려면 줄거리에 마약을 넣어야 한다고 알그렌을 북돋운 사람은 알그렌의 에이전시였다.

1950년 3월, 버로스가 『정키』 집필을 시작할 때, 알그렌은 할리우드로 초대되었으며(오토 프레민저 감독이 프랭크 시내트라를 주연으로 만든 영화 「황금 팔을 가진 사나이」는 1956년에 개봉됐다.) 미국 내셔널북어워드에서 소설 부문 수상자로 선정되어 월도프아스토리아 호텔에서 엘리너 루스벨트로부터 상을 받았다. 버로스가 상에 끌리지는 않았다 하더라도, 1953년 에이스북스에서 출간되면서 버로스의 소설을 제한한 출판 상황, 버로스가 지은 제목도 달지 않고 버로스의 실명으로 출판되지도 않게 만든 상황, 따라서 문학적 명성이나 비평적 인정을 얻을 기회를 아예 건너뛴 상황이 어떻게 벌어졌는지 살펴볼 필요가 있다.

1952년에 버로스는 『정키』의 소재가 '핫하다'는 말의 여러 뜻에서 '핫'하다는 점을 잘 알고 있었다. 출판계의 시각에서 보면 문고본이 새롭게 붐을 이루고 있었고, 『정키』는 문고본으로 잘 팔릴 이야기였다. 그러나 미국은 당시 매카시즘 시기였고 국가 분위기는 편집증적이고 반동적이었으므로 다루기 위험한 소재기도 했다. 대중 문화에 대한, 그리고 상상력을 불러일으키는 대중 문화의 능력에 대한 두려움이 커진 가운데 1952년

---

52   시몬 드 보부아르, 이정순 옮김 『시몬 드 보부아르의 연애편지』(열림원, 1995).

미국 의회에서는 문고본 산업을 조사하고 유죄라는 결론을 내렸다. 그러므로 '마약 중독에 관한 펄프픽션'은 마약과 펄프픽션에 대한 대중의 공포 두 가지를 다 담은 것이다.

『정키』는 이런 시대의 산물이었다. 에이스북스는 내용물인 소설을 특히 선정적이고 관음증적인 표지로 포장함으로써 이익을 극대화하려 하는 동시에 과민한 반대 의견들을 책에 넣음으로써 스스로를 보호하려고 했다. 이런 출판사 자체의 검열은 뜻밖에도 아이러니한 효과를 낳았다. 글에 삽입된 주는 다음 두 가지를 암시한다. 첫째는, 반대 의견이나 반증이 없을 때에만('이 문장은 객관적이지 않음' 혹은 '이 부분은 의학 전문가의 견해와 상충됨') 텍스트가 사실을 전할 수 있다는 암시다. 둘째는, 이 검열의 목소리가 우연히도 정말 중요한 사실들을 꼭 꼬집고 있다는 암시다. 에이스북스에서는 '발행인의 글'도 덧붙였다. 이 소설이 마약 억제제 기능을 한다는 내용이다. 발행인의 주장에 따르면, 이 소설이 '스릴에 목마른 청소년들의 모방을 막도록' 잘 계산되었다고 한다. 아이러니하게도 발행인의 주장은 버로스에게 아무 의미가 없었으며, 버로스는 자신이 직접 적은 본래 서문에서 솔직한 단어로 자기 입장을 자세히 밝힌다. "정부의 프로파간다는 마약에 대한 모든 사실에 적대적이다. 그러므로 그 주제에 대한 정확한 글은 전혀 없다고 말할 수 있다." 마약을 둘러싼 미신을 없애는 것은 버로스에게 중요한 일이었다. 왜냐하면 버로스 자신이 중독자였으므로 직접 경험해서 알고 있었듯, 1950년 미국은 세계 대전 후 사상적 물결의 정점을 이루고 있었다. 다른 것들은 차치하더라도, 『정키』는 그 부문의 핵심적인 변화를 정확히 전달하는 증인으로 여전히 존재한다.

버로스는『정키』의 끝부분과 초반부에서 1914년에 제정된 해리슨 마약법을 언급한다. 마약 규제의 역사에서 중요한 자리를 차지하는 해리슨 마약법은 세금으로 시장을 규제하는 것이 주된 내용이었지만, 곧 아편 공급을 금지하는 법으로 해석됐다. 1914년 2월에 태어난 버로스의 삶은 마약 금지의 세계와 우연히 일치한다. 상징적 의미뿐 아니라 가족의 직접적인 관계도 있다. 버로스의 삼촌인 호레이스 버로스는 치료를 받다가 모르핀에 중독되었고, 1915년 3월, 해리슨 법이 실행되기 시작한 며칠 뒤 자살했다. 그렇지 않아도 곤경을 겪고 있던 호레이스 버로스는 중독자라는 이유로 갑자기 범죄자가 되는 상황을 견디기 힘들었던 것이다. 그러나 그런 희생자는 호레이스 버로스뿐이 아니었다. 해리슨 법은 마약 공급을 불법으로 규정함으로써 중독자를 범죄자로 만들고 결국 암흑가에 몸담게 했다. 그러나 흥미롭게도 버로스는『정키』에서 해리슨 법의 이런 면을 지적하지 않는다. 따라서 버로스는, 중독의 역사를 연구하는 최근 역사학자들이 대중적 미신이라고 증명한, 국가 규제 훨씬 전부터 일어난 중독자 하위 문화의 등장을 간과한 단순화의 경우를 피했다. 오히려 버로스는 사십 년이 넘는 기간 동안 마약 사용의 변화를 세세히 드러내는 다양한 행동을 놀랍도록 정확하게, 중요한 세부 사항을 알아보는 감식안으로 관찰한다.

책에서 가장 처음 언급되는 곳을 보자. 프롤로그에서 버로스는 가정부가 아편에 대해 말하는 것을 듣는 아이를 그리며, 그 말이 아이에게 끼친 영향을 기록한다. "어른이 되면 아편을 피울래." 이 일화의 진실은 실제로 그런 일이 있었는가의 여부가 아닌 역사적 정확성과 상관 있다. 데이비드 커트라이트에 따르면, 미국에서 중국인이 아닌 백인이 아편을 피우기 시작한 것은 19세기 말이며, 아편은 늘 하층 암흑가와 연관되어 있었다. 매춘부, 도박꾼, 좀도둑 등이 아편을 사용했고, 부르주아 집안에서 쉽게 영향을 받는 아이들을 돌보는 비도덕적인 가정부도 아편을 피웠다. 아편이 상류층, 특히 부유한 유한층까지 퍼지지 않을까 하는 두려움이 널리 번져 있었다. 아편 파이프에 매혹된 퇴폐적 귀족은 전형적 인물이 되었다. 버로스는 이 이미지를 나중에 패러디로 자기 모습에 투사하는데,『정키』의 프롤로그에서 끝맺은 자기 모습에서 곧장 이어진다. "어릴 적 나는 작가가 되고 싶었다. 작가는 돈이 많고 유명하기 때문이었다. 작가는 싱가포르와 랑군에서 어슬렁거리며 노란 산동주 양복을 입고 아편을 피운다."[53] 아편이 약물로는 처음 언급되는 것은 중요한 의미를 지닌다. 아편이 귀족이나 예술가와 연관되기 때문만은 아니다. 1909년 아편흡연방지법이 발효되어 아편 수입이 금지되었으며, 그 자리를 헤로인이 점점 더 빠르게 차지했기 때문이다.

전형적 중독자의 신상과 환경의 큰 변화와 헤로인의 성장은 시기가 일치한다. 이런 변화의 증거는 버로스의 소설에 세부적으로 묘사되지만 깊이 보지 않으면 간과하기 쉽다.『정키』는 1945년 뉴욕에서 시작한다. 전쟁 시기의 공급 부족 이후 마약상들이 다시 활동을 개시한 시점에서 뉴욕은 헤로인의 중심

53　윌리엄 버로스『애딩 머신』(런던 캘더 출판사, 1985).

도시였다. 버로스는 로어이스트사이드에 있는 이탈리아인 마약상에게 '쇼트 카운트 토니'라는 별명을 붙이는데, 당시에는 이탈리아 갱들이 유대인 마약상들을 제치고 활동하며 헤로인의 순도가 확 떨어지는 무렵이었다. 질이 떨어지는 헤로인 때문에 최대 효과를 보려고 혈관 주사가 늘어났다.

마약이 지하 세계로 들어간 이유이자, 중독의 핵심적인 변환은 향정신성 약물의 기원인 의학계에서 벗어난 것이다. 렉싱턴에서 리와 우연히 만나는 매티 같은 인물은 더 이전 세대를 형상화한다.("매티는 어느 의사에게서 약을 받았다. 매티가 말했다. '그 유대인 개자식이…… 나는 그놈이 다시는 나를 만나기 싫게 만들어 놨지.'") 앞부분에서 버로스는 브로드웨이의 특정 블록에 초점을 맞춰 중독자의 구역은 물론이고 중독자의 유형도 형상화한다.(비밥 음악을 들으며 유행을 좇는 젊은 중독자는 103스트리트에 절대 나타나지 않았다. 103스트리트 중독자들은 모두 구시대 사람이었다.) 이런 시공간적 구별은 나중에 멕시코에서도 이루어지는데 (주트 슈트를 입은 사람은 없었다. 중독자들은 지하로 숨었다.) 여기서는 문화적 차원도 추가되고(어깨에 심을 넣은 상의와 헐렁한 바지로 된 주트 슈트는 멕시코 출신의 미국인이 주로 입었으며, 1943년 캘리포니아 남부에서 벌어진 인종 갈등과 폭동에 연관된다.) 진짜 헤로인 반문화의 등장을 강조하기도 한다.『정키』의 끝부분에서는 루이지애나주에서 통과된 '공안 정국의 규제'로 퍼진 '국가적인 집단 히스테리'가 언급된다. 1951년에 제정된 루이지애나주의 보그스 법을 가리키는 것으로, 전후의 불안감이 수그러드는 시기에 큰 형을 언도하는 법이었다. 버로스는 당시 어느 편지에서 보그스 법을 "사실 이런 문제 많은 법들이 정치적 취지에서 만들어진다."라는 증거라고 주장했다.

마지막으로, 렉싱턴의 '공중 보건 서비스 마약 병원'이『정키』에서 꽤 많은 부분을 차지하는데, 이것도 시사하는 바가 크다. 중독자 치료뿐 아니라 사십 년 동안 이어진 의학 연구(1950년대부터 이어졌으며, CIA의 비밀 실험도 여기에 포함된다.)와 정책 개발에 중요한 역할을 한 핵심 연방 기관을 직접적으로 묘사했기 때문이다. 렉싱턴 병원은 1935년에 문을 열었다. 당시에는 마약 중독이 공중 보건에서 전염병처럼 여겨졌다. 그리고 캐롤라인 진 에이커의 책으로 알 수 있듯, 교도 시설에서 중독자를 분리시키고, 윤리적으로나 사회적으로 중독자를 재교육하는 방법들을 사용해서 재활을 이끌도록 중독자 농장이 고안됐다.[54] 렉싱턴의 수용 인원은 1946년에 600명이었고, 1949년에는 3000명에 가까웠으며, 1950년에는 5500명이 넘었다. 이렇듯 엄청난 증가의 원인으로는 두 가지 인구 통계학적 변화를 들수 있다. 질 존스가 지적하듯, 1949년에는 흑인 수감자가 214명이었는데, 1950년에는 1460명으로 늘었다. 또 다른 원인은 크게 증가한 젊은 중독자의 숫자다. 1951년에는 젊은 중독자 문제를 해결하기 위해서 청소년관까지 새로 문을 열었다. 빌 게인스는 자기 말을 강조하려고 음흉하게 웃으며 말한다. "그래, 렉싱턴은 이제 애들로 가득해."

사실 빌 게인스는 특별히 언급되어야 할 필요가 있다. 빌

54　캐롤라인 진 에이커『중독자를 만드는 미국: 마약 규제 시기의 중독 연구』(볼티모어 존스홉킨스 대학교 출판부, 2002).

게인스는 흡혈귀 같은 잔인한 미소를 지으며『정키』의 특별한 규칙을 증명하는 중요한 예외다. 리는 말한다. "팔 물건이 있는 사람이라면 당연히 손님을 바란다." 그러나 "게인스는 마약을 쓰지 않던 사람을 중독자로 만드는 일에서 진심으로 특별한 기쁨을 느끼는 몇 안 되는 중독자에 속한다." 마약 밀매매에 관한 버로스의 관찰은, 버로스가 처음 출간된『정크』의 서문에 쓴 "중독자는 다른 사람도 중독자로 만들기를 원한다."라는, "공식적으로 후원을 받는 미신"이라고 말한 내용과 크게 모순된다. 아이러니하게도 버로스는 특이한 예외를 통해 마약 거래의 경제가 정상적인 상업 세계의 경제보다 윤리적임을 암시한다. 모방과 저지의 냉전 논리가 만연하고 윤리적 입장을 지키기 힘든 상황에 대해서 버로스는 "안 된다."라고 말한다.

1953년에『마약의 증가』라는 책을 펴내기도 한 미국 연방 마약국장 해리 앤슬링거는 공식적인 미신을 가능한 한 오래 유지했다. 그러나 데이비드 커트라이트가 지적하듯, 렉싱턴 수용 인원수 같은 확실한 병리학적 데이터는 실제로 버로스가『정키』전반에서 드러내는 주장을 뒷받침한다. 중독은 윤리 의식의 실패나 가혹한 치료를 필요로 하는 정신병이 아닌 노출된 병이라는 주장이다. 1948년 1월에 이 주 동안 렉싱턴에 있었던 버로스는 정치적 입장에서 시작되어 점점 가혹해지는 금지 법안들의 분명한 실패를 증명하는 인간 자료다. 오십 년 뒤, 미국은 마약 사범 50만 명을 투옥시켰다. 버로스가 예견한 일이지만 그보다 훨씬 더 많은 수다.『정키』에서 버로스는 중독이라는 주제를 둘러싼 윤리적, 의학적, 법적, 정치적 위선을 정면으로 거부한다. 이런 버로스의 견해는 안타깝게도 그 어느 때보다 지금 타당하다.

　어쨌든 여기서 결론을 내리는 것은 실수일 것이며, 마약 밀매매에 관한 버로스의 묘사를 자본주의에 대한 비판이나 '헤로인의 위험' 속설에 대한 반격으로만 읽는 것도 실수일 것이다. 다 따져 보면, 단지 문학적인 이유뿐 아니라 버로스의 소설은 명민하고 과감한 르포르타주 이상의 것이다. 객관적 관찰은 추론적 통찰까지, 중독에 관한 SF적 항해까지 이른다. 그리고 버로스의 원래 서문을 보면, 이런 관찰이 '하나의 논지'를 향하는 것이 분명하다. 가령 버로스는 소설 속 많은 이미지 뒤에 '마약 자체'가 사용자를 노리는 뱀파이어 같은 존재라는 논리를 분명히 밝혔다. "마약이 어떤 면에서 살아 있다고 느끼지 않을 수 없다." "마약은 기생충이다." 등등. 이 개념을 더 발전시킬 새도 없이 버로스는 『퀴어』(여러 면에서 확실히 더 가벼운 글이지만, 그래도 다른 면에서는 버로스의 발전에 더 중대한 글이다.)를 써야 했을 것이다. 그래도 이로써 버로스는 『네이키드 런치』부터 이후 쭉 저작의 중심 개념이 되는 '바이러스' 이론으로 첫걸음을 내디뎠다. 달리 말하면 『정키』는 그 뒤로 버로스가 쓰게 되는 모든 글 같은 실험적 글을 탐구하는 발아 형태다. 그리고 서문의 마지막 부분에는 버로스가 전 작품에 적용할 경구가 드러난다. "알려진 사실을 출발점으로 삼아서 알려지지 않은 사실에 도달하려 했을 뿐이다."

* * *

　버로스는 1950년 초에 ‘정크’를 쓰기 시작했고, 에이스북
스가 『정키』를 출간한 것은 1953년 4월 15일이었다. 그러나 그
두 시기 사이와 이후 버로스의 원고에 벌어진 일들은 버로스의
작가 경력 초기에 대해 많은 것을 시사하며, 버로스가 작가가
된 사연이라고 널리 알려진 바를 크게 바꾼다.

　이는 더 큰 역사적 맥락에서 매혹적이고 복잡한 에피소드
로, 내가 다른 곳에서 이미 이야기했다.[55] 그래서 여기서는 가
장 밀접한 문제, 즉 어떻게 이 이야기가 버로스 첫 소설의 역사,
이 결정판을 포함해서 여태까지 겪은 편집과 출판의 진짜 역사
를 처음으로 드러내는지에 초점을 맞추겠다.

　버로스 원고의 역사는 세 부분으로 나눌 수 있다. 1950년
연말, 버로스는 150쪽짜리 초고를 완성했다. 멕시코시티의 외
국인 거주지에 사는 친구의 아내 앨리스 제프리스가 타자했다.
그해 12월, 아직 긴즈버그가 아마추어 에이전시 역할을 맡기
전, 버로스는 원고를 우편으로 루시엔 카에게 보냈다. 그 원고
는 총 스물아홉 개 장으로(장 번호는 30까지 매겨져 있었지만 이
상하게도 8장은 빠져 있었다.) 구성됐으며, 리가 변호사 사무실
에서 늙은이 아이크를 처음 만나는 내용(본문에서 158쪽)이 마
지막이었다. 오랫동안 버로스 연구가들은 이 원고가 사라졌다
고 생각했다. 그러나 몇 쪽만 빠진 상태로 컬럼비아 대학교에

<hr>

55　앤드루 해리스 『윌리엄 버로스와 매혹의 비밀』(서던일리노이대학교 출판부,
　　2003).

잘 보존되어 있다. 버로스는 1951년과 1952년 사이에 몇 곳을 수정했지만 이 초고를 크게 고치지는 않았다. 그러다가 1951년 3월에 몇몇 짧은 원고를 추가했고, 버로스 스스로 "멕시코 섹션"이라고 부른 곳을 쓰기 시작했다. 4월에는 큰 삭제를 감행했다. 중독에 관한 빌헬름 라이히의 이론을 담은 긴 28장은 주제에서 벗어난 부분이며, 이것을 덜어낸 것이다. 다음 부분은 1952년 초에 시작됐다. 몇 곳을 짧게 추가한 뒤 3월에는 두 번째로 큰 삭제를 감행했다. 리오그란데 계곡의 경제를 길게 다룬 27장을 없앤 것이다. 버로스는 긴즈버그에게 말했다. "이야기를 곧장 전달하고 싶어."

원고의 역사 가운데 세 번째 부분이 가장 중요하며 많은 것을 시사한다. 그러나 너무 많은 부분이 사라졌다고 알려지거나 흩어져서 지금까지도 정확한 판단이 힘들다. 1952년 4월, 긴즈버그는 A. A. 윈에게 버로스가 『퀴어』를 쓰기 시작했다고 알렸다. 『퀴어』는 삼인칭으로 쓰였지만 어쨌든 그 출발은 '정크'의 속편이었다. 윈은 '정크' 뒤에 그 원고를 집어넣으려는 생각으로 새로운 원고를 보기 전까지 협상을 미뤘다. 버로스는 윈 때문에 화가 났다. 그러나 윈은 그해 6월에 버로스가 그때까지 쓴 원고를 읽은 뒤 그 원고를 거절했다.(동성애 내용 때문이라기보다 아주 다른 문체 때문이었다.) 이제 윈은 계약을 하려면 '정크'에 마흔 쪽을 추가하라고 요구했다. 버로스는 크게 화를 냈다. 윈은 이미 버로스에게 자전적 내용으로 프롤로그를 쓰라는 요구도 한 상태였다. 버로스는 계약서에 서명하기 전에는 새로운 작업을 하지 않겠다고 버텼고, 결국 7월 5일에 계약이 이루어졌다. 마감은 8월 15일이었다. 버로스는 마감 때까지 프롤로그와 추가 원고 서른여덟 쪽을 마지못해 완성했다.(버로스는 긴즈버그에게 이렇게 썼다. "전혀 마음에 안 들어. 그 빌어먹을 서문은 특히 마음에 안 들어."[56]

1977년에 삽입된 두 쪽은 별도로 하고, 이 추가된 부분은 최종 출판된 소설의 마지막 4분의 1(본문에서 207쪽)에 해당한다. 이 새 원고의 마지막 여덟 쪽은, 그 부분이 묘사한 사건들 때문에, 1952년 7월에 쓰였다고 볼 수밖에 없다. 그리고 앞부분 열 쪽은 버로스가 1951년 봄에 시작한 '멕시코 섹션'을 이용했다. 새 원고의 절반 이상을 차지하는 큰 중간 부분은 『퀴어』의 첫 절반 부분에서 소재를 가져와 가볍게 다시 쓴 것으로 확인할 수 있다. 새롭게 발견된 원고와 비교해 보면 버로스가 어디를, 어떻게, 왜 수정했는지 정확히 드러난다. 사실 그 원고를 보면 버로스는 말 그대로 원고 복사본을 '잘라서' 조각낸 뒤 순서를 바꾸어 다시 이어 붙였음을 알 수 있다. 이렇게 글을 조각내는 '컷업'은 이후 버로스의 글쓰기에서 기본적인 트레이드마크가 된다. 이런 기교를 처음 볼 수 있는 것은 『정키』와 『퀴어』며, 또한 이를 통해 두 소설 사이의 연관성을 아주 정확히 볼 수 있다. 또한 두 소설 사이에 드러나는 갑작스럽고 확연한 차이에 놀라던 독자와 평론가도 두 소설을 새롭게 이해할 수 있게 되었다.

에이스북스는 버로스의 원고를 손에 넣자마자 편집자들에게 수정을 맡겼다. 1952년 12월, 에이스북스는 버로스의 책과 『마약 수사관』을 한데 묶기로 결정했다.(버로스는 나중에

---

56   『긴즈버그 선집』중에서 버로스가 긴즈버그에게 보낸 1952년 8월 20일 자 편지의 내용이다.

『마약 수사관』이 "예상처럼 나쁘지는 않다."라고 인정했지만, 그래도 그때에는 "끔찍한 아이디어"라고 신음했다.) 그리고 소설을 15장으로 재구성하고, 많은 구절을 잘라 냈으며, 서른 곳 가까이를 수정했다.(가령 "좆같은 놈들"을 "몹쓸 놈들"로 바꾼 것 같은 사소한 수정도 있는가 하면, 그보다 더 근본적인 수정도 있다.) 편집자 주도 일곱 군데에 달렸다. 1953년 2월, 에이스북스는 버로스가 야혜를 찾는 모험에 관해 쓸 계획으로 중남미를 여행하고 있음을 알고 출간 일정을 세웠다. 버로스는 두 번 속지 않으려고 거절했다.("닳은 수법을 쓰려고 하는군. 계약 한 번에 책 두 권을 얻으려고 하다니.") 그리고 두 달 뒤, 미 전국 기차역들에서 책 판매가 개시됐다.

에이스북스에서 퍼낸 초판본은 1953년 4월부터 연말까지 11만 3170부가 팔렸다.(미국에서 9만 6382부, 캐나다에서 1만 6578부, 나머지는 확인되지 않은 곳에서 팔렸다.) 판매 수익은 1129달러 60센트였다. 그러나 버로스는 적절한 인세를 못 받았고 에이스북스가 계약 사항을 제대로 지키지 않는다고 끝없이 불평했다. 한편 긴즈버그에게는 다른 불평이 있었다. 10월에 윈과 만난 뒤, 긴즈버그는 타임스스퀘어와 42번가, 그리니치빌리지 등을 돌며 서점과 가판대에서 『정키』를 찾았지만 『정키』는 한 권도 눈에 띄지 않았다. 긴즈버그가 나중에 윈에게 따졌듯, 이곳들은 중독자에게 가장 뜨거운 지역이며, 따라서 '정키'라는 제목의 책에도 가장 뜨거운 지역이 될 수 있었다. 그리고 이는 버로스 소설의 10만 독자가 어디에서 왔는지, 누구인지, 어떤 사람들인지, 흥미로운 의문을 불러일으킨다.

1957년 영국 디지트북스에서 나온 것을 빼고, 『정키』는 버로스의 본명으로 나오지 않은 것은 물론이고 단독으로 출간되지도 않았다. 그러다가 1964년에 에이스북스에서 단독으로 출간했고, 이어서 1970년과 1973년에 각기 재판이 나왔다. 한편 올림피아프레스(1966년에 나온 뒤 1969년과 1972년에 각기 재판이 나왔다.)와 브루스앤드왓슨(1973년)에서도 다른 판본으로 출간되었다. 독일어부터 일본어까지 여러 언어로 번역되었다. 이탈리아판('등에 짊어진 원숭이'라는 제목으로 발간되었다.)에는 아포모르핀 치료에 관한 글도 실렸다. 이 글은 버로스가 1964년 에이스북스에서 개정판을 낼 때 넣어 달라고 요청했다가("그 글을 넣으면 이 책의 출간에 위엄과 목적성이 부여될 겁니다.")[57] 묵살된 것이다. 1970년대 중반, 마침내 버로스는 에이전시 피터 맷슨과 변호사 유진 위닉을 통해 에이스북스의 계약 위반에 조치를 취했다. 재판이 열리고, 판권을 되찾았다. 이 일이 밑바탕이 되어서 1977년 새로운 펭귄 개정판이 탄생했다. 제임스 그라워홀츠가 원고를 되살리고 버로스가 확인했다.

『정키』의 초판과 펭귄 개정판 사이의 차이는 크지만 간단하게 요약될 수 있다. 제목이 달라졌다.(부제도 빠졌다.) 헌사가 삭제됐다.('A. L. M.에게 이 책을 바친다'는 헌사로, 알아볼 수 없게 머리글자로 쓰인 A. L. M.은 앨버트 루이스 마커를 가리키며, 이는 『퀴어』에서 리의 애정 대상인 앨러턴의 실제 이름이다.) 칼 솔로몬의 '발행인의 글'은 앨런 긴즈버그의 새 서문으로 교체되었다. 에이스북스에서 숫자로 나눈 장 구별은 사라졌고, 공란

---

57 버로스가 칼 솔로몬에게 보낸 1964년 10월 11일 자 편지, 뉴욕대학교에 보관되어 있다.

으로 장을 나누었으며, 문단이 다시 배열됐다. 편집자들이 무단 수정한 부분은 다시 되살리고 십여 명의 등장인물 이름도 되살렸다. 편집자 주는 삭제됐다. 본문 뒤에 용어집이 실렸다. 오탈자를 바로잡은 곳들도 있다. 새로 발견해서 수정한 오탈자들도 있었다.(펭귄 개정판이 기초로 삼은 1973년 에이스북스의 개정판에 오탈자가 있었기 때문이다.) 마지막으로, 리오그란데 계곡을 다룬 긴 부분을 포함하여, 버로스의 원래 원고에는 있었지만 책에 쓰이지 않은 여러 부분들이 삽입되었다. 모두 합하여 250군데쯤이 삭제되고, 수정되고, 추가되었다. 소설의 내용에서 최종 결과는 제목이 'Junkie'에서 'Junky'로 바뀌며 3,850개 단어가 추가되고, 100개 미만의 단어가 삭제되었고, 더 미묘하게 달리 말하면 보기에도 읽기에도 다른 소설이 되었다.

1977년 개정판 『정키』는 삭제되지 않은 완전한 판본이지만, 공인된 하나의 원고를 복원한다는 의미로는 '완전한' 것이 아니다. 엄밀히 말하자면 공인된 원고가 아예 존재하지 않았기 때문이다. 이떤 원고를 택하는가는 항상 비묘한 문제다.(원칙을 세울 수는 있지만 유연하게 적용해야 한다.) 우연한 요소도 많고(그림 맞추기 퍼즐과 달리 발견되지 않은 작은 부분이 언제라도 나타날 수 있다.) 다른 해석의 여지도 많다.(증거를 더 발견한다고 해도 모호성이 반드시 줄어드는 것은 아니다.) 지금 이 새로운 개정판은 1977년의 『정키』에 100가지 이상의 작은 수정이나 변경은 별도로 하고, 4000단어 가까운 새로운 내용이 또 추가되었다. 1977년 개정판에 추가된 만큼 또 추가된 것이다. 그러나 1977년 개정판이 이전 판본에서 바뀐 것과 지금 이 판본이 1977년 판본에서 바뀐 것의 방식은 크게 다르다는 말을 꼭 덧

붙이지 않을 수 없다.

　이『정키』개정판은 새로 발견된 중요한 원고를 활용했고, 옛 원고에 대한 발전된 해석도 활용했다. 1952년 7월에 쓴 원고의 절반, 빌헬름 라이히에 관한 장 전체, 버로스의 원래 서문, 용어집 초고,『퀴어』원고 등 모두가 1977년에는 분실된 것으로 여겨졌거나 쓸 수 없었던 것들이다. 한편 버로스 본인의 승인은 이제 받을 수 없다. 그것 때문에도 나는 세부 사항을 밝히려고 한다. 판본 사이의 수정 과정을 최대한 드러내고, 저자가 인정했을지 확신할 수 없고 그 효과가 의문스러운 지점에서 왜 내가 조심스레 끼어들었는지도 드러내려고 한다. 새로 발견된 재료 모두 아주 흥미로웠지만, 새 재료의 4분의 3 정도는 삽입되지 않았다.『정키』와『퀴어』의 원고에서 500단어 이상을 주석으로 넣었다. 그리고 대부분은 중요도에 따라 순서대로 부록에 넣었다.

　부록 1은 오랫동안 사라졌던 28장으로, 스탠퍼드 대학교 긴즈버그 컬렉션에서 발견되었는데, 무척 중요해서 이 판본의 본문에 다시 삽입해야 하지 않을까 하는 유혹을 느끼기도 했다. 버로스의 초고에서는 계곡 부분에서 바로 이어지게 구성되어 있었으며, 이 28장이 계곡 부분보다 시사하는 바가 분명 더 크다. 그리고 계곡 부분 역시 버로스가 삭제하기로 결정한 곳이다. 그러나 이것은 저자가 과거에 내린 확실한 결정을 거스르는 문제에 그치지 않는다.(버로스는 1951년 5월에 긴즈버그에게 쓴 편지에서 "라이히 부분은 모조리 삭제해야 해."라고 밝혔으며, 1952년 4월에도 "라이히 부분과 거기 담긴 철학적인 내용은 서사 구조에 방해가 되는 것 같아."라고 한 번 더 되풀이했다.) 이 부분을 되살리는 것이 그 주위 전체에 미치는 영향도 문제였다. 그 부분이 서사 구조를 방해하고, 이 부분의 문체가 다른 곳의 유연한 리듬이 없이 이상하게 딱딱하기는 하다. 그러나 버로스가 그 부분을 삭제하려 한 진짜 이유는 그 부분 때문에 소설 전체가 완전히 달라지기 때문일 것이다. 이 부분에서는 갑자기 버로스가 화자의 속박에서 벗어나 자기 목소리를 내며, 중독의 이론가, 사변적인 철학가로 비친다. 버로스 자신이 1949년 6월에 읽은 라이히의 『암의 바이오파시』를 윌리엄 리가 읽었다거나 버로스 자신이 그해 11월에 만든 오르곤 축적 장치를 윌리엄 리가 만들었다고 상상하기란 불가능하다. 그러나 이 부분이 있기 때문에 소설 전반에 흩어져 있는 그와 비슷한 재료들의 존재에 주목하게 된다. 만약 이 부분이 없다면 그런 재료들은 간과하기 쉽다. 또한 이 부분은 버로스에 관한 한 가지 사실도 알려 준다. 라이히는 한때 유럽에서 대표적인 정신 분석 사상가였지만, 전후 미국에서는 라이히를 과학계의 괴짜이자 돌팔이 의사로 여겼다. 중독에 과한 버로스의 고찰 가운데에는 선견지명이며, 말 그대로 선지자적인 것도 있었지만, 다른 사람들의 눈에는 버로스가 시끄러운 아마추어, 별난 괴짜로 비칠 수 있었다. 버로스는 '오르곤'을 언급하면서 자신이 '미치광이'로 비칠 수 있다고 스스로 인정한다. 그러므로 라이히 부분을 완전히 잘라 낼 이유는 여러 가지였다.

버로스의 원래 서문도 스탠퍼드 대학교의 긴즈버그 컬렉션에서 나왔는데, 이 역시 28장과 비슷한 면이 많다. 1952년 4월에 버로스는 라이히 부분은 삭제해야 한다고 재차 말했고, 바로 그때 이 서문도 고치기로 마음먹었다. 버로스는 자기 소설이 수 차례 바뀐 것을 잘 알고 있었으며, 출판사의 요구에 따라서 쓴 자전적인 프롤로그에 28장의 일부가 남아 있지만, 이 원래 서문은 전혀 남아 있지 않은 것을 발견했다. 이 원래 서문도 많은 것을 시사하는데, 중독자의 내분비선 균형을 통찰하고, 항히스타민제 치료의 가치(버로스에게는 확실히 아포모르핀의 전신인 경이로운 약)를 알리며, 널리 퍼진 미신의 잘못된 정보를 바로잡겠다는 결의를 확실히 밝히는 글이다.

A. A. 윈에게 쓴 버로스의 편지(콜럼비아 대학교 긴즈버그 컬렉션)는 1959년에 쓰인 것으로, 윈에게 부치지는 않은 것으로 보인다. 이 편지는 두 가지 이유로 부록에 추가했다. 첫째, 이 편지는 에이스북스가 버로스의 허락 없이 소설에 가한 수정 사항들을 지적하는 증거물이다. 구체적인 사례들이 나열되고, 이 것은 '더 극악하게 훼손된 곳들'만 지적한 것이라고 한다. 둘째, 이 편지는 버로스가 올바른 문장 사용뿐 아니라 하나의 완전한 소설에 대해서도 세부적인 면에 주의를 기울였음을 보여 준다. "이 원고에 일 년을 쏟았습니다. 단어 하나하나를 여러 번 확인했습니다." 버로스가 글을 마구 썼다고 생각하는 사람들도 있는데, 이 편지는 그런 생각을 바로잡는 자료로 읽힐 수 있다. 그러나 더 정확히 말하자면, 버로스는 1959년에 처음 출간된 『네이키드 런치』와 초기 '컷 업' 글들에서 우연성을 차용하고 다른 작가가 실수라고 부를 것들을 그냥 지나쳤던 반면, 첫 소설에서는 그런 모습을 보이지 않았고, 이 사실을 버로스의 편지를 통해 확인할 수 있다.

부록 4는 1952년 4월에 긴즈버그가 쓴 '해설'(이전에 『사려 깊은 산문: 에세이 선집, 1952~1995』로 소개된 바 있다.)이다. 버로스 생애에 대해 여기에 적힌 정보는 오류로 가득해서 흥미롭다. 에이스북스에서 출간한 초판본에는 버로스가 쓴 프롤로그가 실렸는데, 그 프롤로그와 긴즈버그의 글을 비교하면, 버로스가 긴즈버그의 원고에 기초해서 자전적 인물을 만들지 않았을까 짐작되어 흥미롭다. 지엽적인 세부 사항들에서 이런 사실을 많이 찾아낼 수 있다. 버로스는 긴즈버그를 따라서 자신이 읽은 작가들 중에서 지드와 보들레르를 언급했다. 그러나 콕토의 『아편』(앞서 지적한 이유에 따라)이나 예이츠의 『비전』(너무 심오하고 이색적인 철학 작품)은 언급하지 않았다. 손가락을 자른 사건은 이야기했지만, 조앤을 죽인 총기 사고는 이야기하지 않았다. 성인이 되어서 최초로 시도한 픽션 「어스름의 마지막 빛줄기」(긴즈버그가 '20쪽짜리 촌극'이라고 적은 것)를 비롯하여, 『정키』에 앞선 문학적 배경에 대해서는 전혀 언급하지 않았다. 긴즈버그는 여기서 버로스가 "중요한 문건", "암흑가의 자료"를 적었다는 빠른 평가를 내리는데, 이것 역시 흥미롭다. 한편으로는 긴즈버그가 1950년대 초반을 특징짓는 윤리적 판단의 언어(동성애를 언급할 때에는 "어두운 세계의 부도덕 행위"라고 말한다.)에 얽매여 있음을, 혹은 그렇게 말해야 한다는 생각에 얽매여 있음을 엿볼 수도 있다.

　　한 가지 더 지적할 것이 있다. 아무도 버로스의 소설에 관심을 보이지 않던 시기에 긴즈버그가 버로스의 소설을 잘 팔리게 만들려고 애썼다는 사실이다. 긴즈버그는 케루악과 존 클레론 홈스(이 둘은 이미 비트 세대 인물로 인정받고 있었다.)의 이름과 함께 버로스의 소설을 소개할 계획으로 소설 출간에 때맞추어 가십 칼럼을 쓰려고 했다. 《뉴욕타임스》의 데이비드 뎀지에게 보낼 계획이었다. 그러나 케루악은 그런 기사에 자기 이름을 빌려주지 않겠다고 화를 내며 거절했다.(마약반의 단속이 두려웠기 때문이기도 하며, 케루악이 홈스를 문학 라이벌로 여겼기 때문이기도 했다.) 긴즈버그가 『정키』에 보낸 끝없는 지지는 아무리 강조해도 지나치지 않다.

나머지 세 부록은 세 가지 주된 판본에서 소개글로 나온 글들로, 출판의 기록을 다 수록하기 위해 실었다. 칼 솔로몬이 쓴 두 글 중에서 첫 번째 것은 『정키』의 초판본에 글쓴이의 이름 없이 '발행인의 글'로 소개된 것으로, 두 번째 것보다 시사하는 바가 크며, 역사적으로 분명히 흥미롭기도 하다. 1977년 펭귄 개정판에 실렸던 긴즈버그의 서문은 에이스북스 판본에서 솔로몬이 한 역할을 정확히 기술한다. 그 부분에서는 사건의 진행 과정에 대해 아주 유용하고 값진 정보를 준다. 그러나 그 내용을 전적으로 신뢰할 수는 없다. 예를 들어 긴즈버그는 리오그란데 계곡 부분이 에이스북스에 의해 잘려 나갔다고 설명하는데, 여러 정황으로 봐서 그 부분은 버로스 자신이 삭제한 것이다. 긴즈버그는 버로스가 긴즈버그 자신을 위해서 『정키』를 썼다고 주장하며 멀리서 서신 왕래를 하면서 『정키』를 부분 부분 보냈다고 말하지만, 이는 여러 증거와 상반된다.(내가 알고 있는 더 큰 역사적 맥락에서 보면 이는 엄연히 사실과 다르다.) 버로스에 관한 두 권의 전기를 보면, 버로스가 소설을 쓰기 시작한 이유는 버로스의 더 오랜 친구인 켈스 엘빈스가 1950년 1월에 멕시코시티로 이사하면서 중독자로서의 경험을 일기처럼 쓰도록 버로스를 북돋았기 때문이다. 그것이 버로스가 소설을 쓰게 된 전적인 이유는 아니라고 하더라도, 어쨌든 버로스는 엘빈스의 충고에 따라서 일기를 쓰기 시작했다.

그러나 『정키』에 관한 이 서문을 긴즈버그의 역사가로서의 정확성에 의문을 품는 것으로 끝마치면 옳지 않겠다. 긴즈버그는 그때 그 자리에 있었던 사람이며, 애당초 버로스의 소설이 출간될 수 있게 만든 장본인도 긴즈버그다. 게다가 "여기 사실이 있다."라고 진심으로 말할 수 있는 사람이 어디 있을까? 긴즈버그는 『정키』에 이렇게 특별한 관심을 쏟았으며, 그런 관심은 버로스 스스로 진실을 말할 수 있다고 믿기 시작한 계기가 되었다. 또한 버로스 스스로 소설을 완성할 수 없으리라고 생각한 시기에도 소설을 완성할 수 있게 해 주었다. 버로스가 작가의 길로 들어선 이유가 절대 밝혀지지 않는다면, 이것은 숨길 것이 많은 사람(분명 버로스는 그런 사람이었다.)에 대한 설명이 불완전하고 부정확할 수밖에 없기 때문이다. 또한 버로스가 진짜 지식이라고 주장하는 것들의 힘과 가치를 의심했기 때문이기도 하다. 그렇더라도 소설 자체는 수수께끼로 향한다. 중독자의 정체성처럼 "정확한 집계를 벗어난다." 그리고 계속 거부할 수 없이 매혹적이며, 우리를 앞으로 데려가면서도 손가락 사이에서 빠져나간다. "타인에게서 받을 수 있는 열쇠는, 비밀은 없다." 버로스가 우리에게 남긴 것은 역설의 열쇠, 그릇된 비밀이다. 아니, 어쩌면 고백, 아니, 가장 분명히 말하자면 경고다.

2002년 9월
올리버 해리스

정키: '약' 에 대한 결정적인 글

1판 1쇄 찍음 2026년 1월 28일
1판 1쇄 펴냄 2026년 2월 6일

지은이 윌리엄 S. 버로스
옮긴이 조동섭
발행인 박근섭, 박상준
펴낸곳 (주)민음사

출판등록 1966. 5. 19. (제 16-490호)
서울특별시 강남구 도산대로1길 62(신사동) 강남출판문화센터 5층 (우편번호 06027)
대표전화 02-515-2000 팩시밀리 02-515-2007
www.minumsa.com

한국어 판 ⓒ (주) 민음사, 2026. Printed in Seoul, Korea

ISBN 978-89-374-4903-1 03840